Hans Ernst

Zwischen Tau und Dämmerung

Hans Ernst

Zwischen Tau und Dämmerung

Roman

rosenheimer

5., überarbeitete Auflage

Redaktionelle Bearbeitung:
Dr. Elisabeth Hirschberger, München
Titelbild: Wolfgang Ehn, Mittenwald

Satz: Buch-Werkstatt GmbH, Bad Aibling
Druck und Bindung: Ueberreuter Buchproduktion GmbH,
Korneuburg
Printed in Austria

ISBN 3-475-53337-5

Die Abendsonne lag mit einem Goldschleier über dem Weiler Spielberg, der mit seinen beiden Höfen so markant in der Landschaft stand.

Der Hierlhof war einer jener breit hingelagerten Bauernhöfe mit schön geschnitztem Balkon um das ganze Haus herum, wie es in diesem Gebirgstal üblich war. Stall und Tenne waren an das Wohnhaus angebaut. An der Südseite der Stallwand war bis zur Fensterhöhle hinauf das Brennholz so sauber aufgeschichtet, als hätte man es mit Senkblei und Messlatte getan. Die Kapelle mit dem Satteltorm auf dem Hügel hinter dem Haus gehörte auch noch zum Hierlhof. Der Weiher etwas unterhalb davon war zur Hälfte Eigentum des Hierl und zur anderen Eigentum des Schranner.

Der Schrannerhof ähnelte in seiner wuchtigen Bauweise eher einem Festungsbau. Die Mauern waren meterdick, und die kleinen Fenster mit kunstvoll geschmiedeten Gittern davor glichen Schießscharten. Es war ein Bau aus dem achtzehnten Jahrhundert, schneeweiß getüncht, mit einer Sonnenuhr zwischen der Feuerwand und der Haustür, zu der eine breite Steintreppe hinaufführte. Genau acht Stufen waren es, die dann oben unter einem Vordach ausliefen, unter dem die Ackergeräte und das leichte Wagenzeug aufbewahrt waren.

Früher war es, wie die Chronik berichtete, ein Adelssitz gewesen, bis dann Anfang des neunzehnten Jahrhunderts ein Gabriel Schranner die einzige Tochter des Adelsgutes geheiratet hatte. Seitdem hatte sich der Name Schranner fortgepflanzt und drohte erst jetzt auszusterben, weil Baptist Schranner und seine Ehefrau Magdalena nur zwei Töchter hatten.

Diese Töchter waren in ihrem Wesen so unterschiedlich wie die beiden Nachbarhöfe in ihrer Bauart. Julia, die ältere, war groß und schlank von Wuchs, hatte pechschwarzes Haar, einen Teint wie Alabaster und dunkle Augen. Zweiundzwanzig Jahre war sie alt, schön wie eine Edeltanne, aber herrschsüchtig und berechnend, so dass die Schranners sich oft fragten, nach wem denn diese Tochter schlüge, denn er wie sie waren integere und gutmütige Menschen.

Regina, die jüngere, blond wie die Mutter und mit hellen Augen, war trotz ihrer achtzehn Jahre noch kindlich naiv, aber ihr Herz war voller Güte. Die etwas vorstehenden Backenknochen gaben ihr etwas auf dem Land ungewohnt Exotisches.

Dann war auf dem Hof noch der fünfjährige Peter Feldigl, das Bübchen einer Magd, die bei seiner Geburt gestorben war. Die Schrannerin hatte ihn um der Barmherzigkeit willen bei sich aufgenommen.

Die Sonne sank tiefer. Im Tal wuchsen schon die Schatten. Aber hier oben war noch Goldglanz um die Giebel, und die Berge über dem dunklen Wald leuchteten noch flammenschön unter dem gelblich zitternden Himmel.

Jetzt trat ein Mann unter die Haustür, deren beide Flügel weit offen standen. Das war der Schranner, groß und breitschultrig. Bedächtig krempelte er die Ärmel seines Hemds herunter und stieg die Treppe herab. Dann schaute er zum Fenster über der Haustür hinauf. Ganz sanft bewegten sich die Vorhänge hinter dem offenen Fenster im Abendwind.

Die Stirn des Bauern war hart gefurcht, die schmalen Lippen eng zusammengepresst. Die Augen, von

Sorgen umschattet, leuchteten nur einmal ganz kurz auf, als das braunschopfige Bübchen über den Hof getrippelt kam und sich vertrauensvoll an sein Hosenbein schmiegte. Der Schranner fuhr mit seiner Hand streichelnd über den Lockenkopf. Seine schmalen Lippen öffneten sich: »Musst beten, Peterl, dass uns die Mutter erhalten bleibt.«

Mit großen, dunklen Augen schaute der Bub zu ihm auf. »Jesuskind?«, fragte er.

»Das ist ganz gleich«, antwortete der Schranner. »Nur bitten musst du den lieben Gott. Auf Kinder hört er lieber, weißt.«

Peter wusste wohl, dass die Schrannerin, zu der er Mutter sagte, schwer krank war. Aber vom Sterben hatte er noch keine Ahnung. Daran wollte auch der Schranner nicht glauben, und seine Augen schimmerten hoffnungsvoll, als jetzt der Doktor, die bauchige Ledertasche in der Hand, die Treppe herunterkam.

Der Doktor von Schraut, ein schon ergrauter, erfahrener Landarzt, wich den fragenden Augen des Bauern aus und warf seine Tasche in seinen vor der Treppe stehenden Wagen. Ein paar Minuten, oder waren es nur Sekunden, standen sie schweigend voreinander. Ein paar Mal öffnete der Schranner den Mund und schloss ihn wieder, als hätte er Angst vor der Frage oder vielmehr vor der Antwort. Endlich stieß er heraus, kurz, fast grob: »Und?«

Langsam hob Doktor Heidrich die Augen. Jetzt konnte er nicht mehr ausweichen, und das Schulterzucken hätte er sich ruhig sparen können.

»Hol den Pfarrer, Schranner.«

Der Bauer zuckte erschrocken zusammen. Bestürzung und Ratlosigkeit spiegeln sich in seinen Augen. »Also – keine Hoffnung mehr?«

Der Doktor schüttelte den Kopf.

»Aber das gibt's doch gar nicht!«

»Soll ich dir denn etwas vorlügen, Schranner? Es gibt Fälle, da ist unserm Können eine Grenze gesetzt.«

»Die Kunst der Ärzte ist zu Ende, sagt man sonst. Du weißt also kein Mittel mehr?«

»Nein, dagegen nicht. Vielleicht kann es dich trösten, Schranner, dass sie nicht zu leiden braucht.«

Der Schranner starrte den Arzt schweigend an und hatte eine Menge Vorwürfe auf der Zunge, die er aber hinunterschluckte, weil er fühlte, wie ungerecht es dem pflichtbewussten Arzt gegenüber wäre, der jederzeit sofort gekommen war, wenn man nach ihm gerufen hatte, auch in dunkler Nacht, bei Sturm und Schnee.

»Wann?«, fragte er, und in dieser Frage lag schon die große Resignation.

»Vielleicht heute Nacht – morgen – ich kann es nicht sagen.«

»Aber dass sie sterben muss, das weißt du sicher?«

»Leider. Ihre Leukämie ist schon zu weit fortgeschritten.«

»Was ist Leukämie?«

»Zu viele weiße Blutkörperchen, viel zu viele.«

Wütend riss der Schranner den Schädel hoch.

»Und sie hat immer Milch getrunken, viel Milch sogar! Milch macht gutes Blut, sagt man. Alles umsonst! Die ganze Wissenschaft ist einen Pfifferling wert! Alles Mögliche erfinden sie, aber gegen so eine teuflische Krankheit sind sie machtlos.«

»Leider noch zu oft, Schranner. Aber die Forschung steht ja nicht still.«

»Wenn sie das wirksame Mittel erst finden, wenn meine Magdalena tot ist, dann pfeif ich drauf!«

»Ich kann deine Verbitterung verstehen, Schranner.

Aber es kann dir ein Trost sein, dass sie keine Schmerzen hat.«

»Ein Trost, ja, wenn auch ein armseliger.«

Der Doktor stieg in seinen Wagen und ließ den Motor an. »Ich kann ja dem Herrn Pfarrer Bescheid sagen«, meinte er noch im Wegfahren.

Der Schranner schloss die Augen und öffnete sie wieder. Er sah dem Wagen nach, der bereits in den Hohlweg einbog. Ein Gefühl grenzenloser Verlassenheit legte sich auf sein Gemüt. Mit hellem Geplapper trieb Peterl eine Schar schnatternder Gänse hinter dem Stadel hervor in den Stall hinein. Barsch hob der Schranner die Hand und herrschte ihn an: »Sei still, Peterl! Die Mutter liegt im Sterben.«

Unter der Stalltür erschien der alte Sepp, der schon über dreißig Jahre am Hof war. Sein Haar leuchtete wie Flachs in der Dämmerung.

»Fahr den Wagen aus der Garage«, befahl der Schranner müde und stieg die Stufen hinauf. Ganz langsam hob er die Füße von Stufe zu Stufe, als hätte er plötzlich Blei in den Beinen.

In der Küche stand Julia und zog gerade einen Topf mit Milch vom Herd.

»Wer ist bei der Mutter droben?«, fragte er müde.

»Die Regina hab ich grad raufgeschickt.«

»Es geht zu Ende mit der Mutter. Ich hol jetzt den Pfarrer. Richtet alles her. Und sag beim Hierl drüben Bescheid.« Er schlüpfte in seine Jacke und setzte den Hut auf.

Die Julia bekam eine schmale Falte zwischen den Brauen, nahm ein paar irdene Schüsseln aus dem Küchenschrank und fragte: »Magst nicht vorher noch essen?«

Nicht zornig, nur ungemein erschlagen sah der

Schranner sie an. »Als ob mir jetzt danach wäre! So kannst auch nur du fragen.«

»Na ja, ich hab's doch bloß gut gemeint«, sagte Julia mit ihrer dunklen Stimme, als sei sie beleidigt, dass man ihre guten Absichten nicht erkenne.

Ein paar Minuten später jagte der Schranner aus dem Hof, dass der Motor aufheulte.

Friedlich tönte die Abendglocke nach der Maiandacht über die Dächer des Bergdorfes Schraut. Auf dem weiten Platz vor der Rosenbrauerei standen ein paar ältere Frauen beisammen, und im Bräustüberl drehte man gerade das Licht an. Pfarrer Staudinger stieg behutsam, das Gebetbuch in der Hand, die Stufen vom Friedhof herunter, als vom westlichen Dorfeingang her ein Auto daherpreschte und dicht vor der Friedhofsstiege hielt.

Der Pfarrer sah in das sorgenvolle Gesicht des hastig Aussteigenden und fragte: »Was gibt es, Schranner?«

»Hochwürden – die Lena braucht Ihren Beistand.«

»Deine Bäuerin?«

»Die Lena – ja, es geht ihr gar nicht gut, und der Doktor hat gemeint –«

»Aber selbstverständlich, Schranner! Warte, ich hol nur, was ich brauche.« Er drehte sich um und ging eilig zurück in die Sakristei.

Aus dem Kreis der älteren Frauen löste sich eine und trat an den Wagen heran.

»Geht es ihr schlechter, der Schrannerin?«

Der Schranner sah teilnahmslos die Frau an.

»Was meinst?«, fuhr er dann aus seinen schweren Gedanken auf.

»Ob es der Schrannerin schlechter geht?«

»Schlechter schon als dir.« Das war nicht böse gemeint, aber die Frau zuckte nun zurück.

Da kam auch schon der Pfarrer wieder und stieg ein.

»Los, Schranner, aber bau keinen Unfall!«

Der Schranner wendete und jagte in scharfem Tempo durch das Dorf. Erst wo hinter der Egglmühle der Weg anfing immer steiler zu werden, drosselte er die Geschwindigkeit.

Neben dem Fahrweg rauschte unermüdlich und wie seit ewigen Zeiten die Schraut. Ein Gebirgswasser, das von Zeit zu Zeit die Wiesen und Felder um das Dorf herum arg verwüstet hatte. Aber seit man im Vorjahr am Schlöhboden droben mit der Wildbachverbauung begonnen hatte, war es besser geworden.

Der Pfarrer hatte bis jetzt noch nichts gesprochen. Erst als sie auf der hölzernen Brücke den Bach überquert und in das Wäldchen eingebogen waren, stellte er die Frage: »Seit wann ist es denn schlechter geworden mit deiner Bäuerin? Als ich Ostern oben war, war sie doch wieder ganz gut beisammen.«

»Seit acht Tagen jammert sie wieder, dass sie so matt und müde wäre, und heut, so um fünf Uhr herum, hat sie schwer zu stöhnen angefangen.«

»Habt ihr den Doktor geholt?«, fragte der Pfarrer weiter.

Der Schranner atmete schwer durch und gab wieder Gas.

»Der Doktor war es ja, der gesagt hat, man sollte Sie holen. Und da weiß man ja, was es geschlagen hat. Nach dem Pfarrer kommt der mit der Sense.«

»Du vergisst eines, Schranner: Dazwischen steht noch der Herrgott. Er allein entscheidet über Leben und Sterben.«

»Sollte man halt wissen, was er jetzt im Sinn hat, der Herrgott!« Das klang gequält und trotzig zugleich.

»Du bist verbittert, Schranner, und ich kann dir das nachfühlen.«

»Wäre das ein Wunder? Da ist die Frau noch keine fünfzig und soll schon sterben! Dass Sie mir das nachfühlen können, Herr Pfarrer, das glaube ich nicht. Weiß denn ein Pfarrer, wie das ist, mit einer Frau über zwanzig Jahre zusammengelebt zu haben, in Freud und Leid? Nächstes Jahr hätten wir unsere Silberhochzeit feiern können. Wie soll ein Pfarrer wissen, wie einem zumute ist, wenn man fühlt, dass der andere Teil einen verlassen will, mit dem man alles ertragen hat, was im Bauernleben auf einen zukommt!«

»In dieser Form weiß ich es nicht, Schranner. Glaube aber nicht, dass das Leid mich verschont hätte. Im Übrigen – noch ist sie nicht tot.«

»Und wenn sie stirbt?«

»Dann ist es Gottes Wille, Schranner.«

Sie hatten das Wäldchen durchfahren. Der Bach rauschte jetzt schon tief unten. Am Himmel waren die ersten Sterne aufgegangen, und auf der Höhe von Spielberg sah man Lichter schimmern.

Eine Viertelstunde später hielt der Wagen im Hof. Der Schranner warf dem Sepp die Wagenschlüssel zu.

»Hinunterfahren tust du den Herrn Pfarrer.«

Dann öffnete er dem Pfarrer die Wagentür und schritt neben ihm die Stufen hinauf. In der Stube saß Regina mit dem Peterl im Ofenwinkel. Der Schranner hatte schon die Frage auf den Lippen »Lebt sie noch?«, verschluckte sie aber, schaute dem Mädchen bloß in die verweinten Augen und sagte: »Betet, Kinder, dass uns die Mutter nicht stirbt.«

Die Kammertür öffnete sich, und Julia trat heraus. Ihr Gesicht war verschlossen, finster, eine scharfe Falte stand zwischen den Brauen.

»Jetzt hat sie mich nimmer erkannt«, klagte sie.

Der Pfarrer ging in die Kammer, in der auf einem Tischchen vor dem Bett neben einem silbernen Kruzifix zwei Kerzen brannten. Der Schranner sah die flackernden Lichter und maß die Julia mit einem schiefen Blick.

»Hast du die Kerzen schon anzünden müssen? Was pressiert dir denn gar so?«

»Wenn sie mich nimmer erkannt hat!«, verteidigte sich die Julia. Dann setzte sie sich neben die Schwester auf die Ofenbank und flüsterte: »Ich wüsste gar nicht, was ich für eine Beerdigung anziehen könnte. Ich müsste mir im Fall des Falles etwas Neues kaufen. Ich kann doch nicht in den alten Fetzen am Grab stehen.«

Solche Sorgen hatte die Julia in dieser Stunde, in der ihre Mutter sich auf dem schmalen Grat zwischen Leben und Sterben befand.

Weil sie nun gar so still dalag, die Schrannermutter, und, wie es schien, ohne Atem, war anzunehmen, dass sie nun wirklich gestorben war. Das heilige Öl glänzte auf ihrer weißen Stirn, und um ihre Mundwinkel lag ein geheimnisvolles Lächeln.

Der Schranner lehnte am Türstock und starrte unverwandt in das wächserne Gesicht. Dann drehte er den Kopf in die Stube zurück und winkte. Regina nahm den Buben bei der Hand und schlich mit ihm auf Zehen in die Kammer. Mit einem Schrei warf sie sich über das Bett und krallte ihre Hände in das samtschwarze Haar der stummen Schläferin, das beiderseits ihr weißes Gesicht in reicher Fülle und ohne einen Schimmer von Grau umrahmte.

Der Schrei war durch das offene Fenster hinausgedrungen, sodass der alte Sepp, der auf dem Hof stand und zu den Sternen hinaufschaute, jäh zusammenzuckte. Der Schrei wurde auch vom Hierl noch gehört, der unter der Haustür stand und nun in den Flur hineinrief: »Jetzt, glaub ich, ist die Nachbarin gestorben!«

»Dann müssen wir das Sterbeglöcklein läuten«, antwortete die Hierlin und griff im Flur nach dem schweren Schlüssel zur Kapelle. Sie stand dann neben ihrem Mann und schaute wie er hinunter zum Nachbarhof, sah die flackernden Kerzen hinter dem Fenster und spürte den Hauch des Todes, der wie ein leiser Wind durch die Nacht ging.

»Herr, gib ihr die ewige Ruhe«, flüsterte sie. Dann ging sie zur Kapelle und griff nach dem Glockenseil.

Dünn läutete das Glöcklein durch die Nacht. Und als hätten die vertrauten Töne die Schrannerin nochmals zurückgerufen aus den grauen Schatten, schlug sie die Augen auf und schaute alle der Reihe nach an: die Regina mit dem Peterl auf dem Arm, ihren Mann mit dem verstörten Gesicht, den alten Sepp, der am Türstock lehnte, die Hände gefaltet hatte und Tränen über die zerfurchten Wangen rinnen ließ, und den Pfarrer, der betend vor dem Kruzifix stand. Zuletzt irrte ihr Blick noch wie suchend umher, dann öffnete sie die Lippen.

»Das Glöckerl hör ich – wird wohl die Hierlin sein. – Und du stehst da, Baptist – und ihr alle. – Macht doch nicht so traurige Gesichter – wir sehen uns ja alle wieder. – Mir ist auf einmal so leicht. Komm her, Regina – lass dir sagen – den Peterl leg ich dir ans Herz. – Den darfst nie verlassen – auf den musst schaun, als wenn er dein eigenes Kind wär ...«

»Ja, Mutter«, schluchzte Regina von neuem auf und beugte sich herunter, so dass der Peterl mit seinem Händchen die wächserne Wange der Mutter noch zart streicheln konnte.

»Das versprichst mir auch du, gell, Baptist? Schau, 's Peterl hat ja niemanden auf der Welt sonst. – Und weißt es ja, wie es ist. Jede gute Tat fällt ins eigene Herz zurück.«

Sie hob mit einer müden Gebärde die Hand, wie um sich von allen noch einmal zu verabschieden. Wieder ging ihr Blick suchend durch den Raum, ihre Hand fiel herab, der Kopf neigte sich zur Seite, dann lag sie still. Für immer und ewig still.

Vielleicht hatte sie nach Julia ausgeschaut. Aber die stand droben in ihrer Kammer und musterte mit fahrigen Fingern ihre Kleidungsstücke. Keines schien ihr gut genug zu sein für den Tag des Begräbnisses.

Das Glöcklein schwieg längst. Motorengeräusch tönte durch die Nacht. Sepp fuhr den Pfarrer ins Dorf zurück. Davon aufgeschreckt, sperrte Julia ihren Schrank zu und ging hinunter. Als sie die Stube betrat, maß der Vater sie mit zornigem Blick.

»Brauchst nicht da sein, wenn die Mutter stirbt?«

Julia antwortete mit den gleichen Worten wie vorhin: »Sie hat mich ja nimmer erkannt.«

»Aber ausgeschaut hat sie nach dir, bevor sie die Augen zugemacht hat. Doch das gnädige Fräulein ist anderswo, wenn die Mutter stirbt.«

»Im Stall war ich, weil doch die Muckl kälbern will«, log Julia. Dann ging sie in die Kammer, schaute eine Weile in das bleich gewordene Gesicht und murmelte: »Und das ewige Licht leuchte ihr. Herr, lass sie ruhen in Frieden.«

Währenddessen hatte man in der Stube begonnen, den Rosenkranz zu beten. Die Hierls waren auch gekommen, und nun beteten sie alle gemeinsam.

Von niemandem beachtet, setzte sich auch Julia am äußersten Ende der Bank hin und fiel in die Stimmen der anderen ein und dachte nebenbei: Drei Weißwürst und eine Halbe Bier, das langt beim Leichenschmaus.

Die hohe Standuhr schlug in das Gemurmel der Betenden die zehnte Abendstunde. Der Schranner hob den Kopf und schaute auf den Kalender. Der zeigte den dritten Mai an, und er dachte, dass bis vor kurzem noch seine Magdalena täglich das Blatt abgerissen hatte. Seitdem war es manchmal übersehen worden, und es konnte sein, dass man vielleicht schon den vierten oder fünften Mai hatte. Für ihn war plötzlich alles so zeitlos, so leer und bedeutungslos geworden.

Es war totenstill am ganzen Hof, solange die Bäuerin, von Frühlingsblumen bedeckt, im kühlen Flur mit dem böhmischen Gewölbe aufgebahrt lag. Die Tauben saßen aufgeplustert am First, keiner von den Haflingern wieherte, die beiden Jährlinge standen mit hängenden Köpfen auf der Weide, das Hühnervolk scharte sich zusammen, als kreise ein Habicht über ihm, und die Gänse schwammen mit geduckten Köpfen über den Weiher.

Und wo der Tod der Bäuerin schon den Tieren des Hofes diese Bedrücktheit auferlegte, wie hätte es da mit den Menschen anders sein sollen? Regina ging mit verweintem Gesicht herum und nahm ab und zu den kleinen Peter in den Arm, um ihn zu trösten. Aber der verstand noch nicht ganz, was geschehen war. Er brachte immer wieder einen blühenden Zweig herbei und legte ihn zu den anderen Blumen. Der alte Sepp pfiff nicht mehr, wenn er in der Frühe zum Grasmähen ging, und der Schranner saß stundenlang auf der Hausbank, hatte den Kopf in die Hände gestützt und starrte auf das Pflaster, als suche er dort etwas.

Ihn hatte es wohl am tiefsten getroffen, denn wenn

auch keine großen Worte von Liebe in dieser Ehe gefallen waren, sie hatten doch in großer Zuneigung und in großem Einverständnis miteinander gelebt. Nie war ein böses Wort zwischen ihnen gefallen, auch wenn Magdalena einige Eigenheiten gehabt hatte, so zum Beispiel, wenn sie, am Fenster stehend, ihn vorm Einschlafen noch mal gerufen hatte.

»Du musst unbedingt kommen, Baptist. Schau dir bloß die vielen Sterne an und den samtenen Himmel! Du musst da herkommen, ans Fenster, Baptist, denn wer weiß, ob die Sterne morgen noch so hell leuchten.«

Er war aus dem warmen Bett gestiegen und neben ihr gestanden und hatte in die Sternenpracht geschaut. Er konnte ihr keine Bitte abschlagen, weil auch sie immer für ihn da war, wenn ihn einmal etwas bedrückte. Keine Hand war so tröstend wie die ihre, wenn sie ihm übers Haar strich.

Das alles ging ihm jetzt durch den Sinn. Nie mehr würde er mit ihr die schönen Sterne anschauen, nie mehr ihre Hand auf seinem Haar spüren und nie mehr die wunderbare Geborgenheit erleben, die sie als Frau ihm schenken konnte.

Einzig und allein die Julia schien in diesen Tagen ihren klaren Kopf behalten zu haben. Es war, als hätte sie sich auf diese Tage innerlich längst vorbereitet und als wäre es ganz selbstverständlich, dass sie den Platz der Mutter einzunehmen habe. Sie war es, die die Todesanzeige aufgesetzt und abgeschickt hatte. Nur wegen des Leichenschmauses hatte sie ihren Willen nicht durchsetzen können.

»Meinst du, dass ich mir Geiz nachsagen lasse!«, hatte der Schranner aufbegehrt. »Es gibt Leberspätzlsuppe, danach einen gefüllten Kalbsbraten und Bier, so viel jeder mag.«

Dabei blieb es, auch wenn Julia dem Vater auf dem Heimweg vorrechnen wollte, dass wohl ein ganzes Kalb draufginge für das, was diese Zeche beim »Rosenbräu« ausmache.

»Aus deiner Tasche geht es ja nicht«, antwortete der Schranner, blieb stehen und wartete auf Regina, die langsam mit dem Buben nachkam.

Ein paar Tage lag dieses Bedrückende noch über dem Hof. Der Hauch des Todes war noch nicht ganz abgezogen, obwohl Julia sämtliche Fenster weit aufriss. Der Schranner beobachtete ihre Handlungen etwas misstrauisch. Es war etwas in ihm, was explodieren wollte. Und der Augenblick kam schneller, als er dachte.

Er kam gerade vom unteren Anger herauf, wo Sepp das erste Gras für den Silo mähte, blieb auf der siebten Stufe stehen und traute seinen Ohren kaum. Aus dem geöffneten Küchenfenster kam Gesang, und es war gar kein Zweifel, es war die Julia, die da sang:

»Dirndl, gehe her zum Zaun,
lass dir in die Äugerl schaun,
wia deine Äugerl san –
schwarz oder braun …«

Wütend sprang der Schranner den Rest der Treppe hinauf, feuerte den Hut im Flur auf die Eckbank und stieß die Küchentür auf.

»Was fällt denn dir ein?«, schrie er in fassungslosem Zorn. »Du singst, und die Mutter ist noch gar nicht richtig im Grab!«

Langsam wandte Julia das vom Kochen gerötete Gesicht. Herrisch und groß stand sie da, das schwarze Haar hoch aufgesteckt, die Unterlippe trotzig vorgeschoben.

»Schrei doch nicht gar so«, sagte sie. »Ich bin jetzt richtig erschrocken!« Dabei sah sie ihn so unschuldsvoll an, als könnte sie seine Aufgeregtheit gar nicht verstehen.

»Mit dir werde ich noch ganz anders reden, pass nur auf!«

»Warum? Was hab ich denn getan?«

Kopfschüttelnd ging er an ihr vorbei zum Tisch, auf dem eine Schüssel mit Apfelmus stand.

»Da fragst du noch? Bist du so dumm, oder hast du überhaupt keinen Charakter?«

Julia rückte den Topf mit siedendem Schmalz etwas von der Hitze und fischte mit einer langen Gabel ein Dutzend goldgelber Nudeln heraus. Dann öffnete sie das zweite Fenster. Dort blieb sie stehen und verschränkte die Arme über der Brust.

»Wäre es dir lieber, wenn ich auch Trübsal blasen würde wie ihr alle? Deswegen wird die Mutter auch nimmer lebendig. Vielleicht ist das gar nicht in ihrem Sinn? Das Leben geht doch weiter!«

»Für dich vielleicht ohne jedes Gefühl dafür, was wir verloren haben.«

»Was weißt denn du?«, fragte Julia gereizt.

Dieser scharfe Ton sprang den Schranner an wie sein bissiger Hund. Und doch war ein Stück Wahrheit in dem, was Julia sagte. Natürlich ging das Leben weiter, musste weitergehen. Es fragte sich bloß, wie. Er hatte sich in die Veränderung noch nicht hineinfinden können.

»Du kannst leicht reden«, meinte er. »Was weißt denn du, wie es ist, wenn man plötzlich allein dasteht!«

»Auch mir ist die Mutter gestorben«, antwortete Julia etwas versöhnlicher. »Aber ich kann mir nicht vorstellen, dass es ihr recht wäre, wenn wir jetzt alle fünf gerade sein ließen und so täten, als ginge morgen die Welt unter! Was wäre denn gewesen, wenn ich es auch so gemacht hätte wie ihr? Keinen Tag wäre das Essen auf dem Tisch gestanden! Und wenn du sagst, du stehst plötzlich allein da: Ja, sind denn die Regina und ich gar nichts?«

Der Schranner saß da, hatte die Fäuste auf die Schenkel gestützt. Von unten herauf schaute er die Julia an. Dann nickte er.

»Doch, ihr seid meine Töchter, aber die Mutter kann mir keine ersetzen. Du schon gleich gar nicht. Nach wem du schlägst, das weiß ich wirklich nicht. Manchmal frag ich mich, ob du nicht einen Stein hast, da wo bei anderen das Herz sitzt!«

Julias Gesicht verfinsterte sich für einen Augenblick. Messerscharf stand die Falte zwischen ihren Brauen. Dann fragte sie: »Wie kommst jetzt auf so was?«

»Das geht mir schon lang im Kopf herum. Am deutlichsten ist es mir bewusst geworden, als die Mutter im Sterben gelegen ist. Da war deine ärgste Sorge, was du zur Beerdigung anziehen sollst. Und manchmal, wenn ich dich so beobachte, hab ich das Gefühl, dass es dir am liebsten wäre, wenn ich auch bald sterben tät.«

Sie wurde abwechselnd rot und blass, und ihre Stimme schwankte ein wenig, als sie nun entgegnete: »Das hättest nicht sagen sollen, Vater. Aber ich rechne es deinem Schmerz zu. Und in Zukunft mach ich es halt auch wie ihr alle und kümmere mich um nichts mehr. Wie man es macht, ist es verkehrt. Da hab ich gemeint, einer müsst wenigstens einen klaren Kopf behalten. Und jetzt wird es mir so ausgelegt, dass ich einen Stein in der Brust hätte. Alles, was recht ist, aber ich werd mir's schon merken.«

Der Schranner sah ein, dass er in seiner Bitterkeit zu weit gegangen war, und versuchte einzulenken.

»Jetzt sei nur nicht gleich beleidigt«, meinte er.

»Man wird doch seine Meinung noch sagen dürfen. Und du hast sogar Recht, wenn du sagst, dass das Leben weitergeht.«

»Das beste Beispiel«, hakte Julia sofort ein, »dafür siehst du, wenn du zum Fenster rausschaust – wie da alles blüht. Und vor vier Wochen ist noch Schnee im Bergwald gelegen. Da siehst du es doch: Die Natur streckt sich auch nach Frost und Schnee wieder in die Höhe! Da bleibt auch nichts am Boden liegen, weil das Leben einfach weitergeht.« Sie stieß sich von der Fensterbank ab und ging zum Küchenschrank, nahm eine Flasche mit Zwetschgenschnaps heraus, schenkte ein großes Glas davon ein und stellte es auf den Tisch. »Trink, Vater, ich glaub, das täte dir gut. Das reißt dich aus dem Grübeln, und du kommst auf andere Gedanken.«

»Vielleicht hast du Recht«, meinte der Schranner, trank das Glas in einem Zug aus und schenkte sich noch mal ein.

Und tatsächlich, es war, als lichte sich ein grauer Vorhang vor seinen Augen. Seine Gereiztheit verlor sich, und es tat ihm jetzt Leid, die Julia so hart angepackt zu haben. Noch ein drittes Glas, dann ging er hinaus, stand draußen im wogenden Sonnenlicht und ließ sich den Wind um die Schläfen wehen. Und immerzu musste er darüber nachdenken, was Julia da gesagt hatte vom Blühen und vom Leben, das weitergeht.

Jawohl, Recht hatte die Julia! Alles blühte, so weit sein Auge reichte. Den Hang hinunter prangten die Obstbäume. Die beiden Jährlinge stoben mit fliegenden Mähnen über die Weide und wieherten hell in ihrem Übermut. Vom Hierlhof herunter hörte man das Muhen einer Kuh, und vom Wald herunter rief ein Kuckuck. Der Kastanienbaum beim Zuhäusl drüben streckte seine Kerzen himmelwärts und der blaue Flieder am Pflanzgartenzaun verströmte verschwenderisch seinen Duft.

Fast durchsichtig blau standen die Berge über dem dunklen Hochwald, aus dem vereinzelt das helle Grün einer Buche leuchtete. Leise hörte man das Rauschen der Schraut aus der Tiefe, und von der Sonne umflimmert lag das Dorf im Tal. Die Luft war so klar und rein, dass man den klingenden Hammerschlag der Schmiede bis hier herauf vernahm.

Das war das Leben! Das tausendfache, vielfältige Leben, das nie stillstand und durch die Zeiten strömte. Auch wenn ein viel geliebter Mensch aus dieser Welt ging, das Leben ging weiter.

Ja, die Julia hatte Recht! Man musste sich zusammenreißen. Und ein paar Gläser von diesem Zwetschgenschnaps trinken. Dann verlor die Welt ihr trauriges Gesicht! Gut, dass Julia auf den Gedanken mit dem Schnaps gekommen war.

Der Schranner ging hinter das Haus zum Weiher, wo die alten Linden standen, in denen es rauschte und wisperte. Und mit jedem Schritt, den er ging, fühlte er sich freier und leichter. Er sah die Gänse, die über das grünlich schillernde Wasser zogen, hob die Augen und sah die beiden Jährlinge über die Weide traben und spürte, wie das vertraute Glück wieder in ihn hineinströmen wollte.

»Vor dem Wunder der Schöpfung muss man das Knie beugen«, hatte seine verstorbene Frau einmal gesagt.

Sie hatte manchmal so tiefsinnig dahergesprochen, die Magdalena, war so erfüllt von ihrer Religiosität.

Regina hatte manches von ihr. Julia gar nichts. Aber Julia war von anderen Kräften getragen, von starken Kräften sogar. Und sie hatte Recht gehabt. Alle hatten den Kopf verloren, nur Julia war bei klarem Verstand geblieben und hatte verstanden, auch ihn wieder aus der Trostlosigkeit hineinzuführen ins wirkliche Leben, auch wenn es dazu der silberhellen Flüssigkeit aus gebrannten Zwetschgen bedurft hatte, deren junge Bäume jetzt gerade so herrlich blühten und für den Herbst wieder eine reiche Ernte erwarten ließen.

Am folgenden Samstagnachmittag fuhr der Hierl zum Schrannerhof herunter, um den Nachbarn abzuholen zu einer Bauernversammlung in Schraut. Sie wechselten, wenn sie ins Dorf mussten – sonntags ja immer –, ab. Einmal fuhr der Hierl, das nächste Mal der Schranner.

Diesmal handelte es sich um eine sehr wichtige Versammlung wegen der Weiterführung der Wildbachverbauung, und der Hierl hatte sich in ein Notizbüchlein geschrieben, was er zu sagen hatte. Er war kleiner als der Schranner, ein schwarzhaariger, breitschultriger Mann, an dem alles vor Kraft strotzte. Er war redegewandt, brauchte nicht lange nach Worten zu suchen, sie flossen ihm von selber zu, witzig, ironisch, voll beißender Schärfe, wie es die Lage gerade erforderte. Der Schranner war bedächtiger, wenn er öffentlich reden musste. Das geschah nur ganz selten. Lieber schwieg er und hörte zu.

»Bin neugierig, ob der Festl kommt«, sagte jetzt der Schranner, als sie durch das Wäldchen fuhren.

Johann Festl war Landtagsabgeordneter, und gerade der Schranner und der Hierl hatten sich vor zwei Jahren tatkräftig dafür eingesetzt, dass er gewählt wurde.

»Zuerst hat er sein Maul weit aufgerissen und das Blaue vom Himmel herunter versprochen, wie er uns Bauern helfen wird. Aber wenn sie einmal drinhocken, vergessen sie alles«, ärgerte sich der Hierl.

»Ich werd ihm meine Meinung schon sagen, wenn er da ist«, versprach der Schranner.

»Wer? Du?«, wunderte sich der Hierl.

»Du wirst es schon sehen! So geht's einfach nicht! Am Anfang hat es geheißen, dass Hasslach und Bruck auch mitblechen müssen bei der Wildbachverbauung, schließlich haben ja die den gleichen Nutzen wie wir. Was haben sie denn schon bezahlt bis jetzt?«

»Um die Hälfte weniger als wir. Nächste Woche kommen die Italiener, dann soll es wieder losgehen am Schlöhboden droben. Dann heißt es auffahren mit den Moneten!«

Sie näherten sich dem Dorf, das in Vorfeiertagsstimmung dalag. Die Hofplätze waren sauber gekehrt, an der Schmiede war das große Tor schon geschlossen. Der Rosenbräu, Benedikt Sumser, stand breitbeinig, eine Virginia im Mund, vor dem Einfahrtstor zum Bräuhof, in dem bereits eine Anzahl von Wagen standen. Im Hof stand der Hansl mit einer grünen Schürze angetan.

Der Hierl sprang aus dem Wagen, der Schranner stieg etwas vorsichtiger aus. Langsam und behäbig kam der Sumser herbei, den Bauch weit vorgestreckt, die Virginia mit zwei Fingern vor sich hinhaltend.

»Tragst deinen Bauch ein bissel spazieren?«, spöttelte der Hierl.

»Der Bauch hat mich Geld genug gekostet«, lächelte Sumser.

»Ist er auch da?«, fragte der Schranner sachlich. »Den Festl mein ich.«

»Ja, der ist da und noch ein paar Herren von der Regierung.«

»Um so besser«, meinte der Hierl. »Die sollen nur hören, was wir zu sagen haben!«

»Aber gerauft wird nicht, das möchte ich mir schon gleich verbitten.«

»Wir sind doch keine Burschen mehr«, antwortete der Schranner, schaute auf seine Uhr und verglich sie mit der am Kirchturm. Dann gingen sie in den Saal hinauf, der schon gerammelt voll war. Auf der rechten Seite saßen die Brucker um ihren Bürgermeister herum. Auf der linken Seite hatten sich die Hasslacher niedergelassen, und die Schrauter beanspruchten die drei langen Tischreihen in der Mitte. Vorne war ein Tisch quer gestellt, auf dem sich ein kleines Pult für den Redner befand. Unmittelbar davor saß der Bürgermeister Merkl von Schraut, neben ihm der Landtagsabgeordnete Festl, und der Hierl stellte sogleich fest:

»Schau hin, was der für eine Birne aufhat! Grad gesund schaut er aus! Der lässt sich's recht gut gehen mit seinen Diäten.«

Als sie Platz genommen hatten, bestellte sich jeder ein Bier, der Schranner einen Schnaps dazu. Gerade, als hätte man auf die beiden Spielberger noch gewartet, eröffnete der Bürgermeister die Versammlung, begrüßte den Herrn Landtagsabgeordneten und die Vertreter der Regierung, dann erteilte er einem Oberbaurat das Wort.

Es ging vor allem darum, dass die Hasslacher und die Brucker einen größeren finanziellen Beitrag zur Wildbachverbauung leisten sollten. Die wehrten sich natürlich dagegen und fanden dabei die Unterstützung des Landtagsabgeordneten Festl, der ein gebürtiger Hasslacher war. Die Wortgefechte wurden hitzig geführt. Der Hierl machte sich fleißig Notizen, der Schranner aber hatte bereits die zweite Halbe und den zweiten Schnaps, und als er das dritte Glas hinuntergespült hatte, hob er die Hand.

Was? Der Schranner meldete sich zu Wort? Nicht der Hierl? Das war bisher noch nicht da gewesen. Bisher hatte immer der Hierl geredet, der Schranner hatte ihm nur Beifall gespendet und Schützenhilfe geleistet.

»Der Schranner hat das Wort«, verkündete Bürgermeister Merkl.

Der Schranner stand auf, griff sich mit dem Finger noch in den Hemdkragen, als wäre er ihm zu eng, und räusperte sich.

»Also, meine Herren, weil hier dauernd die Rede davon ist, wer mehr oder weniger zahlen soll, möchte ich erst einmal wissen, wo denn der angekündigte Zuschuss der Regierung bleibt? Sei still, Festl, jetzt rede ich! Ich weiß schon, was du sagen willst. Ich weiß, was wir bis jetzt gekriegt haben. Aber was ist denn mit dem versprochenen Restbetrag, wenn man fragen darf?«

»Den muss der Kreis zuschießen«, warf der Abgeordnete ein.

»Der Kreis? So, so, der Kreis. Wo soll der das Geld hernehmen, wenn doch eine Realschule gebaut werden soll und eine Turnhalle?«

»Vielleicht kann der Herr Landrat darüber Auskunft geben«, meinte Festl und nickte dem neben ihm sitzenden Landrat zu. Der Schranner ließ es aber dazu gar nicht kommen, sondern schrie gleich: »Dich hab ich gefragt, Festl, und nicht den Herrn Landrat! Du warst derjenige, der damals das Maul am weitesten aufgerissen hat! Du hast gesagt, dass es mit dem Geld keine Schwierigkeiten gibt, wenn du in den Landtag kommst. Du wirst den Herren da droben schon was pfeifen, hast gesagt, wenn sie nicht rausrücken wollen mit den Moneten!«

»Das ist eine Unverschämtheit«, wehrte sich Festl mit feuerrotem Kopf.

»Ist es vielleicht nicht wahr? Hast das nicht gesagt?«

»Wahr ist's!«, wurde dem Schranner beigepflichtet.

»Dann haben wir dich gewählt – und jetzt hockst drin und rührst dich nicht mehr.«

»Das ist eine Frechheit! Ich verbitte mir diesen Ton!«

Der Hierl legte dem Schranner ganz sanft die Hand auf den Arm und mahnte: »Vorsicht, Baptist!«

»Ja, ja, ist schon recht, ich weiß schon, was ich sag. Schau einmal so was an: Jetzt wär ihm der Ton schon nimmer vornehm genug! Was hast du uns denn alles versprochen, was du tun willst für uns, wenn du in den Landtag kommst? Jetzt wackelst auch bloß mehr mit den Ohrwascheln, steckst deine Diäten ein und gehst zum Brotzeitmachen! Aber wart nur, bei der nächsten Wahl wirst schon was erleben.«

Ein ungeheurer Beifall brach jetzt los, zumal kein Mensch damit gerechnet hatte, dass ausgerechnet der Schranner mit so scharfem Geschütz auffahren würde. Nicht einmal der Hierl konnte ihn noch bremsen, konnte nur noch mahnen: »Lass dich bloß zu keiner Beleidigung hinreißen, Baptist!«

Diese Mahnung war berechtigt, denn der Schranner wog seine Worte nicht mehr genau ab, sprach von den »Großkopferten« und ob man da oben vielleicht meine, man könne mit den Bauern Hanswurst spielen. Als der Schranner endlich schwieg und sich wieder hinsetzte, hatte er einen hochroten Kopf und bestellte sich gleich wieder einen Steinhäger.

»Was ist denn das für ein renitenter Mann?«, fragte der Regierungsrat Weinzierl den Landtagsabgeordneten Festl.

»Der Schranner von Spielberg. Seine Frau ist kürzlich gestorben.«

»Das könnte man seiner Erregtheit zugute halten. Seine Gedankengänge sind verworren.«

Das fand der Regierungsrat. Die Bauern verstanden ihn besser, und selbst wenn der Schranner mit seinen Ausfällen nichts weiter erreicht hätte, eine lebhafte Diskussion war nun auf alle Fälle eingeleitet und dauerte bis in die späten Abendstunden, vom Lehrer Schöpflein fleißig mitstenografiert für einen Bericht in der Lokalpresse. Ob dieses leidenschaftliche Einsetzen des Schranners seiner Heimatgemeinde Schraut zum Nutzen sein würde, blieb abzuwarten. Eins jedenfalls hatte er erreicht: Den Landtagsabgeordneten Festl hatte er sich zum Feind gemacht.

Ziemlich spät fuhren die beiden Spielberger heim. Die Nacht war warm und hatte wenige Sterne. Kein Wind bewegte die Blätter der Sträucher.

Der Schranner saß mit gesenktem Kopf neben dem Hierl. Jeder hing seinen Gedanken nach, bis der Hierl sich doch zu einem Gespräch aufraffte.

»Ich hab Angst gehabt, du beschimpfst ihn.«

»Dass er mich anzeigen könnt? Das tät ihm grad so passen, dem!«

»Ich hab dich überhaupt nimmer gekannt heute«, meinte der Hierl und spuckte in hohem Bogen in die Nacht hinein.

»Das hat mich schon lang gedrückt, dass ich dem Festl einmal richtig die Meinung sag. Weißt ja selber, was er vorher für Sprüch gerissen hat. Freilich – wenn ich vorher nicht drei Glasl Schnaps getrunken hätt, ich weiß nicht, ob ich dann überhaupt geredet hätte.«

»Ja, das hab ich mir gedacht. Zu jeder Halben Bier einen Schnaps. Du hast doch früher keinen Schnaps getrunken.«

»Höchstens, wenn ich fett gegessen hab. Aber die

Julia hat mir den Rat gegeben, ich soll öfter einmal ein Glasl Schnaps trinken oder zwei. Und Recht hat sie, die Julia. Man vergisst seinen Kummer dabei, man wird frei und es redet sich viel leichter.«

»Ach darum! Ich brauch keinen Schnaps, ich kann so auch reden.«

»Dir ist das angeboren. Du warst mir in der Schul schon immer voraus. Aber ich hab doch Recht gehabt mit dem, was ich gesagt habe?«

»Im Prinzip hätte ich auch nichts anderes gesagt. Nur weniger aufbrausend vielleicht. Den Spott fürchten sie mehr als Schreien. Ich hab da meine eigene Taktik, weißt.«

Sie fuhren jetzt über die hölzerne Brücke und in den Wald. Das Rauschen der Schraut blieb zurück.

Der Hierl gab ein wenig Gas.

»Lass dir nur Zeit«, sagte der Schranner. »Wir kommen noch früh genug heim.«

»Na, gar so früh ist es nimmer. Muss doch schon auf elf Uhr gehen?«

»Freilich«, antwortete der Schranner voller Bitterkeit. »Auf dich wartet ja was daheim, ein warmes Bett, eine Aussprache mit der Lisa. Was wartet auf mich? Nichts! Anderl, ich sag's dir ehrlich, mir graust vorm Heimkommen!«

»Geh, Baptist! Darfst nicht immer so grübeln! Schau, ihre Zeit war halt um, da kann man nichts machen, und es wird halt seine Zeit brauchen, bis du es überwunden hast.«

»Wenn ich überhaupt drüber wegkomme. Du weißt ja nicht, wie das ist, wenn man plötzlich so allein ist. Wenn ich früher heimkommen bin, da hab ich mich zu ihr ans Bett gesetzt und hab erzählen müssen, was es Neues gibt. Jetzt hock ich da und rede an die Wand hin, und niemand fragt mich, und niemand gibt mir einen leichten Schlag auf die Schulter und sagt: Leg dich hin jetzt, Baptist! Ja, ja, Anderl, wir haben schon gut harmoniert miteinander, die Magdalena und ich.«

So klagte der Schranner dem Nachbarn sein Leid, und es war gar nicht so leicht für den Hierl, die rechten Worte zu finden oder einen Rat zu geben, denn in seiner kummervollen Stimmung war der Schranner für nichts empfänglich.

Bei der Kreuzung, wo das Milchbankl stand, hielt der Hierl an, damit der Schranner aussteigen konnte.

»Kommst nicht noch ein bissel zu mir?«, fragte der Schranner.

»Nein, Baptist, es geht doch schon auf Mitternacht! Morgen komm ich mit meinem Buben zu dir, dann machen wir einen Schafkopf, damit du auf andere Gedanken kommst. Schau rauf, bei dir brennt auch noch Licht in der Küche! Darfst also nicht sagen, dass niemand auf dich wartet.«

»Wird die Julia sein«, meinte der Schranner und atmete auf. »Ja, die Julia! Weißt, was sie gesagt hat? Das Leben geht weiter. Und Recht hat sie! Gute Nacht, Anderl!«

»Gute Nacht, Baptist! Vergiss deinen Rucksack nicht.«

Der Rucksack mit dem Sonntagsfleisch lag auf dem Rücksitz. Der Schranner nahm ihn heraus und seufzte schon wieder: »Früher hab ich halt für die Magdalena Schweinswürstl mitgebracht, weil sie die so gern gemocht hat. Und einen Aufschnitt. Da bin ich dann an ihrem Bett gesessen und hab ihr die Wurstblattl in den Mund geschoben. Aber jetzt ...«

Der Hierl antwortete nicht mehr, fuhr los und der Wagen ratterte den steilen, steinigen Weg weiter hinauf.

Von diesem Geräusch wurde die Julia aufgeschreckt. Sie schob den Burschen von sich.

»Der Vater kommt, Tobi! Ich lass dich durch den Stall hinaus, sonst läufst ihm in die Händ!«

»Wenn er im Bett ist, lässt mich wieder rein, gell, Schatzl?«

»Nein, für heute reicht es, Tobi. Am nächsten Samstag wieder.«

»So lang muss ich warten?«

»Eine Woche ist nicht lang, Tobi.« Sie drängte ihn zur Küche hinaus in den Stall. Dort riss der Bursche sie noch mal in die Arme.

»Ich bin ganz verrückt nach dir, Julia!«

Statt einer Antwort warf sie die Arme um seinen Hals und küsste ihn voller Wildheit. Dann schob sie ihn in das Dunkel des Stalles, stieß den eisernen Riegel vor und kam gerade noch in die Küche zurück, als sie den Vater bereits die Steinstufen herauftappen hörte. Schnell räumte sie das Bierglas, den Holzteller und den Brotlaib weg und nahm ein Strickzeug in die Hände.

Sie hörte den Schritt im Flur, das kurze Verhalten vor der Stubentür, dann das Näherkommen. Die Tür wurde geöffnet, Julia ließ die Hände mit dem Strickzeug sinken.

»Guten Abend, Vater.« Sie schaute auf die Uhr. »Heut hat es aber lang gedauert!« Sie nahm ihm den Rucksack aus der Hand und holte das Eingewickelte heraus, trug es in die Speise und kam zurück.

»Dass du noch auf bist?«, fragte der Schranner und begann seine Schuhe aufzuschnüren. Geschäftig brachte Julia ihm die Lederpantoffeln.

»Ich hab mir halt gedacht, es könnte dich freuen, wenn du nicht so allein bist beim Heimkommen.«

»Aber es ist schon ziemlich spät.«

»Mir ist die Zeit nicht lang geworden. Ich hab gestrickt.« Sie maß das Gestrickte an seinem Ärmel, dann rollte sie das Strickzeug zusammen und steckte die Nadel durch. »Wie war es denn?«

Der Schranner zog seine Jacke aus und legte sie neben sich auf die Bank. Ein ungemein behagliches Gefühl überkam ihn. Alle Schwermut war wie weggeblasen. Es hätte ihm gar nicht zu grausen brauchen vor dem Heimkommen. Jemand hatte auf ihn gewartet. Die Julia war seinetwegen aufgeblieben und fragte ihn nun, wie es war. Es tat wohl, jemandem zu sagen, wie es gewesen war.

»Heut hab ich's dem Festl einmal richtig gesagt«, platzte er heraus, und man merkte seine Genugtuung.

»Wer? Du?«, fragte die Julia ungläubig.

»Jawohl, ich! Da haben sie geschaut, wie ich auf einmal aufgestanden bin und zu reden angefangen hab. Ist ja wahr auch, hockt er im Landtag und bringt keinen Zuschuss her!«

»Da hast Recht gehabt, Vater. Magst noch einen Kaffee?«

»Kaffee? Nein, aber ein Glasl Schnaps, dann schlaf ich besser.«

»Gern«, sagte die Julia und schenkte ihm ein Glasl ein. Dann löste sie vor dem Spiegel die schweren Zöpfe. Wie ein dunkler Mantel hing ihr das Haar über die Schultern. Der Schranner schaute sie gebannt an, seufzte und leerte das Glas.

»Wie die Mutter, Gott hab sie selig«, sagte er.

»In ihren jungen Jahren, meinst?«

»Die Mutter hat sich gut gehalten, bis die Krankheit sie gezeichnet hat. So eine, wie die Mutter war, bekomm ich nie mehr.«

Wie von einer Tarantel gestochen, fuhr Julia herum.

»Wieso? Du wirst doch das Heiraten nicht mehr im Sinn haben?«

Der Schranner hätte beinahe laut aufgelacht, so sehr erheiterte ihn Julias Schreck.

»Warum eigentlich nicht?«, fragte er. »Mit fünfzig Jahren gehör ich doch noch nicht zum alten Eisen.«

Ganz schmal wurden Julias Augen. »Genierst dich nicht, überhaupt daran zu denken? Wo die Mutter doch grad erst unter der Erde ist!«

Immer mehr erheiterte den Schranner das Gespräch. Er schenkte sich noch mal ein und meinte: »Ich hab ja nicht gesagt, dass ich morgen schon heiraten will. Aber in einem Jahr vielleicht oder in zwei. Das kommt grad drauf an, wie ihr euch anstellt.«

»Du wirst doch nicht behaupten wollen, dass dir was abgeht im Essen oder Trinken?«

»Bestimmt nicht. Es fragt sich bloß, wie lang das so bleibt. Wir müssen überhaupt einmal über alles genau reden. Es soll ja nicht so sein, dass die Regina jetzt dauernd Stallmagd macht und du im Haus wirtschaftest. Ich denke, dass ihr abwechseln solltet.«

»Mir ist das gleich«, unterbrach Julia ihn. Aber dem Tonfall war zu entnehmen, dass es ihr keineswegs gleich war. Im Grunde genommen nahm sie das überhaupt nicht ernst. Sie hatte die Wirtschaft im Haus übernommen, ohne dass sie dazu aufgefordert worden wäre. Und niemand sollte sie von ihrem Platz verdrängen. Sie hatte ein Ziel vor Augen, und das wollte sie hartnäckig verfolgen. Niemand durfte ihr dabei in die Quere kommen, am allerwenigsten die Schwester!

»Magst noch einen Schnaps, Vater?«

»Nein, heut reicht es mir. Zu viel ist ungesund.«

»Wie du meinst«, sagte sie und ging mit einem »Gut

Nacht, Vater« hinaus, die Stiege hinauf in ihre Kammer, die eine der schönsten im ganzen Haus war.

Vor ihrem Fenster war eines der wunderschönen schmiedeeisernen Gitter angebracht, ein wenig nach außen gewölbt, mit einem Blumenkasten, in dem blaue Glockenblumen gerade zu blühen begannen.

Ein warmer Wind wehte von den Bergen herunter. Manchmal schienen die Sterne unter seinem Hauch zu flimmern. Er wehte zum offenen Fenster herein und umschmeichelte Julias Gesicht und Hals, dem Streicheln einer kosenden Hand gleich, so dass sie bitter bereute, dem Mann das Wiederkommen in dieser Nacht verwehrt zu haben. Ungestüm drängte und pochte ihr Blut und sehnte sich nach der Umarmung von Tobias Langreiner.

Sie hörte, wie die Haustür nochmals ging und der Schritt des Vaters über den Hof tappte und sich dann hinter der Tennbrücke verlor. Er machte, wie jeden Abend, und wenn es noch so spät war, seinen Rundgang um den Hof, probierte jede Tür, ob sie verschlossen war, bis er dann seine Schlafkammer aufsuchte.

Dort saß er eine Weile auf dem Bettrand, starrte auf das Bild an der Wand, das seine verstorbene Frau in der Festtagstracht des Tales zeigte. Der große Jammer wollte ihn schon wieder überkommen.

»Hättest mich nicht allein lassen sollen! Was bin ich denn ohne dich?«

Da sah er das Schnapsfläschchen auf dem Nachtkästchen neben dem Wecker stehen. Und er lobte die Julia, die doch an alles dachte. Er schenkte sich ein und hob das Glas prostend zu dem Bild empor: »Darfst mir's nicht übel nehmen, Lena, wenn ich jetzt ein bissel schnapsel. Ich brauch halt was, damit ich meinen Kummer vergess.«

Das Bild an der Wand gab keine Antwort. Es lächelte nur mild, so wie die Schrannerin oft gelächelt hatte, wenn er einmal etwas verkehrt machte.

Die Arbeit an der Wildbachverbauung kam wieder richtig in Schwung, nachdem verschiedene Unstimmigkeiten geklärt und die finanziellen Bedingungen für alle Teile zufrieden stellend hatten gelöst werden können. Auch ein paar personelle Änderungen gab es. Mit etwa dreißig Italienern kam ein neuer Ingenieur, Reinhold Brockdorf. Die Italiener stammten aus der Gegend von Verona, der Ingenieur aus München. Er war ein gut aussehender, noch verhältnismäßig junger Mann, dem man gar nicht zugetraut hätte, dass er schon eine so leitende Stelle ausfüllen könnte. Aber er hatte sein Können bereits bei einem größeren Bau in der Türkei und einem Staudamm in Tunis unter Beweis gestellt, und wahrscheinlich hielt seine Firma ihn für den geeigneten Mann, in die etwas verworrenen Verhältnisse der Wildbachverbauung am Schlöhboden Ordnung zu bringen. Als Erstes ließ er gleich den halb verrosteten Waschkessel in der Küchenbaracke herausreißen und durch einen größeren emaillierten Kessel ersetzen, in dem die Italiener ihre Polenta und die Spaghetti kochen konnten. Dann galt es, in einer Versammlung das Verhältnis der einheimischen Arbeiter mit den Italienern zu klären. Es war im Herbst zu Raufereien und Messerstechereien gekommen. Das sollte endgültig unterbunden werden, und Reinhold Brockdorf ließ keinen Zweifel daran aufkommen, dass die Italiener die gleichen Arbeitsbedingungen und Rechte hätten.

Danach versammelte er in seinem kleinen Büro, in dem auch noch ein altes Feldbett und ein eiserner Ofen standen, die Vorarbeiter und erläuterte ihnen seinen

Standpunkt. Er sprach ruhig, saß auf der Kante des Schreibtisches und trommelte leicht mit einem Lineal auf die Tischplatte. Was er sagte, war durchaus einleuchtend, jedem verständlich, aber auch von einer Bestimmtheit, die niemanden daran zweifeln lassen konnte, dass man mit dem Neuen kein so leichtes Spiel mehr haben würde wie mit seinem Vorgänger.

»Ich wünsche also«, schloss er seine Ausführungen, »dass nicht hinter meinem Rücken gehetzt und geschürt wird, sondern dass mir alles, auch wenn es unliebsame Dinge sind, offen gesagt wird. Wir können dann gemeinsam darüber beraten, wie dies oder jenes besser gemacht werden kann.«

Ein paar Mal hatte Reinhold seinen Blick auf den Hintergrund des Raumes gerichtet, wo ein groß gewachsener Bursche mit schwarzem Lippenbärtchen lässig neben der Tür lehnte und von Zeit zu Zeit spöttisch lächelte.

Um sicher zu gehen, ließ sich Brockdorf nochmals alle Namen der Vorarbeiter nennen. Angerer, Berger, Lohmüller, Weigert. Dann stand er vor dem Burschen an der Tür.

»Und wie heißen Sie?«

»Tobias Langreiner.«

»Vorarbeiter?«

»Nein, Sprengmeister.«

»Ach ja.« Noch ein prüfender Blick in die feurig funkelnden Augen, in das schmale, tief gebräunte Gesicht. Man hätte Langreiner ohne weiteres auch für einen Italiener halten können. Allerdings unterschied er sich durch seine Größe und durch seine Lässigkeit von den kleineren, quicklebendigen Italienern. Trotzdem fragte Brockdorf noch: »Sind Sie aus der Gegend?«

»Ja, von Hasslach.«

»Danke. So, das wäre es für heute. Halt, noch was! Weiß mir niemand ein Zimmer, nicht allzu weit von der Baustelle? Ich weiß, mein Vorgänger hat hier in der Baracke gewohnt. Er war ja auch nur vorübergehend hier eingesetzt. Bis nach Schraut hinunter ist es mir allerdings zu weit, aber wenn ich in der Nähe etwas finden könnte?«

»Beim Hierl in Spielberg haben sie einmal vermietet«, wusste der Angerer Bescheid.

»Oder beim Schranner«, meinte der Lohmüller.

Kaum merklich zuckten die buschigen Brauen des Tobias Langreiner. Dann strich er mit zwei Fingerspitzen über sein Bärtchen und verzog die Mundwinkel.

»Soviel ich weiß, vermieten die nicht«, sagte er mit einer Bestimmtheit, die keinen Zweifel zuließ.

»Sag das nicht«, erinnerte der Lohmüller. »Vorigen Sommer war doch der Botanikprofessor dort und im Herbst die Malerin.«

»Ja, aber da hat die Schrannerin noch gelebt. Jetzt kennen sich die zwei Töchter sowieso nicht mehr aus vor lauter Arbeit.«

Das hörte sich so an, als hätte der Tobias etwas dagegen, dass der Ingenieur im Schrannerhof Logis beziehen würde.

»Irgendetwas wird sich schon finden lassen«, meinte Brockdorf und griff nach seinem Hut.

»Beim Kreuzeggerwirt in der Schnaissen hätten sie ein paar Zimmer«, meinte der Tobias, als sei ihm das gerade noch rechtzeitig eingefallen. »Das ist auch nicht weit weg, und dort könnten Sie auch essen.«

»Danke, ich werde mir's mal ansehen.« Brockdorf ergriff die Mappe mit den Zeichnungen, was zugleich das Zeichen der Beendigung der Besprechung war.

Draußen wogte verschwenderisch das Sonnenlicht über dem Schlöhboden, einer weit hingezogenen Mulde, in der in einem Staubecken all die aus den Bergen herströmenden Gießbäche in der Zeit der Schneeschmelze und der schweren Gewitterregen eingefangen werden sollten, bevor die Schraut die Felder und Wiesen des Tales verwüsten konnte.

Das Fernglas vor der Brust, die Mappe unter dem Arm, ging Reinhold Brockdorf so schnell den Hang hinauf, dass er über dem Latschenfeld rasten musste, so kurz war ihm der Atem geworden.

»So geht es hier nicht«, lächelte er. Das war nicht die Ebene von Tunis oder die sanfte Hügellandschaft am Bosporus. Er musste sich hier wahrscheinlich erst akklimatisieren. Aber was er jetzt von der Höhe aus sah, berauschte ihn. Hinter ihm wuchteten sich die Berge mit ihren Schluchten und Schründen empor. Darüber ein Himmel wie Seide. Der Wind war anders hier, und selbst das Echo schien einen tieferen Klang zu haben. In einer Waldschneise lagen die Baracken. Aus einer stieg blauer Rauch aus einem Eisenrohr. Wie Ameisen sahen die geschäftigen Menschen aus. Gerade kamen wieder ein paar Wagen mit Material aus einem Waldweg heraus, und ein Rudel Rehe hastete erschrocken über das Almfeld in den Schutz eines Jungwaldes.

Dieser Vormittag schien Gold in seine Stunden zu streuen. Alles ringsum schimmerte und leuchtete. Herrlich, dieser Blick ins Unbegrenzte, man konnte berauscht werden von all den Wundern, die die Welt hier offenbarte.

Weit aus der Tiefe hörte man eine Glocke läuten, und fast gleichzeitig tönte eine Sirene durch die Stille der Bergeinsamkeit. Mittagszeit.

An diesem Abend noch suchte Brockdorf die Kreuzeggerwirtschaft auf und wusste schon, bevor er die Gaststube betrat, dass er hier nicht wohnen würde. Von düsteren Tannen umschlossen, stand das heruntergekommene Haus da, ohne irgendein Schild, dass es ein Gasthaus sei. Nur ein Dutzend Bierfässer, die neben der Haustür an der Mauer aufgeschichtet waren, konnte darauf schließen lassen.

Der lange Tisch neben dem Ofen war schon besetzt. Einige Gesichter kannte er, vor allem das braun gebrannte mit dem aufgezwirbelten Schnurrbärtchen. Sie spielten Karten, dichter Tabakrauch zog unter der niederen Decke hin. Die Vorhänge waren wohl schon eine Ewigkeit nicht mehr gewaschen. Hinter der Theke stand eine dicke Wirtin, während der Wirt bei den Kartenspielern hockte.

Bevor Reinhold Brockdorf noch etwas sagen konnte, reckte der Langreiner Tobi schon seinen Hals und schrie zur Schänke hin: »Das ist unser Ingenieur! Ein Zimmer braucht er!«

»Kann er haben«, sagte die Wirtin ohne großes Interesse und schenkte einen Maßkrug voll. »Über die Stiege rauf, die letzte Tür rechts, das ist frei.«

Sie deutete mit dem Doppelkinn auf die Stiege, die vom hinteren Teil des Gastzimmers nach oben führte.

Da Brockdorf aber bereits genug gesehen hatte, wollte er das Zimmer erst gar nicht besichtigen. Da war es in seiner Baracke noch gemütlicher! Einer der Italiener hatte sich angeboten, sie täglich zu säubern. Aber weil er nun doch schon einmal hier war, bestellte er sich ein Bier und schaute den Kartenspielern ein wenig zu.

Was nun mit dem Zimmer sei, fragte die Wirtin.

Er wolle sich das noch mal überlegen, sagte er, bezahlte und ging.

Am Samstagnachmittag machte Brockdorf sich auf nach Spielberg. Man hatte ihm den Weg beschrieben, und beim Hierl wollte er wegen eines Zimmers nachfragen.

In seinem hellgrauen Trachtenanzug sah er fast aus wie einer aus der Gegend. Sein Weg führte ihn durch schön gewachsenen Bauernwald, in dem es so kühl war wie in einer Kathedrale. Nur durch die Lücken huschten gelbe Sonnenbänder. Einmal blieb er stehen und lauschte dem eifrigen Hämmern eines Spechts.

Eine gute Viertelstunde war er gegangen, da sah er bereits den Weiler Spielberg vor sich liegen; die Fohlenweide, den Weiher und vor allem den wuchtigen Schrannerhof, neben dem der Hierlhof sich fast bescheiden ausnahm. Einen schärferen Gegensatz an Gebäuden, so nahe nebeneinander, hatte er noch nie gesehen. Wirkte der Hierlhof freundlich einladend, bestach der andere durch seine Bauweise, so dass man sofort eine Neugierde spürte, ihn auch von innen kennen zu lernen.

Brockdorf stand eine Weile am Rand der Fohlenweide und überlegte, wohin er zuerst gehen sollte. Er entschied sich für den Hierlhof. Nun hätte er aber den Zaun der Fohlenweide übersteigen und nicht außen herumgehen sollen, denn der Pfad, den er ging, führte ihn zum Weiher und damit in den Bereich des Schrannerhofs.

Keine Menschenseele auf dem Hof. Nur eine Katze räkelte sich auf dem Pflaster. Die Sonnenuhr an der weißen Wand zeigte die dritte Nachmittagsstunde. Weit drunten sah man Menschen im Heu arbeiten. Man roch den Heuduft bis hier herauf. Beim Hierl droben schlug einmal der Hund kurz an.

Brockdorf ließ seine Augen über die Gebäude schweifen und wunderte sich immer wieder über die

Eigenart dieses Stils. Bauernhäuser dieser Art hatte er im Engadin kennen gelernt. Das Wohnhaus hatte etwas Patrizierhaftes. Nur der Stall und die anderen Gebäude waren landschaftsüblich. Unermüdlich plätscherte das Wasser des Brunnens in den steinernen Trog. Im Pflanzgarten daneben blühten brennrote Malven, blauer Rittersporn und Feuerlilien. Nicht ganz so üppig zwar wie die Geranien und Glockenblumen in den tiefen Fensterhöhlen, im Duft aber stärker.

Es musste doch jemand daheim sein, denn die Haustür stand weit offen. Gerade als Brockdorf den Fuß auf die erste Stufe setzte, trat Julia, einen Korb in der Hand, unter die Tür, zog sie hinter sich zu und verhielt dann den Schritt, als sie den Fremden sah. Brockdorf konnte seine Verwunderung kaum verbergen. Diese Erscheinung hatte etwas Bestechendes. Es lag vielleicht im Blick ihrer glänzenden Augen oder in der Art, wie sie dastand, groß und schlank, in einem blauen Leinendirndl mit weißen Puffärmeln. Ihre Bluse war im Ausschnitt aufgeknöpft, und man sah ein silbernes Medaillon auf ihrer braunen Haut schimmern.

Es war gerade, als ob die Stille noch wachsen und sich ausbreiten würde. Eine merkwürdige Situation war das. Ein Augenblick, enthoben aus dem Fluss der Zeit, Sekunden nur, gleich jenen, in denen das Schicksal seine Fäden spinnt.

Endlich raffte Reinhold Brockdorf sich auf, lüftete das grüne Hütl mit den drei Reiherspitzen und sagte: »Mit Verlaub – Brockdorf. Reinhold Brockdorf.«

Langsam und nachdenklich bewegten sich die Brauen des Mädchens.

»Ja – und?«

»Man sagte mir, ich könnte hier ein Zimmer haben.«

»Ein Zimmer?«, fragte Julia und stellte den Korb ab.

»Ich könnte mir denken, dass in einem so großen Haus schon eines frei wäre. Ich stelle keine Ansprüche. Nur Zimmer mit Frühstück. Der Preis spielt keine Rolle, soll natürlich auch nicht zu hoch sein.«

»Für wie lange? Drei Wochen oder vier?«

»Für den ganzen Sommer. Ich bin der neue Ingenieur am Schlöhboden droben.«

Wieder bewegten sich ihre Brauen hin und her. Ihr Blick traf jetzt fest den seinen, und zum ersten Mal deutete sich ein kleines Lächeln an.

»Ach so! Wer hat Ihnen denn gesagt, dass wir Zimmer vermieten?«

»Beim Hierl oder beim Schranner, hat man mir gesagt. Wo bin ich hier?«

»Beim Schranner. Und ich bin die Julia.«

»Tochter?«

»Eine von den zwei Töchtern. Unsere Mutter ist vor kurzem gestorben.«

»Das tut mir Leid. Aber wenn es Ihnen Ungelegenheiten bereiten sollte, ich probiere mein Glück dann beim Hierl.«

»Nein, wieso? Unannehmlichkeiten sagen Sie? Sie wollten doch keine Ansprüche stellen. Wenn das so ist, können Sie ein Zimmer haben. Ich wollte zwar jetzt die Brotzeit auf die Wiese hinunterbringen –«

»Ich warte gern so lange. Dann können Sie fragen, ob es recht ist, wenn ich hier wohne.«

Julia nahm das Körbchen wieder auf, aus dem die Hälse einiger Bierflaschen ragten.

»Wen sollte ich fragen?«, tat sie verwundert.

»Wenn ich sage, Sie können hier wohnen, dann hat das seine Gültigkeit. Wegen des Preises werden wir uns leicht einig werden. Also, bis nachher. Haben Sie kein Gepäck?«

»Ich könnte es in der Zwischenzeit holen«, meinte er.

»Ja, tun Sie das und kommen Sie nur wieder.«

Brockdorf sah ihr nach, wie sie jetzt rasch den Hang hinuntereilte. Wie der Rock um ihre langen Beine schwang! Wie die Sonne in ihrem Haar spielte und es fast bläulich scheinen ließ! Eine faszinierende Erscheinung, musste er denken und stellte Vergleiche an, was ihm nicht schwer fiel. In seinem Leben waren ihm schon viele schöne Frauen begegnet.

Er ging zum Schlöhboden zurück und packte seine Sachen in einen großen Koffer.

Auf dem Schrannerhof fand Reinhold Brockdorf alles zum Besten. Früh um fünf Uhr rasselte der Wecker. Dann stand er auf, rasierte und wusch sich, nahm drunten in der Stube das Frühstück ein, das für ihn viel zu reichlich war. Eifersüchtig wachte Julia darüber, dass nur sie allein ihn bediente, und als sie einmal dazukam, wie Regina dem Ingenieur ein Glas Milch hinaustrug zur Hausbank, auf der er nach Feierabend saß, zischte sie danach in der Küche wütend: »Der geht dich nichts an, damit du dich auskennst!«

Regina, von jeher gewohnt, sich zu ducken, wenn Julia etwas sagte, begehrte zum ersten Mal auf.

»Er hat mich doch darum gebeten«, sagte sie. »Und tu doch du nicht grad so, als wenn du allein für ihn sorgen müsstest.«

»Bin ich im Haushalt oder du?«

»Du, weil du dir zu gut bist, in den Stall zu gehen! Obwohl der Vater –«

»Der Vater redet viel, wenn der Tag lang ist.«

»Ja, leider! Manchmal kenn ich ihn kaum mehr, wenn ich daran denke, wie er früher war. Aber ich glaub, das macht nur der verdammte Schnaps.«

»Was weißt denn du! Er braucht ihn, wenn er wieder Rückgrat kriegen soll.«

»Ich weiß nicht«, meinte Regina. »Der Ingenieur hat auch schon zum Vater gesagt, dass Schnaps Gift wär für den Körper.«

»Die paar Stamperl, die der Vater trinkt, die machen nichts.«

»Auf alle Fälle solltest du ihn nicht immer dazu ermuntern.«

»Soll ich vielleicht die Flasche verstecken, wenn ihm danach ist? Du natürlich, du brächtest das fertig!«

»Ja, das brächte ich fertig«, antwortete Regina. »Und weil wir jetzt schon einmal dabei sind: Tu mich nicht immer so rumkommandieren, wenn der Ingenieur in der Nähe ist. Ich weiß schon selber, was ich zu tun hab, und ich bin nicht dein Aschenputtel!«

Verdutzt schaute Julia in das zorngerötete Gesicht der Schwester. Eine dunkle Ahnung dämmerte ihr.

»Wärst du vielleicht gar scharf auf ihn? Da schau her! Als wenn der an dir Interesse hätte.«

»An mir genauso wenig wie an dir, auch wenn du ihm deine verflixten Augen machst! Meinst du, dass ich nicht merke, wie du um ihn herumschwanzelst? Ingenieur hin und Ingenieur her! War das Ei weich genug heut früh? Und wenn das Geräucherte zu fett ist, brauchen Sie es nur sagen, Herr Ingenieur, dann schneiden wir halt das Fett weg.«

Noch nie war es zwischen den Schwestern zu einer so harten Auseinandersetzung gekommen. Julia kam aus dem Wundern nicht mehr heraus. Wann hatte Regina jemals so aufbegehrt? Es war, als halle die Küche wider vor Hohn. Julia fühlte sich durchschaut. Zorn funkelte in ihren Augen, und doch fühlte sie, dass die Zeit vorbei war, die Schwester an den Zöpfen zu ziehen. Um sich aber keine Blöße zu geben, sagte sie jetzt: »Eigentlich sollte ich dir jetzt links und rechts eine runterhauen für deine Frechheit.«

»Probier es doch!«, lachte Regina und besah dabei ihre Fingernägel. »Probier es ruhig! Dann wird der Herr Ingenieur dich morgen früh fragen, wer dir dein Gesicht so zugerichtet hat!«

Da gab Julia auf, sah nur, blass geworden, auf die Tür, die Regina heftig hinter sich zugeschlagen hatte. War sie denn so unvorsichtig gewesen, dass Regina gemerkt hatte, wie brennend sie danach verlangte, Reinhold Brockdorf möge doch endlich seine Zurückhaltung ablegen und verstehen, dass jeder Handgriff für ihn aus Liebe geschah? Warum nur brachte er kein Interesse für sie auf? Er schaute an ihr vorbei, als wäre sie Luft. Mit Regina aber unterhielt er sich lebhaft und fröhlich. Da konnte er lachen und mit dem Peterl scherzen.

Die Zähne in die Unterlippe gegraben, starrte sie vor sich hin. Wagte sie vielleicht zu wenig? Gehörte er zu den Männern, denen man mit dem Telegrafenmasten winken musste, damit sie begriffen, was los war? Musste sie ihm ihre Zuneigung ganz offen zeigen?

Was bedeutete ihr der Tobi noch, seit Reinhold Brockdorf im Haus war! Seit sie das entsprechende Alter hatte, hatte Julia mit den Burschen immer nur gespielt. Mit dem Hierl Anton, dem Fasslinger Bruno und auch mit dem Langreiner Tobi. Sie hatte nur zu winken brauchen und sie hingen an ihrer Hand. Sie hatte die Burschen gegeneinander ausgespielt, es hatte ihr Spaß gemacht, Eifersucht zu schüren. Es war so leicht gewesen. Aber dieser eine leistete ihr Widerstand. Bei vernünftiger Betrachtung hätte sie die Ablehnung spüren müssen. Julia aber war so von sich eingenommen, dass sie diese Möglichkeit gar nicht erst erwog.

Längst hatte sie seinen Koffer durchwühlt, nach Briefen gesucht, die ihr hätten sagen können, ob er anderweitig gebunden wäre. Nichts hatte sie gefunden, kein Bild, keine verliebte Zeile. Nur Berichte über den Arbeitsverlauf da oben am Schlöhboden, wo auch der Tobi arbeitete.

Aber sie täuschte sich: Reinhold Brockdorf hatte längst gemerkt, was es geschlagen hatte. Er sah das Feuer, das in ihr glühte, wollte es aber nicht schüren. Er war zu sehr mit Verantwortung für das Werk am Schlöhboden belastet, als dass er den Verlockungen nachgeben durfte. Was er brauchte, waren Ruhe und Ausgeglichenheit. Und das konnte er bei Julia nicht finden. Sie war Sturm, Wildheit und Flamme. Regina dagegen war das stille, behagliche Feuer, an dem man sich erwärmen konnte. Ja, es war eigenartig, Reginas Ausgeglichenheit, die bescheidene, unaufdringliche Art, mit der sie ihm begegnete, wirkte beruhigend auf ihn. Wenn er beobachtete, wie sie den kleinen Peter herzte und in die Arme nahm, musste er an seine eigene Kindheit denken und an seine Mutter. Aus Reginas Augen sprach dieselbe Güte, die gleiche Nachsichtigkeit, und schon in ihrer Stimme lag Fürsorglichkeit. O nein, es entkam ihm nichts. Er hatte beobachtet, wie Regina mit stillem Lächeln dem Vater die Schnapsflasche weggenommen hatte. Und ihm wurde ganz warm ums Herz, wenn aus der Dunkelheit ihrer Kammer die leise, etwas traurige Stimme klang, mit der sie den Buben in den Schlaf sang, oder wenn sie ihm ein Märchen erzählte.

Er hatte sich dabei ertappt, dass ihre Stimme mit ihm gegangen war zum Schlöhboden und dass sie in ihm nachgeklungen hatte den ganzen Tag. Er hatte gespürt, dass er sich auf den Feierabend auf dem Schrannerhof freute, um sie wieder zu sehen. Aber dann war immer Julia da, die es so einzurichten wusste, dass er mit Regina kaum ein paar Minuten allein war.

In dieser zwiespältigen Lage kam ihm eines Morgens der Langreiner Tobi gleich einem Rettungsanker entgegen. Reinhold stand in seinem Büro über die Pläne gebeugt, als ein Schatten durchs Fenster über den Tisch herfiel.

»Ach, Sie sind es, Langreiner!« Brockdorf ging zum offenen Fenster. »Was gibt es? Die Sprengung geht doch in Ordnung? Um neun Uhr dreißig?«

»Geht in Ordnung«, nickte der Tobi. »Und was ich noch sagen will, Herr Ingenieur, sie sollten mir nicht ins Gäu gehen. Da könnt ich nämlich recht ungemütlich werden.«

Reinhold nahm die erloschene Zigarette aus dem Aschenbecher. Bevor er sie anzünden konnte, hatte der Tobi schon sein Feuerzeug angeknipst und reichte die kleine Flamme durchs Fenster.

»Danke! Wie soll ich denn das verstehen, Langreiner? Nicht ins Gäu gehen?«

»Bei der Julia, meine ich.«

Brockdorf sah dem Rauch seiner Zigarette nach, lächelte.

»Wie kommen Sie denn darauf, Langreiner?«

»Weil ich sie kenne.«

»Wen? Mich?«

»Nein, die Julia.«

Brockdorf lachte nun wirklich aus vollem Hals.

»Das ist ja interessant! Sie scheinen nicht viel Vertrauen zu dem Mädl zu haben.«

»Vertrauen hin, Vertrauen her. Einmal hat einer sie mir schon ausspannen wollen, der Gebringer Franz. Den hab ich so geschlagen, dass er drei Tage im Bett hat liegen müssen. Und so geht es jedem, der mir da dreinpfuschen will.«

»Ich möchte es nicht darauf ankommen lassen, wer von uns beiden drei Tage im Bett liegen würde. Vielleicht haben Sie schon gemerkt, dass man mir nicht drohen kann und dass ich keine Angst kenne. Aber die Sache ist sowieso unsinnig. Ich werde der Julia nicht zu nahe treten. Sie ist nicht mein Typ. Genügt Ihnen das?«

»Dann ist's ja gut. Es ist ja bloß, dass man was sagt.«

»Ich glaube, das hat nun jeder von uns recht deutlich getan. Nur eins würde mich interessieren: Ist der Schranner einverstanden?«

»Der weiß nichts und braucht vorerst auch nichts wissen.«

»Ich verstehe. Dem Schranner wäre ein Bauer lieber als ein Sprengmeister.«

»Das ist es nicht. Ich stamme ja auch von einem Bauern ab. Aber wir sind vier Buben daheim, und so viel Arbeit gibt es nicht am Hof bei uns. Also arbeite ich auswärts, früher im Wald und jetzt bei der Wildbachverbauung.«

»Übrigens – wie steht es denn mit der Regina? Ist da auch einer, dem man nicht ins Gäu kommen darf?«

Der Tobi lachte verächtlich.

»Die weiß doch noch gar nicht, dass es zweierlei Geschlechter gibt!«

»Dann wäre so weit ja alles klar«, meinte Brockdorf, trat vom Fenster zurück und beugte sich wieder über die Pläne.

»Alles klar«, antwortete der Tobi. »Es ist ja auch bloß, dass man was sagt, nicht wahr?«

Reinhold hob den Kopf.

»Sie haben wieder den Schutzhelm nicht auf, Langreiner. Das ist Vorschrift und – ich muss darauf bestehen.«

»Schön, wie Sie meinen. Bis jetzt ist mir zwar noch kein einziger Brocken auf meinen Kürbis gefallen.«

»Trotzdem muss ich darauf bestehen. Die Verantwortung trage ja schließlich ich.«

»Gott sei Dank!«, sagte der Tobi, dann ging er davon.

Brockdorf sah ihn noch, wie er gertenschlank dahinging, die Schultern ein bisschen wiegend. Ein Mensch, zu dem man Vertrauen haben könnte, wenn in seinem Blick nicht etwas Verschlagenes gelegen hätte.

Er musste an Julia denken. Irgendwie passten die zwei zusammen. Er konnte sogar verstehen, dass dieser Langreiner vorbaute, dass er warnte. Nur die Art, wie er es getan hatte, war verletzend und herausfordernd. Keine bäuerliche Derbheit, sondern bewusst frech.

In der Sonntagnacht dröhnte ein so heftiges Gewitter durch das Tal wie seit Jahren nicht mehr. Alle Gewalten der Natur schienen aufgebrochen zu sein. Blitze zerrissen die dunkle Nacht, der Donner brüllte, der Sturm stöhnte um die Mauerkanten, und der Regen fiel wie das Schlagen von tausend Hämmern auf das Dach und schwamm als breiter Sturzbach über das Hofgelände.

Den Schranner riss es aus dem Bett. Er zündete die schwarze Wetterkerze an. Sonst gab es kein Licht, irgendwo musste der Blitz in die Leitung geschlagen haben, oder es hatte einen Masten umgerissen. »Bloß jetzt keinen Hagel«, betete der Schranner. Die Obstbäume hingen schwer voll kleiner Früchte, der Weizen hatte schon Kindshöhe erreicht. Ein Hagel würde alles vernichten.

Früher, als die Schrannerin noch lebte, hatte man sich bei solchen Anlässen vor dem Herrgottswinkel versammelt und gebetet. Jetzt kam nach einer Weile nur der alte Sepp in die Stube, obwohl doch auch die anderen bei solchem Lärm aus dem Schlaf gerissen sein mussten.

Ja, alle waren wach. Der kleine Peterl ließ sich angstschlotternd von Regina in ihr Bett nehmen. Sie schlang die Arme um ihn und deckte mit der Hand seine Augen zu, damit er die Blitze nicht sehe. Voll mütterlicher Behutsamkeit, leise und eindringlich, sprach sie auf ihn ein.

»Brauchst keine Angst zu haben, Peterl. Ich bin ja bei dir.«

Der Bub bohrte sein Gesicht in ihren weichen Arm, damit er den Donner nicht so hörte. Sie spürte, wie sein kleines Herz angstvoll flatterte.

»Dauert es noch lang, Mamm?«, fragte er. Zur Schrannerin hatte er Mutter gesagt, zu Regina Mamm, auch wenn Julia darüber spöttisch die Nase rümpfte und das »blöde Getue« zwischen den beiden lächerlich fand.

Auch Reinhold Brockdorf war wach, stand vor dem offenen Fenster und starrte sorgenvoll zur Höhe. Wenn ein Blitz die Dunkelheit aufriss, konnte man für Sekunden den Wald sehen, wie er sich bäumte im Sturm.

Nein, da oben am Schlöhboden konnte nichts passieren. Die Pfeiler standen schon fest in der Erde, die Staumauer war bereits zur Hälfte fertig. Dennoch überlegte er, ob er nicht hinaufgehen sollte, als er plötzlich hinter sich die Tür knarren hörte. Den einen Arm mit dem Kerzenleuchter weit vorgestreckt, mit der anderen Hand einen dünnen Lodenmantel über der Brust zusammenhaltend, stand Julia dort.

»Ich fürchte mich«, sagte sie und stellte den Leuchter auf den Tisch. »Es wird Ihnen doch nichts ausmachen, Reinhold?«

Zum ersten Mal nannte sie ihn so. Die Situation war ihm peinlich, zumal er ihre Angst nicht für echt hielt.

Brockdorf musste an Langreiner denken und dessen Warnung. Nur notdürftig bekleidet, barfuß, stand sie vor ihm, sprach von Angst, obwohl in ihren Augen davon nichts zu merken war.

»Wovor denn Angst?«, frage er. »Nur wenn man ein schlechtes Gewissen hat, hat man Angst.«

»Ich habe mir's fast gedacht, dass es Ihnen nicht recht ist, wenn ich zu Ihnen komme.«

Ein neuer, scharfer Flammenriss zwischen ziehenden Wolken, gleich musste der Donner kommen, und Julia barg ihr Gesicht an seiner Schulter. Der Mantel, den sie nur lose über die Schulter gelegt hatte, glitt zu Boden.

»Wenn der Blitz einschlägt«, flüsterte sie nahe an seinem Gesicht, »kann alles in Flammen aufgehen!«

Er schob sie weg und trat wieder ans Fenster. Wenn jetzt der Schranner hereinkäme, was müsste der denken! Er durchschaute ihr Spiel und nahm sich vor, ihr reinen Wein einzuschenken, damit sie sich von vornherein gleich klar war, dass sie von ihm nichts zu erwarten hatte.

»Und wie es schüttet!«, sagte sie, wieder nahe bei ihm.

»Das Gewitter lässt schon nach.«

»Wenn es nicht noch mal zurückkommt. Es hat sich im Kessel gefangen und kann nicht raus.«

Und als ob sie Recht hätte, zuckte abermals ein Blitz. Aber der darauffolgende Donner war schon schwächer.

»Ich will Ihnen einmal etwas sagen«, begann er. »Sie haben überhaupt keine Angst.«

»Warum, meinen Sie, bin ich denn sonst zu Ihnen geflüchtet?«

»Das wissen Sie besser als ich, Julia. Vermutlich halten Sie mich für jemanden, der ich nicht bin.«

»Wie meinen Sie das?«, fragte sie.

»Dass ich für ein billiges Abenteuer nicht zu haben bin, und dass ich einem anderen nicht das Mädl wegschnappen will.«

Er sah, trotz des müden Kerzenlichts, wie es in ihren Augen kurz auffunkelte.

»Was soll denn das heißen?«

»Muss ich Ihnen das wirklich sagen, Julia?«

»Ja, das möchte ich wissen!« Ihre Angst war wie weggeblasen.

»Ich sage nur Tobias Langreiner«, sagte er langsam und beobachtete die Wirkung seiner Worte.

Nur für einen Augenblick zuckte sie zusammen. Dann lachte sie.

»Pah, der! Was wollen Sie denn mit dem?«

»Ich nichts. Er hat geglaubt, mich warnen zu müssen, und hat mir gedroht, falls ich im Sinn hätte, Ihnen nahe zu kommen.«

»Dazu hat der kein Recht! Aber Sie haben sich wohl einschüchtern lassen?«

»Ich brauche mich nicht einschüchtern lassen, weil ich weiß, was ich will.«

Sie hob die Hand und legte sie an seine Wange. »Haben Sie denn noch nicht gemerkt, Reinhold, dass Sie mir unendlich viel bedeuten?«

»Nein.«

»Muss man denn bei Ihnen gleich mit der Tür ins Haus fallen, dass Sie merken, was los ist?«

»In der Regel nicht. Aber Sie sind von sich so eingenommen, dass Sie meinen, es kann Ihnen keiner widerstehen. Doch ich will den Schatz Ihrer Erinnerung nicht vermehren. Ich werde einmal wieder fortgehen von hier, und dann sollen Sie nicht sagen können: Da hatten wir einmal einen jungen Ingenieur im Haus, und einmal war eine Gewitternacht, in der habe ich ihm Angst vorgespielt, und er ist darauf hereingefallen.«

Julia war blass geworden. Vielleicht wollte sie ihn fragen, ob er sich denn einbilde, dass sie auf ihn angewiesen wäre oder auf ihn hätte warten müssen. Aber in ihrer Unbeherrschtheit schrie sie heraus: »Du bist ein gescherter Rüpel!«

»Danke!«, sagte er erheitert. Er bückte sich nach ihrem Mantel und legte ihn ihr um die Schultern. »Sie könnten sich erkälten. Und nun nehmen Sie Ihren Leuchter und gehen schön brav in Ihre Kammer zurück.«

Er schob sie zur Tür und schloss sie hinter ihr.

Was der Langreiner wohl sagen würde, wenn er von dieser nächtlichen Begebenheit wüsste! Natürlich, nahm sich Reinhold Brockdorf vor, würde er nie ein Wort davon sagen und morgen auch Julia gegenüber so tun, als sei nichts gewesen oder als habe er alles vergessen.

Das Gewitter war längst vorbei, der Regen fiel nur noch ganz leise.

Brockdorf schlief ausgezeichnet, und als um halb sechs Uhr der Wecker ablief, war sein erster Gedanke, sich später bei Julia zu entschuldigen, falls er etwas Beleidigendes gesagt haben sollte. Aber er kam gar nicht dazu, denn Julia überrumpelte ihn abermals.

Als er in die Küche herunterkam, stand sein Frühstück bereits auf dem Tisch. Julia setzte sich ihm gegenüber, legte das Gesicht in die aufgestützten Hände und sah ihn unverwandt an.

»Was denken Sie sich wegen heut Nacht?«, begann sie.

In aller Ruhe bestrich er sein Schwarzbrot mit Butter und schnitt es in zwei Teile.

»Wollen wir das nicht vergessen, Julia?«

»Warum denn? Ich bin zu Ihnen gekommen, weil ich Angst hatte. Und Sie haben mich weggeschickt.«

Dunkel und langsam klang ihre Stimme jetzt. »Ich habe meine Tür nicht abgeriegelt, weil ich dachte, Sie kämen noch, um sich zu entschuldigen.«

Brockdorf war betroffen. Das passte einfach nicht zu den Vorstellungen, die er sich von den Menschen hier, so abgeschieden von der Großstadt, gemacht hatte!

»Im Ernst, Julia! Wenn ich wirklich zu Ihnen gekommen wäre, was wäre dann gewesen?«

»Tun Sie doch nicht so! Man möchte grad meinen, sie sind noch unschuldig!«

»Unschuldig nicht, aber auch nicht rücksichtslos genug, um nach etwas zu greifen, was einem anderen gehört. Sie müssen wissen, dass ich nichts tun werde, was mich und Sie einmal reuen könnte.«

In ihre Augen kam plötzlich ein böser Glanz. Er verschmähte sie also. Daran konnte sie jetzt nicht mehr zweifeln. Und plötzlich schien sie den Grund dafür zu kennen.

»Jetzt weiß ich es. Sie haben schon eine.«

»Und wenn es so wäre?«

»Dann könnte ich Ihr Verhalten verstehen.«

Er stand auf und griff nach seiner Aktentasche.

»Ich hoffe, dass Sie vernünftig sind, Julia. Ich bin gerne bei Ihnen, aber ich müsste gehen, wenn Sie es mir schwer machen sollten. So – und nun wird's Zeit für mich!«

»Entschuldigen Sie, Herr Ingenieur, wenn ich Sie aufgehalten habe.«

Ihre Stimme klingelte vor Spott. In Wirklichkeit aber war es abgrundtiefer Hass. Sie war gedemütigt worden und sie war nicht gewillt, das ohne weiteres hinzunehmen. Aus schmal geklemmten Augen sah sie ihm vom Küchenfenster aus nach, wie er langsam über die Viehweide hinaufstieg. Der Himmel war nach dem nächtlichen Gewitter noch nicht ganz blank. Zwischen schmalen Lücken zeigte sich da und dort ein Stückchen blauer Himmel, im Übrigen zogen noch graue Wolkensträhnen, von einem heftigen Wind getrieben, dahin, schleuderten manchmal einen Guss Regen nieder, wie um die Bauern zu ärgern, damit sie nicht heuen konnten.

Nun war Brockdorf unter den Bäumen des Waldes verschwunden. Aber Julia verfolgte immer noch seinen Weg, zerrissen in ihren Gedanken und von Scham über die Niederlage gequält.

Dafür sollte er büßen!

Zunächst hatte sie ihm die ganze Woche über nichts mehr zu sagen. Schweigend stellte sie ihm jeden Morgen das Frühstück hin. Dann ging sie mit hoch erhobenem Kopf hinaus und ließ ihn allein.

Brockdorf war darüber gar nicht einmal betrübt. Von ihm aus konnte es ruhig so bleiben.

Es war drei Wochen später. Ganz langsam wollte es tagen. Am Himmel schimmerte zart das Vorlicht der kommenden Sonne und ließ die letzten Sterne erlöschen. Bis auf einen, den Morgenstern, der die Kraft seines Leuchtens noch eine Weile beibehielt.

Der Stern sah auf alles herab, was sich da unten begab, auf dem Schrannerhof zum Beispiel, der noch ganz im morgendlichen Frieden lag.

Im Tal schlug eine Glocke an. Der Morgenstern

blinzelte ein wenig, als hätten die erzenen Töne an seinen Glanz geschlagen, und erlosch dann, so dass die Schranner Regina ihn nicht mehr sah, als sie die Stalltür aufriss, um nach dem Wetter Ausschau zu halten. Sie stand den Rücken gegen den Türstock gelehnt da, noch ein wenig schläfrig.

Der Sonnenball brach mit aller Kraft aus den letzten dünnen Schleiern. Ein feuerschönes Glänzen lag nun über den Bergspitzen, über den Wipfeln des Waldes und über allen Hügeln. Der Ostwind fuhr mit frischer Brise über das Wiesengras, in dem der Tau silbern schimmerte.

Regina ging über den Hof bis zum Pflanzgartenzaun, hinter dem Tulpen und Astern blühten, und begann langsam durch das tauige Gras zu waten. Einmal blieb sie stehen und hob lauschend den Kopf. Eine seltsam fremde Melodie und fremde Worte kamen vom Wald herunter. Das war der Morgengesang der Italiener.

Dieser Melodie lauschte auch Reinhold Brockdorf, der heute früher als sonst aufgewacht war. Der Wecker würde erst in anderthalb Stunden ablaufen, denn jetzt war es erst kurz nach vier Uhr. Da sah er Regina da drunten im Gras, hob die Hand und winkte ihr.

»Guten Morgen, Regina!«

Erschrocken drehte sie sich um.

»Guten Morgen!«

Sie war jetzt zum Haus gekommen und nahm zwei Milchkübel vom Lattengestell, verschwand damit im Stall und begann ihre Arbeit. Unterdessen war es auch im Haus lebendig geworden. In der Küche klapperte Julia mit dem Geschirr, der Sepp ging mit einer Sense zum Anger hinunter, und eine Weile später spannte der Schranner den Traktor vor einen Fuhrwagen, um das gemähte Gras zu holen.

Es war sehr warm im Stall. Selbst der Morgenwind

brachte nur wenig Kühlung durch die weit geöffneten Türen. Alles war so einschläfernd, das Wiederkäuen der Kühe, das Gesumm der Fliegen und das leise Blöken der Schafe. Dennoch waren Reginas Gedanken hellwach und kreisten um den Ingenieur.

Wenn Reinhold wüsste, wie viele Gedanken sie an ihn schon verschwendet hatte! Im Gegensatz zu Julia, der funkelnden Flamme, war sie nur ein kleines Feuer unter der Asche. Aber sie verbarg alles ängstlich in sich, was sie hätte verraten können. Niemand, am allerwenigsten Reinhold selber, durfte ahnen, dass dieses kleine Feuer unter der Asche immer mehr bereit war, aufzuglühen. Es war schon so weit gekommen, dass in den Märchen, die sie dem Peter vorm Einschlafen erzählte, der Prinz immer mehr die Züge und Eigenschaften Reinhold Brockdorfs bekam, und gestern erst hatte sie dem Buben den Namen Reinhold erklärt und schwärmerisch gesagt, dass er ein Mensch sei, rein und hold, von dem niemals etwas Böses kommen könnte.

Plötzlich stand er hinter ihr und legte ihr die Hand auf die Schulter. Sie riss den Kopf von der Flanke der Kuh, unter der sie gerade melkend saß, und schaute ängstlich zu ihm auf.

»Haben Sie mich jetzt erschreckt!«

»Das war nicht meine Absicht, Regina.«

Sie stand auf, leerte die Milch durch einen Seiher in den großen Kübel. Dann nahm sie das Kopftuch ab und stemmte die Fäuste in die Hüften.

»Was schauen Sie mich denn so an?«

»Weil ich Sie mit jedem Tag schöner finde.« Er hob die Hand und griff ihr unters Kinn. »Sie werden allmählich ein Problem für mich!«

Sie schaute ihn von unten herauf misstrauisch an.

»Ein Problem?«

Blitzschnell ließ er seine Hand sinken, weil er gemeint hatte, im Futtergang einen Schritt gehört zu haben. Aber es musste wohl eine Täuschung gewesen sein.

»Das möchte ich Ihnen einmal erklären, Regina.« In seinen Blick kam etwas Bittendes. »Warten Sie heute Abend beim Weiher auf mich.«

Regina wurde blutrot und griff nach einem der schweren Milchkübel, um ihn hinauszutragen. Reinhold verstellte ihr den Weg.

»Kann man denn nie allein mit Ihnen reden, Regina? Bitte, kommen Sie zum Weiher heute Abend.«

»Wie stellen Sie sich das vor?«, fragte sie.

»Ganz einfach.«

»Ich muss jetzt die Milch raustragen, Herr Ingenieur.«

Vier solcher Zwanziglitereimer standen da. Zwei davon packte er und trug sie hinaus. Gerade fuhr der Schranner mit dem Fuder Gras heran und hielt vor der Stalltür. Sepp stieg auf das Fuder und begann das Gras herunterzuwerfen, drinnen musste Regina es in die Mitte des Futtergangs ziehen und die Barren damit füllen. Er konnte nicht mehr mit ihr sprechen. Mittlerweile war es für ihn ohnehin Zeit geworden zum Frühstück. Mürrisch schob Julia ihm Brot und Butter zu, während der Schranner schon wieder im Küchenschrank nach der Schnapsflasche suchte.

»In aller Früh schon?«, fragte Reinhold. »Es geht mich zwar nichts an, Schranner, aber ob sich das nicht einmal schädlich auswirkt?«

»Was verstehen Sie denn davon?«, kam die aufreizende Stimme vom Herd herüber. »Sie verstehen was von Zement und Beton, aber darüber hinaus ist es mit Ihrer Weisheit nicht recht weit her.«

Reinhold konnte über so viel Bösartigkeit nur lächeln, zumal der Schranner jetzt fragte: »Was hast du denn, Julia, dass du gar so patzig bist?«

»Lass nur, Schranner«, meinte Reinhold. »Sie wird halt wieder einmal mit dem linken Fuß zuerst aus dem Bett gestiegen sein.«

»Und wenn? Was geht es Sie an?«

»Da haben Sie Recht, mich geht es nichts an.«

Wenig später ging Brockdorf aus dem Haus, und als er sich bei der Tennbrücke noch mal umdrehte, sah er Regina wieder unter der Stalltür stehen, das Kinn auf den Stiel einer Gabel gestützt.

»Vergiss nicht, Regina: Heute Abend!« Dann verschwand er hinter der Tennbrücke.

»Da kannst lang warten«, sagte sie vor sich hin, als wolle sie sich selber bestätigen, dass sie kein willenloses Geschöpf war, das man ganz einfach irgendwohin beordern konnte.

Und doch kam sie nicht mehr zur Ruhe. Etwas war in ihr aufgeschreckt worden. Und während sie drunten auf der Wiese den Heuwender anwarf, musste sie immer wieder denken, dass die Stunden so dahingingen und es auf einmal Abend sein würde.

Der Wind wehte von den Bergen her und trug die Geräusche vom Schlöhboden herunter. So gegen zehn Uhr hörte man wie jeden Tag den lang gezogenen Hornruf, der eine neue Sprengung ankündigte. Dann zerriss ein dumpfer Knall die Stille. Das Echo rollte durch den Bergwald, und es kam dann vor, dass aufgeschrecktes Wild bis zur Fohlenweide herunterkam.

Sie setzten sich zur Brotzeit in den Schatten einer alten Eiche. Die Vögel jubilierten, vom Dorf herauf schlug die Kirchenuhr die Zeit, und der Peterl rannte einem bunten Schmetterling nach. Alles war so friedlich. Regina hatte den Krug mit Apfelmost aus dem Korb genommen, teilte die Brote aus und runzelte die Stirn, als sie sah, dass der Vater schon wieder das Fläschchen mit Schnaps aus der Hosentasche zog. Sie beugte sich vor und griff nach seinem Arm.

»Muss denn das sein, Vater? Trink doch lieber Most!«

»Danach. Zuerst ein Schlückerl Schnaps.«

Sie sah ihn aufmerksamer an. Nein, das war nicht mehr der ausgeglichene Vater von früher. Er hatte etwas Unstetes im Blick, der Bart hing ihm zerzaust über die Oberlippe, die Hände zitterten leicht.

»Ich weiß nicht, Vater, ob der Schnaps deiner Gesundheit gut tut.« Ehrliche Besorgnis klang aus ihrer Stimme.

Langsam nahm er den Kopf zurück, in seinen Augen war so viel Müdigkeit, und um seine Mundwinkel zuckte es.

»Das hat der Ingenieur auch schon gesagt. Keiner gönnt mir ein Tröpferl Schnaps. Aber die Julia hat ihm ganz schön rausgegeben, dem Herrn Ingenieur!«

»Ich meine es doch nur gut, Vater.«

»Wer meint es denn mit mir schon noch gut? Höchstens die Julia, die vergönnt mir den Schnaps. Und du, Sepp? Was sagst du dazu?«

»Was soll ich sagen? Ich bin bloß dein Knecht.«

»Ah geh! Bist schon dreißig Jahr am Hof und hast das Hausrecht. Du bist doch daheim bei uns!«

Sepp hätte nun sagen können, dass er eben nicht mehr »daheim« sei, seit die Bäuerin gestorben war. Alles war ganz anders geworden. Julias böser Geist herrschte jetzt am Hof, beherrschte alle, auch ihn, den Angestellten, der den Acker immer so bestellt hatte, als wäre er sein eigener. Er hatte die Julia auf seinen Knien reiten lassen als Kind, genau wie später die Regina. Regina hing heute noch an ihm, Julia hatte sich ihm längst entzogen und hatte sich ihre eigene Welt aufgebaut, eine strenge und eitle Welt. Sepp sah das alles mit wachen Augen. Auch dass die Hände des Bauern zitterten. Aber er antwortete:

»Trotzdem kann ich dir nicht raten, Baptist. Jeder muss selber wissen, was er verträgt.«

»Ja, eben! Und ich vertrag viel.«

Es hatte keinen Sinn, dem Schranner etwas auszureden. Er kam über den Tod seiner Frau nicht hinweg und war in der kurzen Zeit dem Schnaps gegenüber schon in eine gewisse Abhängigkeit geraten. Was daheim war an Zwetschgenschnaps, ein gutes Dutzend Literflaschen, hatte er schon aufgebraucht. Jetzt musste Julia, wenn sie ins Dorf zum Einkaufen ging, jedes Mal einige Flaschen kaufen, nicht bloß Zwetschgenschnaps, nein, auch Kognak, Magenbitter und vor allem Wacholder oder Steinhäger. In immer kürzeren Zeitabständen brauchte er dieses scharfe Zeug. Darum trug er seit kurzem stets ein Fläschchen bei sich.

Feierabend!

Schläfrige Ruhe lag bereits über dem Weiler Spielberg.

Der Hierl saß mit seiner Bäuerin auf der Hausbank, rauchte seine lange Pfeife und schaute zum Schrannerhof hinunter, wo der Schranner mit dem Sepp ebenfalls auf der Hausbank saß.

»Ich weiß nicht«, sinnierte der Hierl, »der Baptist gefällt mir gar nimmer recht.«

»Der Schnaps macht ihn noch kaputt«, antwortete die Hierlin. »Gestern Vormittag ist er zu mir gekommen und hat mir eine Flasche abgeschwatzt, weil er ihm daheim ausgegangen ist. Wann hätte es das früher gegeben?«

»Hättest gesagt, du hast keinen.«

»Er hat so gebettelt, dass ich ihm eine Flasche habe geben müssen. Und gar nimmer erwarten hat er es können, bis er heimkommen ist. Gleich bei uns auf der Hausbank hat er schon getrunken.«

»Ich weiß nicht, wohin das noch führt.«

Aus dem Hierl sprach ehrliche Sorge, und er schaute hinunter zu dem Mann da drunten auf der Hausbank. Jetzt kam die Regina mit dem Buben aus dem Haus, der Peterl musste gute Nacht sagen, dann brachte sie ihn hinauf in die gemeinsame Kammer.

Es war jeden Abend das Gleiche. Sie saß am Bett des Buben und musste ihm ein Märchen erzählen. Und sie tat das der Reihe nach, bis ihr Sagenschatz erschöpft war. Heute wiederholte sie »Die weiße Rose von Arnoldstein«. Regina wusste nicht, dass auch in dem Buben Wort für Wort festsaß.

»Und da kniete vor dem jungen Mönch ein wunderschönes Mädchen und hielt ihm eine herrliche rote Rose entgegen –«

Da warf der Peter sofort ein: »Aber es war doch eine weiße Rose?«

»Ach ja, eine weiße Rose!«

»Gell, bei einer roten Rose stimmt das Märchen nicht mehr!«

»Ach, Bub«, lächelte sie. »Es stimmt so manches nicht im Leben!« Dann sprach sie weiter vom Rosenwunder vom Arnoldstein und atmete auf, als sie sah, dass Peter die Augen bereits geschlossen hatte und sein Atem in Schlaf übergegangen war.

Behutsam zog sie ihm die Decke ans Kinn. Dann ging sie hinüber zur anderen Wand, deckte ihr Bett auf und hob die Arme, um ihre Haare zu lösen, stand einen Augenblick verwirrt wie in ängstlichem Horchen und ließ die Arme sinken. Sie trat ans Fenster. Draußen wogte schon die Dämmerung. Vom Pflanzgarten herauf wehte der Duft der Blumen. Schon ganz in den Traum verloren, sang noch ein Vogel, und auf einmal stimmten die Frösche im Weiher einen gewaltigen Chor an. Eine Fledermaus huschte am Fenster vorüber, und einmal hörte man unten eine Tür zuschlagen.

Der Froschchor wurde leiser, je tiefer die Dämmerung sank, dann verstummte er ganz. Und das war nun die Stunde, in der sie kommen sollte, wohin es sie drängte und wovor sie Angst hatte. Sie hörte auf das wilde Pochen ihres Herzens. Noch nie war sie so ratlos. Was erwartete sie, wenn sie ging? War die Dämmerung beseelt von dunkel geahnten Erfüllungen? Stand der Ingenieur schon hinten am Weiher und wartete auf sie? Oder hatte er vergessen, was er am Morgen zu ihr gesagt hatte?

Die Neugierde wurde stärker und stärker, überwog alle Angst, und schließlich nahm sie ein wollenes Jäckchen aus der Kommode, schlüpfte in die Schuhe, trat vor den Spiegel und wollte ihr Gesicht betrachten. Aber es war schon so dunkel, dass sie nichts mehr erkennen konnte, weder die Röte über der Stirn noch den Glanz ihrer Augen.

Wenn er nicht da ist, überlegte sie noch, dann wird er nie erfahren, dass ich seiner Aufforderung gefolgt bin.

Noch einen Blick auf den schlafenden Buben, dann öffnete sie zaghaft die Tür und horchte hinaus. Alles still in dem weiten gewölbten Flur.

Stufe für Stufe nahm sie ganz vorsichtig, schlich in den Stall und von dort ins Freie.

Kühler Nachtwind umfing sie, streichelte ihre Wangen und koste die Haare über ihrer Stirn. Das hatte sie schon oft gespürt, wenn sie nachts noch um den Hof gegangen war. Und doch schien es heute ein anderer Wind zu sein.

Hinter dem Stadel blieb sie stehen und horchte. Oder wartete sie, dass sie gerufen würde? Alles blieb still, nur der Wind rauschte in den alten Bäumen, und manchmal war ein leises Rascheln zu hören, wenn die Wellen das Uferschilf streichelten.

Lautlos ging ihr Schritt über den weichen Grasboden. Und je weiter sie aus dem Schatten der Bäume am Ufer hinauskam, desto größer wurde ihre Angst. Eine Stimme in ihr mahnte: Kehr um, Regina, kehr ganz schnell um, leg dich ins Bett und träume das Märchen zu Ende, das nicht Wirklichkeit werden kann.

In diesem Augenblick sah sie einen Schatten auf sich zukommen. Sie blieb stehen, starr. Dann neigte sie schnell den Kopf ganz tief. Der Schatten kam auf sie zu, sie blickte kurz auf und wieder zu Boden.

»Meine Jacke hab ich heut da irgendwo liegen lassen«, sagte sie.

Reinhold Brockdorf war bis ins Innerste berührt, weil ihre Verlegenheit so rührend hilflos war, dass auch ein anderer, der weniger Menschenkenntnis gehabt hätte als er, hätte merken müssen, hier sollte mit einer Lüge eine ohnmächtige Angst weggespielt werden.

Mit beiden Händen fasste er nach ihren Schultern, so dass sie ihn ansehen musste.

»Ich freue mich, Regina, dass du gekommen bist.«

»Weil ich doch meine Jacke –«

»Nicht schwindeln, Regina! Du bist gekommen, weil ich dich heute Morgen darum gebeten habe.«

»Das brauchst nicht glauben!«

»Ich möchte es aber glauben, Regina. Es hätte mir sehr Leid getan, wenn du nicht gekommen wärst, und ich wäre traurig gewesen.«

»Ich hab dir aber nicht versprochen, dass ich komme«, sagte sie jetzt und fühlte, wie das Flattern ihres Herzens nachließ.

»Aber ich habe es mir den ganzen Tag über heiß gewünscht und das geht dann meistens in Erfüllung.«

»Das stimmt«, gab sie zu. »Ich kann mich erinnern, als Kind, wenn ich mir was ganz fest gewünscht hab, dann ist es auch erfüllt worden.«

»Jetzt bist du kein Kind mehr, Regina.«

»Das schon. Aber ob ich schon ganz richtig erwachsen bin?«

»Ganz bestimmt, Regina. Noch nicht so erwachsen zwar wie deine Schwester, aber es wäre auch jammerschade, wenn du jemals so werden würdest wie die Julia.«

»Du meine Güte!«, lachte Regina plötzlich. »Wenn die wüsste, dass ich mit dir am Weiher stehe.«

»Das brauchen wir uns alle zwei nicht zu wünschen! Hat jemand gesehen, wie du aus dem Haus gegangen bist?«

»Nein, niemand. Warum hab ich denn kommen sollen?«

»Bereust du es?«

»Nein! Aber was tun wir denn jetzt?«

Reinhold legte ihr den Arm um die Schultern. Es war ihm ganz sonderbar ums Herz.

»Wir werden jetzt ein wenig plaudern und dann – werden wir uns küssen.«

Sie kicherte. »Wie du das ganz einfach so dahersagst! Dabei weiß ich gar nicht, wie das geht.«

Sie wusste es wirklich nicht. Zum ersten Mal stand

sie mit einem Mann so allein in der Nacht. Die funkelnde Sternenpracht war über ihnen und das heller gewordene Licht des Mondes, der alles auf der Erde herunten in Silber tauchte. Ihr Gesicht war auf einmal übergossen von einem leichten Zauber. Sie hielt den Kopf geneigt, ihre Augen waren unverwandt auf ihn gerichtet, als wolle sie sich alles genau einprägen: das feste Kinn, den leicht geschwungenen Mund, die gerade Nase, die hohe Stirn mit dem leicht gewellten Haar darüber, vor allem aber seine Augen, die zärtlich über ihr Gesicht gingen.

»Wie du mich anschaust!«, flüsterte sie, als wäre ihr plötzlich eingefallen, dass man in so einer Stunde kein lautes Wort verlieren dürfe.

»Du mich doch auch, Regina.«

»Weil ich meine, ich könnt in dein Herz schauen, wie es da drinnen ausschaut.«

Er lehnte seine Stirn gegen die ihre. »Wie meinst du denn, dass es dort aussieht?«

Sie zuckte die Schultern. »Wenn ich das wüsste.«

Brockdorf wusste nicht recht, wie ihm geschah. Er musste wieder daran denken, wie sie heute ums Morgengrauen durch den Tau geschritten war. Er musste sich zusammennehmen, sie nicht einfach an sich zu reißen und zu küssen. Er wollte sie aber nicht erschrecken und hatte Angst, sie könnte ihm dann davonlaufen. Sie schmiegte sich, losgelöst von aller Angst, nun vertrauensvoll an ihn.

»Jetzt weiß ich, wie es in deinem Herzen ausschaut«, sagte sie plötzlich.

»So? Wie denn?«

»Du magst mich gern, gell?«

In leiser Betroffenheit nahm er den Arm von ihrer Schulter. War das nun eine Frage oder eine Feststellung? So hatte noch nie ein Mädchen gefragt. Die Antwort wurde ihm schwer.

»Ach, Regina – ich mag dich schrecklich gern.«

»Ich dich auch.«

»Wie lange denn schon?«

»Von dem Augenblick an, wo ich dich zuerst gesehen hab. Da hab ich schon gewusst, wenn du mich um etwas bittest, muss ich es dir erfüllen.«

Sie begannen langsam zu gehen, unter den Bäumen hin, die im Mondlicht wie aus Silber wirkten.

»Und wie lange weißt du schon, dass du mich magst?«, knüpfte sie den Faden wieder an.

»Nicht gleich vom ersten Tag an«, gestand er ehrlich.

»Ja, ich weiß, da hat dir die Julia in die Augen gestochen.«

»Wie kommst du denn darauf?«

»Weil ich das gefühlt hab und – weil ich die Julia kenne.«

Sie kamen zu der Bank aus Birkenholz und setzten sich.

Still lächelnd ruhte sie in der Beuge seines Armes und schauerte zusammen, als sie nun spürte, wie sein Mund sich über ihr Gesicht neigte.

Sie schloss die Augen. Und dann war ihr, als würden die Sterne zu goldenen Punkten und die schützende Kuppel der Trauerweide eine Krone aus lauter Diamanten. Leuchtende Tropfen fielen in sie hinein, sodass sie hätte jauchzen mögen vor Glück und doch nichts weiter fertig brachte, als ihre Arme um den Hals des Mannes zu schlingen und ihn wieder zu küssen. Doch selbst in diesen Minuten ungekannter Glückseligkeit gingen Reginas Gedanken den geraden Weg. Als er einmal im Schmeicheln innehielt und ihr Gesicht in seine

Hände nahm, sagte sie: »Das merk dir gleich, Reinhold, den Peterl verlass ich nie.«

Es war eine gewisse Unsicherheit in seiner Frage: »Wie meinst du das, Regina?«

»Genauso, wie ich es sag. Wer mich mag, der muss auch den Buben mögen. Sonst heirate ich überhaupt nicht.«

»Ja aber – Regerl – vom Heiraten –«

»Hast du noch nichts gesagt, ich weiß. Es würde auch gar nicht pressieren, ich bin ja erst achtzehn, und wer weiß, ob du mich in einem Jahr noch genauso magst.«

»Das werde ich ganz sicher«, sagte er. »Nur, wir sind heute das erste Mal zusammen, Regerl.«

Sie betrachtete aufmerksam sein Gesicht. Hart und wie geschnitzt erschien es jetzt im Licht des Mondes, der höher gestiegen war. Dann riss er sie plötzlich wieder an sich.

»Ach, Regerl, ich hab dich so lieb!«

»Mehr als ich dich, kannst du mich auch nicht lieben.«

»Die Nacht ist zu schön, Regerl, als dass wir uns darum streiten, wessen Liebe größer ist. Eins aber muss ich dir sagen –« Er verstummte plötzlich und fuhr mit dem Kopf hoch. »War da nicht gerade etwas?«

»Was soll denn gewesen sein, Reinhold?«

Er ging um die Bank herum, stand lauschend eine Weile und kam zurück. »Ich muss mich getäuscht haben.«

»Wird vielleicht mein Herz gewesen sein, weil es gar so laut schlägt.«

»Ja, das kann sein. Vielleicht auch das meine.« Er zog ihren Kopf an seine Brust.

Die Stunden gingen dahin. Der Geruch des Wassers

war da, ein feiner Wind, der von den Sternen hersang, und Regina war glücklich. Sie wollte jetzt nicht daran denken, dass sie doch wieder zurück musste in ihr eintöniges Leben. Ganz still lehnte sie an seiner Brust und hatte die Augen geschlossen.

Sie wussten nicht, wie spät es war, als sie eng umschlungen zum Hof zurückgingen. Regina wollte wieder durch den Stall ins Haus, aber Reinhold hielt den Schlüssel zur Haustür in der Hand. Und wenn sie ganz leise wären, würde niemand sie hören.

Droben im Flur stand Julia, streckte die Hand nach dem Lichtschalter, sodass der Flur in grelles Licht getaucht war.

Regungslos stand sie da, einen höhnischen Zug um die Mundwinkel.

»Hab ich euch erwischt!«, frohlockte sie.

»Bist du uns nachgeschlichen?«, fragte er hart.

»Ich war so frei«, antwortete sie schnippisch.

Für einen Augenblick verschlug es ihm die Sprache.

»Dann weißt du ja Bescheid.«

»Das werde ich euch aber versalzen, verlass dich drauf.«

»Bist du zur Aufpasserin deiner Schwester ernannt?«

»Schau das an, wie du willst! Auf alle Fälle brauchst du nicht meinen, dass du Unmoral in unser Haus bringen kannst.«

»Ach, da schau her! Das musst ausgerechnet du sagen!«

Sie biss sich auf die Lippen. »Bei mir fandest du es ja geschmacklos.«

»Das allerdings.«

Mit zwei rauschenden Schritten stand sie vor ihm. Ihre Augen glühten ihn an.

»Ich hab mehr Feuer als die Regina!«

»Das weiß ich. Dafür hat sie ein liebevolles Herz und eine ganze Portion Charakter.«

»Charakter, dass ich nicht lache!«

»Lach, so viel du willst, aber mir lass jetzt meine Ruhe.« Er schob sie mit dem Ellenbogen zur Seite. Es war nicht seine Absicht, aber sie taumelte an die Wand. Ihre Augen schimmerten nun grünlich, sie duckte sich zum Wildkatzensprung, ihre Hände wurden zu Krallen. Aber sie sprang nicht, starrte dem Mann nur hasserfüllt nach, wie er in sein Zimmer ging und den Riegel vorschob.

Am nächsten Morgen ging Reinhold, bevor er nach Schlöhboden aufbrach, noch zu Regina in den Stall, um ihr zu sagen, dass sie keine Angst zu haben brauche.

Sie sah ihn mit leuchtenden Augen an. »Du meinst wegen Julia?« Heftig schüttelte sie den Kopf. »Wenn du mich nicht im Stich lässt, habe ich Kraft genug für ihren Hass.«

»Nein, Regerl. Ich bin mir heute Nacht über alles klar geworden. Ich hab dich lieb, so wie du bist. Aber sie wird es uns schwer machen, und vor allem wird sie darauf dringen, dass ich aus dem Haus muss.«

»Da habe ich schon auch noch ein Wort mitzureden.«

Dies aber war ein Irrtum. Zwar fühlte Regina sich unbändig stark. Es war ihre erste große Liebe, und aus ihr schöpfte sie so viel Kraft, dass sie meinte, es gäbe kein Hindernis mehr, das sie nicht mit Leichtigkeit überwinden könnte. Die ganze Welt erschien ihr in einem anderen Licht. Und mehr als einmal nahm sie den Peterl an diesem Tag in die Arme und liebkoste ihn.

Julia begegnete ihr, wenn es sich nicht vermeiden ließ, mit einem Eisblick, unter dem man hätte erfrieren können. Sie ließ sich zwar zu nichts verleiten, sie hatte Zeit, lag aber auf der Lauer wie eine Wölfin, die eine Stelle sucht, wo sie in den Pferch einbrechen kann, um zu reißen.

Als sie dann zum Sprung ansetzte, stieß sie zunächst ins Leere. Es war spät am Abend, als sie mit dem Vater in der Stube noch beisammensaß. Der Schranner hatte eine halb geleerte Flasche Steinhäger vor sich stehen, das Landwirtschaftliche Wochenblatt lag daneben.

»Ich tu es zwar nicht gern«, begann die Julia scheinheilig, »aber es bleibt mir ja nichts übrig, als zu reden, wenn Ordnung sein soll in unserm Haus.«

»Ist alles in schönster Ordnung, Julia. Du schaust schon darauf, dass alles recht ist.«

»Ja, aber allein kann ich auch nicht alles überschauen. Dabei muss mein Vater mir schon helfen.«

Der Schranner zog den Korken aus der Flasche und schenkte sich neu ein.

»Magst auch einen, Julia?«

»Nein, mir geht es jetzt um etwas anderes.«

»Aha, hab es mir schon gedacht, weil du so finster dreinschaust. Also, was ist los?«

Die Julia legte die Hände auf den Tisch und faltete sie ineinander.

»Wenn die Mutter noch leben würde, wäre es einfacher. Aber auf mich hört ja die Regina nicht.«

»Um die Regina dreht es sich? Julia, wir können froh sein, dass sie so tüchtig ist! Wie die den Stall beieinander hat, das muss man anerkennen.«

»Ja, aber wie sie auf der Hausehre herumtrampelt, da sagst nichts.«

»Wer trampelt? Raus jetzt mit der Farbe! Was ist los?«

Eine Weile betrachtete Julia ihre Hände, zog an den

Fingern, dass die Knöchel leise knackten, dann nahm sie den Kopf zurück.

»Die Regina hat ein Verhältnis mit dem Ingenieur.«

Der Schranner schaute verdutzt drein. Dann trank er, stellte das Glas hin, wiegte den Kopf und verzog den Mund zu einem Lächeln.

»Da schau her! Die Regina! Na ja, sie ist schon bald neunzehn, und sie ist schlauer, als ich gemeint hab. Das wäre ja eine ganz gute Partie.«

Als empfände sie einen körperlichen Schmerz, zog Julia die Brauen hoch. Dann nahm sie die Schnapsflasche weg und stellte sie in den Schrank, zog den Schlüssel ab und schob ihn in ihre Schürzentasche.

»Tu den Schnaps her!«, schrie der Schranner.

»Für heut reicht es! Mit dir kann man ja nimmer gescheit reden. Eine gute Partie! Bildest du dir denn ein, dass er sie heiratet? Eines schönen Tages verschwindet er, und sie bleibt zurück. Und wissen wir, wie sie zurückbleibt? Langt ein Bams noch nicht, den wir umsonst aufziehen müssen?«

Der Schranner brauchte eine ganze Weile, um zu begreifen, was die Julia meinte.

»Da hast Recht! Dass ich daran nicht gleich gedacht hab! Da muss ich ja gleich einen Riegel vorschieben! Hol die Regina!«

»Was weiß ich, wo die sich rumtreibt! Es wird auch nicht viel Sinn haben, wenn du mit ihr redest.«

»Was soll man denn sonst tun?«

»Der Ingenieur muss aus dem Haus. Das ist doch ganz einfach.«

»Da hast Recht. Der muss aus dem Haus. Und das bringst du ihm bei. Du kannst das besser als ich.«

»Eigentlich wäre das deine Aufgabe. Aber wenn du meinst, dann nehm ich es halt auf mich.«

»Ja, Julia, tu das. Und jetzt gib mir noch ein Glasl Schnaps auf den Schrecken hin.«

»Nein, heut reicht es.«

»Ein einziges bloß mehr«, fing er zu betteln an, um dann plötzlich aufzuschreien: »Verdammt noch mal! Kann ich in meinem Haus nicht mehr kriegen, was ich brauch? Ich fahr nach Schraut! Der Wirt ist froh, wenn er was verkaufen kann.«

Da hielt es Julia für geboten, nachzugeben. Mit innerem Frohlocken holte sie die Flasche wieder. So allmählich brachte sie den Vater schon dahin, wo sie wollte. Ein willenloses Werkzeug in ihrer Hand musste er werden. Wie hilflos er gewirkt hatte, als sie ihm die Flasche wegnahm. Julia war in ihrer Zielstrebigkeit genauso stark wie in ihrem Hass gegen Reinhold Brockdorf. Der sollte es büßen, dass er sie verschmäht hatte! Das brannte und glühte in ihr, es raubte ihr den Schlaf, war wie eine Flamme, die unablässig weiterbrannte. Brockdorf hatte etwas zerstört in ihr, nämlich die Überzeugung, dass alle nach ihrer Pfeife tanzen würden.

Zunächst musste er aus dem Haus, und das war erst der Anfang in der Reihenfolge ihrer Rache. Keine frohe Stunde sollte er mehr haben, solange er am Schlöhboden war oder im Tal der Schraut!

Aus der Heimtücke ihres Wesens formte sich Plan um Plan und fügte sich zusammen zum Werk einer einzigen großen Rache.

Wie wohl es tat, ihm am anderen Morgen die Rechnung hinlegen und sagen zu können:

»Du bist dir doch klar, dass dies heute dein letztes Frühstück in unserm Haus ist.«

Da er so etwas Ähnliches erwartet hatte, war er nicht allzu sehr betroffen. Nur ein bisschen Zeit brauchte er, um zu überlegen, was er Julia nun alles sagen müsse. Er nahm die Rechnung in die Hand und tat so, als prüfe er sie, obwohl ihm gleichgültig war, was er zu zahlen hatte. Dann hob er die Augen: »Das habe ich erwartet.«

»Umso besser! Kannst deine Sachen gleich mitnehmen.«

»Ich werde sie im Lauf des Tages abholen lassen. Und im Übrigen will ich zuerst noch mit dem Schranner reden.«

»Das kannst du dir sparen. Hab ich dir nicht schon einmal gesagt, dass in dem Haus geschieht, was ich will?«

»Doch, ich erinnere mich daran, aber damals habe ich noch nicht gewusst, wie gemein du sein kannst.« Brockdorf rührte sein Frühstück nicht an, zog die Brieftasche und nahm ein paar Scheine heraus. »Und nun hör zu, was ich dir noch zu sagen habe. Bilde dir nur ja nicht ein, dass du mit deinem Hass zerstören kannst, was Regina und mich verbindet. Im Grunde genommen ist es bloß deine Wut, weil ich mir nichts aus dir mache.«

Ihr höhnisches Lachen ließ ihn für einen Augenblick verstummen.

»Auf dich, meinst du, hätte ich gewartet?«

Da verlor er seine Beherrschung und ließ sich zu unüberlegten Worten hinreißen, denn er wollte und musste sie treffen, musste ein paar Zacken aus der Krone ihrer Überheblichkeit herausreißen.

»Es gibt Mädchen, die stehen nachts auf der Straße und bieten Liebe an. Aber sie machen es oft, weil sie in Not sind. Du verhältst dich genauso – aber aus einer Laune heraus. Du bist zu mir ins Zimmer gekommen wie eine –«

»Sag's nur«, unterbrach sie ihn, »wofür du mich hältst.«

»Nein, das tu ich nicht. Aber du kannst mir glauben: Wenn Regina nur einen winzigen Bruchteil deines Charakters hätte, ich hätte sie nicht einmal mit dem kleinen Finger berührt!«

»So gut kennst du sie schon?«

»Um den Unterschied zwischen ihr und dir zu erkennen, braucht man nicht besonders schlau zu sein. Regina ist ein wunderbarer Mensch, und es tut mir nur Leid, dass ich vorerst gezwungen bin, sie hilflos deinem Hass zu überlassen. Aber ich warne dich! Wenn du es zu weit treibst, kommt es mir nicht darauf an, einem gewissen Tobias Langreiner reinen Wein über dich einzuschenken.«

Ihr überhebliches Lächeln war verschwunden. Ihr Gesicht verzerrte sich, glättete sich dann mit einem Schlag wieder, als sei ihr plötzlich eine Idee gekommen, die vorher in ihren Plänen noch keinen Platz gefunden hatte.

»Das kannst ja probieren«, meinte sie. »Was dabei rauskommt, wirst du schon sehen.«

»Es wird halt darauf ankommen, wem er mehr glaubt, mir oder dir. So – hier ist das Geld, und weiter haben wir zwei uns nichts mehr zu sagen.«

Draußen war er. Julia stand eine Weile wie gelähmt da, weil sie fühlte, wie hoch Reinhold Brockdorf über ihrem Hass stand. Erst allmählich erwachte sie aus ihrer Erstarrung und schwor sich, kein Wort von dem zu vergessen, was er gesagt hatte.

Die Ernte wurde auf Spielberg mit Schweiß und Mühe eingebracht. Groß war sie ja nicht, nur drunten auf den Talgründen wuchs etwas Korn, Weizen und Hafer für die Pferde. Weil aber der Schranner nicht mehr Mann und Bauer genug war, sich durchzusetzen, musste Regina allein mit dem Sepp die schwere Arbeit machen, gebückt in der glühenden Sonne, zerschunden von Disteln, zerstochen am Körper von Bremsen und Schnaken, indessen der Schranner nach einer einzigen Mahd schon nach Schraut ins Bräustüberl gegangen war.

Der Bub war mit auf dem Kornfeld und half mit, damit die Mamm sich leichter tat. Im Vorjahr, da war es noch anders gewesen. Da hatte der Vater noch mitgearbeitet, und die Julia hatte auch anpacken müssen. Jetzt blieb sie droben am Hof, hackte im Pflanzgarten ein bisschen herum und machte es sich im Übrigen gemütlich.

Aber je schwerer es für Regina auch geworden war, im Zentrum allen Denkens stand immer nur der Name Reinhold, geradeso, als ob sie ihm zuliebe alle Quälerei erdulden würde, obwohl Brockdorf weder mit der Ernte noch mit der Hitze auf dem Acker etwas zu tun hatte. Es war eine wunderbare Zuneigung, die sie zueinander gefasst hatten. Aus dieser tiefen Liebe war Regina die Kraft zugewachsen, alles zu ertragen, und vor allem konnte sie der Schwester die Stirn bieten. Sie duckte sich nicht mehr wie früher und sagte der Julia, wenn sich ein Anlass bot, all das ins Gesicht, was sie früher verschwiegen hätte. Dazu musste sie von Reinhold gar nicht aufgehetzt werden. In den knapp bemessenen Stunden, in denen sie sich trafen, hatten sie sich anderes zu sagen. Und wenn sie einmal in der harten Arbeit eine kleine Pause machte, ging ihr Blick sehnsüchtig zum Schlöhboden hinauf, wohin sie jetzt an den Sonntagnachmittagen ihr Weg führen würde, weil ja Julia den Ingenieur aus dem Haus geworfen hatte.

Die Sonne stand schon ziemlich westlich, als sie mit der Arbeit am Kornacker fertig waren. Immer wieder war Reginas Blick nach Schraut hinuntergegangen, ob der Vater noch nicht käme. Am liebsten wäre sie hinuntergegangen, um ihn zu holen. Daheim aber wartete die Stallarbeit auf sie. Und plötzlich brach der ganze Kummer aus ihr heraus.

»Sepp, wie soll denn das bloß noch werden mit dem Vater! Wenn das die Mutter noch hätte erleben müssen!«

»Dann wäre er nicht so weit gekommen«, antwortete der Alte, nahm eine Prise Schnupftabak und fügte zornig hinzu: »Schuld an allem ist die Julia! Die hat es fertig gebracht, dass er ihr wie ein Hunderl gehorcht. Das ist ja schon bald nimmer anzuschauen, wie sie ihn zappeln lässt! Wenn er nicht tut, was sie will, sperrt sie ihm den Schnaps weg, und dann wird er hilflos wie ein Kind.«

»Was kann man denn bloß dagegen tun, Sepp?«

»Gar nichts. Was mich betrifft, ich werde mich auf meine alten Tag noch nach einem anderen Platz umschauen müssen, weil ich nicht erleben will, wie hier alles in den Graben geht.«

»Kommt doch gar nicht in Frage!«, begehrte Regina auf und begriff zugleich dumpf, dass dieses ganze Aufbegehren keinen Sinn hatte, wenn es nicht gelang, Julias Herrschaft zu brechen.

Langsam gingen sie bergwärts. Regina führte den Buben an der Hand, der unablässig plauderte, wie der Wildbach daneben. »Wenn ich einmal Bauer bin«, sagte er und wusste nicht, dass er damit eine wunde Stelle in Regina anrührte, denn über das Schicksal dieses Buben machte sie sich oft mehr Gedanken, als es gut war. Das Vermächtnis der Mutter wollte sie wahren, ob sie es immer erfüllen konnte, das lag so fern in den Sternen wie die Frage, was einmal aus ihrer Liebe zu Reinhold Brockdorf werden würde. Sie mochte nicht daran denken, aber einmal, das wusste sie, würde Reinhold wieder fortgehen, zurück in die Stadt, in die große Welt. Und sie würde dann mit einem Herzen zurückbleiben, das leer war und vor Sehnsucht verbrennen musste.

Als sie auf den Hof zukamen, erhob sich Julia vom Liegestuhl und begann im Pflanzgarten zu hacken. Es war ein bisschen Unkraut da, aber sie hätte nicht so zu tun brauchen, als hätte auch sie sich abgeschunden, denn sie strich sich mit dem nackten Arm über die Stirn, als wollte sie sich den Schweiß abwischen.

»Wo habt ihr denn den Vater?«, fragte sie.

Regina sagte gar nichts. Sepp antwortete:

»Beim Wirt wird er halt wieder sitzen.«

»Den ganzen Nachmittag schon? Wo soll denn das noch hinführen?«

Da drehte sich Regina um und schrie zurück: »Genau dorthin, wo du es haben willst. Du hast ihn doch zum Trinken verführt!«

Ganz still stand die Julia, als schlucke sie einen unberechtigten Vorwurf. Aus ihren Augen aber flimmerte Hass.

»Wenn nur ich wieder schuld bin«, sagte sie gekränkt.

»Wer denn sonst? Du bist doch der böse Geist am Hof!«

»Aha, hat er dich schon wieder aufgehetzt, der Kerl da droben!«, meinte Julia und deutete mit dem Kinn zum Schlöhboden hinauf.

»Mich braucht niemand aufhetzen! Ich hab schon selber Augen im Kopf! Und wenn du ihn noch einmal Kerl nennst, richte ich dir dein Gesicht so her, dass du dich vier Wochen lang nicht mehr sehen lassen kannst!«

»Vorausgesetzt, dass ich damit einverstanden bin.«

»Das wirst du dann schon sehen! Meinst du, ich weiß nicht, warum du ihn aus dem Haus geschafft hast? Aber wart nur, es ist noch nicht aller Tage Abend, und einmal zahl ich es dir schon heim! Das muss nicht heute sein und nicht morgen. Ich hab Zeit!«

Oder auch nicht, dachte Julia und sah hinter der Schwester her, wie sie ein paar Milchkübel nahm und im Stall verschwand. Dann schob sie das Kopftuch aus der Stirn und streifte es zum Nacken hinunter. Grübelnd starrte sie über den First des Hauses hinweg zum Wald hinauf. Was hatte Regina damit gemeint? Was wusste sie? Natürlich hatte dieser Brockdorf ihr erzählt von jener Gewitternacht. Ein flüchtiges Rot huschte über ihre Stirn.

Der Abend sank immer tiefer. Nur auf den Bergspitzen leuchtete es noch eine Weile, dann erlosch auch dieses Purpurglühen an den Felszacken, die Dämmerung wuchs, breitete sich aus und legte ihren Mantel um alle Dinge.

Julia war ins Haus zurückgegangen, tat die Arbeit, die in der Küche noch anfiel, und wirkte ruhig, als sie beim Abendbrot zusammensaßen. Aber in ihren Gedanken nahm Gestalt an, was sie nun zu tun gedachte. Bis jetzt hatte sie es aufgeschoben. Nun aber hatte Regina mit ihrer Bemerkung alles wieder aufgerissen.

Der Schranner war noch immer nicht zurück. Als die ersten Sterne schon am Himmel standen, legte Julia ein dunkles Fransentuch um die Schultern und verließ das Haus in Richtung Schlöhboden.

Lang gestreckt und dunkel lag die Italienerbaracke da. Weiter oberhalb eine kleinere für die einheimischen Arbeiter. Auch dort brannte kein Licht mehr. Aus einem geöffneten Fenster tönte lautes Schnarchen. Als Julia Tobis Namen in den finsteren Raum hineinrief, brummte eine schlaftrunkene Stimme: »Der ist nicht da. Beim Kreuzegger wird er sein.«

Nur in einer kleineren Bauhütte brannte Licht. Vorsichtig schlich Julia heran und sah den Ingenieur am Tisch sitzen und schreiben. Einmal blickte er kurz auf, machte an seiner Zigarette ein paar Züge und beugte sich wieder über das Papier. Julia steigerte sich in die Vorstellung hinein, dass er einen Brief an Regina schriebe. Dieser Gedanke entflammte ihr Inneres wieder zu loderndem Hass. Sie malte sich aus, wie leicht es wäre, wenn sie jetzt ein Gewehr zur Hand hätte, durch das Fenster zu zielen, mitten auf sein Herz. Kein Mensch würde jemals einen Verdacht auf sie haben.

Aber sie hatte kein Gewehr. Tobias Langreiner war auch nicht da, es blieb ihr keine andere Wahl, als in die Schnaissen zu gehen. Der Weg dorthin war nicht allzu weit, er führte nur durch den dunklen Wald.

Trüb brannte in der Kreuzeggerkneipe die Lampe in der Mitte der Gaststube. Die Haustür stand offen. Dort hing im Gang eine Stalllaterne. Der Geruch von Bier und irgendeiner Beizsoße kam aus dem Flur.

Julia ging an das Fenster heran. Das müde Licht ließ die Gesichter da drinnen nur undeutlich erkennen. Etwa ein Dutzend Männer saßen um den runden Tisch. Vier spielten Karten, die anderen schauten zu, und wenn Julia die Gesichter auch nur schlecht unterscheiden konnte, die herrische Stimme des Tobias Langreiner war herauszuhören.

»Ja, warum bleibst denn da, wenn du nichts mehr hast, du Hirsch du!«, schrie er gerade den Schachtner Simon an.

»Ich hab dir's doch angedeutet«, wehrte sich der andere.

»Einen Dreck hast! So wie du geblinzelt hast, hab ich meinen müssen, du hättest den Trumpf noch hinten.«

Julia zog das Schultertuch enger und schaute mit gerunzelten Brauen weiter durch das verstaubte Fenster. Nein, es kehrte niemand Gescheites ein bei diesem Kreuzegger. Größtenteils zwielichtiges Gesindel. Der Ranner Bertl zum Beispiel war schon einmal wegen Diebstahls gesessen. Der Potzinger versoff langsam sein kleines Anwesen in Schraut, dem Kierner gab kein Wirt in der ganzen Umgebung noch etwas auf Aufschreiben, und der Kreuzegger selber war auch nicht ganz sauber. Bei ihm gab es zu oft Wildbret. Er war nur zu gerissen, um sich erwischen zu lassen.

Und in dieser liederlichen Gesellschaft verkehrte der Tobi! Das hatte sie bisher noch nicht so recht gewusst. Aber es war für sie, die Schrannertochter, doch recht enttäuschend. Und auf einmal kam ihr auch zum Bewusstsein, dass es für sie auch demütigend war, hier, in dieser verrufenen Schnaissen auf den Mann zu warten, der ihre Liebe wollte und in dessen Armen sie gelegen hatte. Allmählich spürte sie, wie ihr Hass von dem Ingenieur abglitt und sich auf den Tobias richtete, der an ihrer Rache teilhaben sollte. Seine Eifersucht wollte sie bis zur Wildheit entfachen. Ihr Werkzeug sollte er sein.

Der Himmel hatte sich jetzt überzogen, und ein ruppiger Wind rauschte in den alten Bäumen, die das Haus an allen Seiten umgaben. Nur ganz vereinzelt sah man noch einen Stern durch eine Wolkenlücke schimmern. Die Luft roch nach Regen, und einmal ging der klagende Ruf eines Nachtvogels durch den Wald.

Ratlos stand Julia da, ratlos und voller Zorn, als Tobias drinnen plärrte: »Schau du für mich ein Spiel an!«

Mit ein paar Schritten stand Julia unter der Haustür. Tobias kam aus der Gaststube und wollte den Flur entlang nach hinten gehen, da rief sie ihn flüsternd an. Er riss den Kopf herum. Ein breites Lächeln ging über seine Züge, und die Finger seiner rechten Hand griffen nach seinem Bärtchen, um es aufzuzwirbeln.

»Ja, wo kommst denn du her, Herzerl?«

Julia legte den Finger auf den Mund, zum Zeichen, dass er schweigen solle, und winkte ihn mit der anderen Hand zu sich heran.

»Ich muss bloß noch zahlen«, flüsterte er.

»Das kannst ein anderes Mal! Komm jetzt!«, befahl sie.

Er gehorchte schweigend, wie er ihr immer gehorchte, legte seinen Arm um ihre Schultern und merkte nicht, dass sie den Kopf zur Seite bog, weil er nach Bier roch und nach Pfeifenrauch. Sie schritten in den Wald hinein, in dem es so dunkel war, dass sie einander kaum sahen.

»Wo muss ich denn das hinschreiben«, sagte er, »dass mein Schatzerl zu mir kommt? Für heut war doch gar nichts ausgemacht.«

»Es muss nicht immer alles ausgemacht sein. Es ist traurig genug, wenn ich zuerst nach dem Schlöhboden renne und dich dann endlich in dieser verrufenen Kneipe finde!«

»Ja, Herzerl, wenn ich gewusst hätte, dass du kommst! Freilich wüsste ich mir auch was anderes, als beim Kreuzegger zu hocken und Karten zu spielen. Lieber tät ich bei dir sitzen. Aber das darf ich ja nicht.«

»Alles zu seiner Zeit«, sagte sie. »Das kommt ganz auf dich an.«

»An mir soll es nicht liegen. Weißt ja, dass ich dir folg wie ein Hunderl.«

»Das wird sich schon zeigen.«

»Au!«, schimpfte er, weil er mit der Schulter gegen einen Baum gestoßen war. »Müssen wir denn in dieser Dunkelheit herumrennen?«

»Es wird bald heller werden«, sagte sie. Er wollte sie an sich ziehen und küssen, aber sie schob seinen Kopf zurück: »Du stinkst nach Bier, Tobi. Wie viel hast denn wieder getrunken?«

»Höchstens drei Halbe«, versicherte er treuherzig. »Was soll ich denn sonst tun nach Feierabend, wenn es so langweilig ist?«

»An mich denken.«

»Das tu ich sowieso den ganzen Tag, und in der Nacht träum ich dann von dir.«

Nach einer Viertelstunde waren sie aus dem Wald herausgekommen und standen auf der Höhe oberhalb von Spielberg.

Dicht neben ihnen plauderte eine Quelle. Der Tobi ging darauf zu, bückte sich, schöpfte Wasser in die hohlen Hände und trank es.

Dann wischte er sich den Mund ab und kam zurück.

»Riechst jetzt noch was vom Bier?«

Sie sagte weder ja noch nein, schlang nur ihre Arme um seinen Hals.

»Da gehst mir nimmer hin, in die verrufene Kneipe!«

»Soll das heißen, dass ich dafür zu dir kommen darf?«

»Besser wäre es gewesen, dann wäre mir das nicht passiert.«

Nun wurde er stutzig. »Warum, was ist denn passiert?«

Julia sagte lauernd:

»Aber nicht, dass du gleich wieder fuchsteufelswild wirst! Vielleicht sollt ich es dir überhaupt nicht sagen.«

»Jetzt hast schon angefangen. Nur raus mit der Sprache!«

Sie küsste ihn und ließ die Macht ihrer dunklen Stimme schwingen:

»Du hast doch dem Ingenieur einmal geraten, mich in Ruh zu lassen.«

»Ja, warum? Hat er vielleicht –?«

Sie senkte den Kopf und drückte ihre Stirn gegen seinen Hals, als falle es ihr schwer, es auszusprechen. Sie hörte, wie seine Zähne knirschten, und wusste, dass sie die richtige Tonart angeschlagen hatte.

»Ich hab gemeint, Tobi, ich muss in den Erdboden versinken, wie er plötzlich über mich hergefallen ist.«

Noch heftiger knirschten die Zähne des Burschen. Wild riss er sie an sich.

»Jetzt musst mir alles sagen! Was war los?«

»Es fällt mir nicht leicht, Tobi, darüber zu reden. Ich war ganz ahnungslos, wollt gerade ins Bett gehen und die Tür noch zuschließen – weil du doch gesagt hast, Tobi, ich soll zuschließen, solang er bei uns im Haus ist. Und da ist er plötzlich reingekommen und hat mich gegen die Mauer gedrückt.«

»So ein Hund!«

»Natürlich hab ich mich gewehrt, aber ich hab nicht verhindern können, dass er mich abgeküsst hat. Ich hab bloß den einen Gedanken gehabt: Das muss er büßen. Die Schande muss abgewaschen werden! Aber was will denn ich schon ausrichten gegen so einen!«

»Das lass nur meine Sache sein!«, stieß er heraus, schnaufte tief und ließ sich dann einfallen: »Drum schläft er jetzt im Baubüro. Warum hast mir denn das nicht schon eher gesagt?«

»Weil ich gemeint hab, ich könnte allein damit fertig werden. Aber es geht halt nicht. Immer steigt mir noch die Scham auf, wenn ich daran denke. Und – wofür hab ich denn dich, Tobi? Du sagst doch immer, wie gern du mich hättest. Jetzt kannst es beweisen!«

»Das werde ich auch! Aber – meinst du vielleicht umbringen?«

Sie legte ihm schnell die Hand auf den Mund.

»Nicht so laut, Tobi! Wenn das jemand gehört hätte! Umbringen sollst du ihn nicht. Bloß einen Denkzettel verpassen, den er sein Leben lang nimmer vergisst. Jetzt kannst zeigen, Tobi, ob deine Liebe wirklich so groß ist! Wenn du mich rächst, Tobi, dann gehör ich dir mit Leib und Seele!«

»Du«, stöhnte er und umschlang sie. »Was könnt ich nicht alles für dich tun!«

»Kannst Bauer werden, Tobi, auf dem Schrannerhof. Das verspreche ich dir, so wahr ich Julia Schranner heiße. Jetzt, weil er bei mir kein Glück gehabt hat, macht er sich an die Regina ran. Und die ist so dumm und glaubt ihm seine Sprüch!«

»Die Regina geht mich nichts an. Für mich gilt nur, dass er dir hat Gewalt antun wollen.«

»Mit knapper Not bin ich grad noch weggekommen. Aber weiß ich denn, ob er mir nicht einmal den Weg abpasst? Ich trau mich schon bald nimmer die Schraut hinunter, wenn es Abend wird.«

Lauter rauschte der Wind jetzt in den Zweigen. Der Himmel hatte sich ganz überzogen, man sah keinen Stern mehr.

Die ersten Tropfen fielen. Sie traten zurück unter die schützenden Zweige. Die Quelle murmelte ferner, und einmal knackte ein dürrer Ast, als sei ein Wild daraufgetreten.

Als wäre sie ängstlich, so fest schmiegte sich Julia in

Tobias' Arme, die wie Klammern waren. Aber als er drängender werden wollte, wehrte sie müde ab.

»Nein, Tobi. Erst muss die Schmach abgewaschen werden. Begleite mich noch ein Stückl, und dann kehr um und leg dich schlafen. Ich weiß gar nicht, wie viel Uhr es schon sein wird.«

»Sonst hast immer gesagt, dem Glücklichen schlägt keine Stunde.«

»Ja, sonst. Aber das musst verstehen, Tobi, dass ich jetzt zu aufgeregt bin.«

Das war zwar gegen ihre sonstige Art, und der Tobi schrieb ihre Verfassung ganz dem schrecklichen Erlebnis zu, unter dem sie heute noch zitterte. Aber der sollte sich gewaschen haben! Und die Julia sollte nur sehen, wie sie sich auf ihn verlassen konnte! Schrannerbauer sollte er werden, hatte sie gesagt! Gab es denn noch ein größeres Glück für ihn auf dieser Welt?

Er wollte noch wissen, was er dem Ingenieur antun sollte. Doch davon wollte sie auf einmal nichts mehr hören. Sie koste nur mit ihm, wilder als sonst, geradeso, als wolle sie ihn zu seiner Tat anspornen.

Als sie auseinandergingen, sagte sie noch:

»Ich weiß überhaupt von nichts, Tobi. Tu, was du magst. Vielleicht wäre es überhaupt besser gewesen, ich hätte dir nichts gesagt. Aber mit wem sollt ich denn sonst reden?«

»Am besten redet man so was mit seinem zukünftigen Mann aus.«

»Wie meinst?«

»Hast nicht grad gesagt, dass ich Schrannerbauer werde?«

»Ja, aber zuerst musst mir beweisen, dass du es wert bist.«

Sie küsste ihn nochmals, ganz flüchtig nur. Dann

schlug sie das Fransentuch über das Haar und ging schnell davon, denn es hatte nun wirklich zu regnen begonnen.

Am Nachmittag dieses Tages, als der Schranner vom Kornacker weggegangen war und dann im schattenkühlen Bräustüberl saß, kam ihm nicht in den Sinn, dass es peinlich sein könnte, am helllichten Werktag im Wirtshaus zu sitzen, wenn andere im Schweiße ihres Angesichts die Ernte einbrachten. Vor einem Jahr noch wäre er derjenige gewesen, der sich darüber am meisten geärgert hätte.

Zuerst saß er allein vor einer Maß Bier, zu der er sich einen Schnaps bestellt hatte, weil man ja »in der Hitz« keinen kalten Trunk tun und den Magen anwärmen sollte. Das erzählte er der Kellnerin, die ihm gerne Gesellschaft leistete, zumal um diese Zeit keine anderen Gäste da waren und der Schranner sich, wenn man ihm ein bisschen nach dem Mund redete, gerne spendabel zeigte. Die Resi hatte das schon heraus und wusste, was er hören wollte.

»Hast Recht, Schranner, wenn du deinen Durst löschst! Hast deiner Lebtag genug gearbeitet.«

»Gell, das sagst du auch! Schenk dir ein Schöpperl Wein ein auf meine Rechnung.«

»Ein Likör wär mir lieber, Schranner.«

»Meinetwegen auch zwei! Wenn ich meinen Durst gelöscht hab, muss ich aber doch wieder aufs Feld. So geht's ja nicht.«

»Man bildet sich bloß immer ein, dass es nicht geht. Alles geht, wenn man mag.«

»Du bist ein gescheites Frauenzimmer! Geh, schenk mir noch mal ein. Und dann gleich zahlen, sonst komm ich nimmer weiter.«

Draußen glänzte der herrlichste Sommertag. Beim Schmied klang hell der Hammerschlag, im Bräuhof spielten Kinder Ringelreihen, und schwer beladene Erntefuhren schaukelten über die Straße und verschwanden in den weit geöffneten Tennentoren.

Nach der zweiten Maß dachte der Schranner schon nicht mehr ans Aufbrechen. Ausgerechnet kam da auch der Bräu, Benedikt Sumser, herein. Auf der rechten Seite standen ihm die Haare hoch zu Berg, so dass man annehmen konnte, er komme gerade von einem ausgedehnten Mittagsschlaf. Der Schranner sprach ihn auch gleich darauf an.

»So schön möchte ich es haben, bis in den hellen Nachmittag hinein schlafen! Darum wirst ja so dick.«

»Wenn man jede Nacht bis zwölf Uhr und noch länger auf sein muss, werd ich mir mittags doch ein Schlaferl gönnen dürfen! – Resi, meinen Kaffee! Hast im Dorf zu tun gehabt, Schranner?«

»Ja, in der Molkerei«, antwortete der Schranner, weil er sich plötzlich schämte, von der Arbeit davongelaufen zu sein. »Aber jetzt muss ich zu meinem Kornacker rauf.«

Der Bräu hätte ihn nicht aufgehalten, aber in diesem Augenblick kam der Häusermakler Görling herein und begrüßte den Schranner gleich mit überschwänglicher Freundlichkeit.

»Ja, wen seh ich denn da wieder einmal! Servus, alter Spezi!«

Der Schranner war zwar kein alter Spezi des Maklers, aber er nahm die Begrüßung gelassen hin.

»Grüß dich, Görling. Wen hast denn heut ausgeschmiert?«

»Bei mir wird nie jemand ausgeschmiert! Ich bin ein reeller Geschäftsmann!« Er hängte sein grünes Hütl mit dem kleinen Gamsbart an eines der Rehgeweihe, setzte sich und rieb sich die Hände. »Was trink ich denn jetzt? Bring mir eine Radlermaß. Was ist denn mit dir, Schranner, möchtest du schon weiter? Das schaut ja grad so aus, als gingst du, weil ich komme! Oder reicht es für keine Maß mehr?«

»Mir tun heut unser Korn mähen«, antwortete der Schranner.

»Hab ich gesehen. Die sind schon bald fertig mit dem Acker. Ist das deine Jüngere, die da am Acker ist?«

»Ja, die Regina.«

»Die hat sich aber sauber gemacht in letzter Zeit.«

»Ich geb auf so was nicht Obacht«, sagte der Schranner, hörte es aber doch ganz gerne.

»Na ja, als Vater hat man dafür weniger einen Blick. An die Julia wird sie zwar nicht hinkommen. Die ist ja auch eine Ausnahme. So was Rassiges wie die findet man im ganzen Tal nicht.«

»Na ja, es geht schon«, tat der Schranner bescheiden und griff nach seiner Jacke, die er über die Stuhllehne gehängt hatte.

»Geh, bestell dir halt noch eine Maß, wir haben ja noch gar nichts geredet!«

Der Schranner wurde unschlüssig, schaute nach der Uhr, die bereits fünf Uhr anzeigte, und hängte seine Jacke wieder über die Stuhllehne.

»Jetzt ist's sowieso schon Wurscht. Bring mir noch eine Maß, Resi.«

»Einen Schnaps auch dazu?«

»Da brauchst doch gar nimmer zu fragen! Der Magen gehört vorgewärmt!«

Er hatte sein Quantum bereits überschritten, hatte Sommertag und Kornfeld vergessen, und die Resi wusste, dass sie zu später Stunde eine beträchtliche Zeche kassieren würde.

Später kamen dann noch der Molkereipächter Eberl dazu und der Bräuknecht Flori.

»Jetzt ging eigentlich ein Tarock zusammen«, meinte der Görling, und die Resi brachte auch gleich die Karten und kleine Schüsselchen.

»Schüsserl brauchen wir nicht«, entschied der Schranner. »Wir zahlen von der Hand aus. Das Auge ein Fünferl.«

»Du bist ja narrisch!«, begehrte der Flori auf. »Meinst, dass mir das Geld beim Fenster reinfliegt?«

Dabei blinzelte er den Makler an, griff schon nach den Karten und mischte sie.

Eine Zeit lang ging es ganz gut. Der Makler lobte den Bauern, weil er auch riskante Solos wagte und gewann.

»Da sagt man immer, die Bauern wären dumm! Aber 's Tarocken können sie!«

Der Schranner hatte schon einen roten Kopf und geriet in jene Kampfstimmung, in der der geringste Anlass eine schwere Auseinandersetzung provozieren kann.

»So dumm wie du möcht ich bloß einmal in meinem Leben fünf Minuten lang sein.«

Das war noch akzeptabel, war noch keine Beleidigung, es war die übliche Derbheit unter Kartenspielern. Als aber dann eine halbe Stunde später durch einen Fehler des Molkereipächters der Flori einen hohen Betrag kassierte, brach der Zorn aus dem Schranner heraus.

»Ja, spinnst denn du!«, polterte er und schlug mit der Faust auf den Tisch. »Wieso gehst denn du mit dem Ass, wenn er noch den Zehner hinten hat? Man schmiert doch nicht mit dem Ass, du Rindvieh, du gscheckertes!«

»Wer ist ein Rindvieh?«

»Jetzt ist Ruhe!«, beschwichtigte der Bräu. »Es kann jeder einmal einen Fehler machen.«

»Ist ja wahr auch! Kassiert der ab mit seinem lausigen Solo.« Der Schranner trank in seinen Ärger hinein, verlor dann immer wieder und merkte nicht, dass der Makler und der Flori sich mit den Füßen unterm Tisch immer wieder Zeichen gaben, so dass einer vom anderen wusste, welche Karten er noch hatte.

Das Spiel ging weiter. Der Schranner gewann kleine Summen und verlor die besten Solos. Draußen waren die Schatten länger geworden, und auf dem Kirchturm begann die Glocke, den Abendsegen ins dämmernde Tal hinauszuschicken.

Mittlerweile waren auch noch ein paar Bauern gekommen, die den ganzen Tag auf ihren Äckern schwer gearbeitet hatten und sich nun mit gutem Gewissen eine Maß Bier gönnten. Der Hefter hatte am Tisch der Spieler Platz genommen, aber weil der Schranner die Karten so wütend auf den Tisch schlug, nahm er seinen Krug und setzte sich an einen anderen Tisch. Der Schmied gesellte sich zu ihm, der Hollanger und der Wutz.

»Das Geschrei kann man ja nimmer anhören«, meinte der Wutz. »Ich kenn den Schranner kaum mehr. Der war doch früher nicht so.«

»Seit seine Bäuerin gestorben ist, geht's bergab mit ihm«, meinte der Hollanger. »Ist schad um ihn. Mich erbarmt er manchmal.«

»Mich überhaupt nicht«, erwiderte der Hefter, ein großer Bauer, dessen Hof am Ende des Dorfes lag. »Wenn jemand sich gar nimmer beherrschen kann und auf seine Bauernehre vergisst, da ist bei mir kein Platz für Erbarmen. Was mich betrifft, ich möcht mit ihm nimmer Karten spielen. Der Förster hat gestern das Gleiche gesagt. Er streitet ja in einer Tour, wenn er verliert.«

Er musste ja verlieren, hatte keine rechte Übersicht mehr über seine Karten und achtete nicht auf seine Mitspieler, die sich heimlich Zeichen gaben, sich unter der Nase hinfuhren, am Ohr kratzten, und was oben nicht auszumachen war, ließ sich unten mit einem Druck oder Stoß mit dem Fuß mitteilen, so dass der Schranner selbst die schönsten Solos verlor.

Die anderen Bauern waren längst gegangen, sie mussten ja morgen wieder auf dem Acker stehen, als der Schranner wütend die Karten auf den Tisch warf und gellend schrie: »Wie kommt denn da das Schelln-Ass zum zweiten Mal ins Spiel?«

»Zum zweiten Mal?«, fragte der Flori scheinheilig. »Ich glaub, du siehst schon weiße Mäus.«

»Du bist ja schon beim zweiten Stich mit dem Schelln-Ass gegangen. Wie kommt denn die noch mal ins Spiel?« Mit starren Augen sah er einen nach dem anderen an. »Ihr Halsabschneider! Ihr Lumpen! Ihr Verbrecher! Ihr Falschspieler!«

Er hatte den Flori an der Brust gepackt und schüttelte ihn hin und her. Da fasste der Häusermakler Görling ihn am Hemdkragen und riss ihn zurück.

»Falschspieler! Das nimmst sofort zurück!«

»Einen Dreck werd ich!« Der Schranner schlug zu, und das war sein Fehler. Der Molkereipächter verzog sich zwar sofort, aber die anderen zwei droschen auf den Schranner ein, ein paar Biergläser gingen in Scherben. Der Hausknecht packte den Schranner und warf ihn auf den Flur hinaus. Das alles ging so schnell, dass der Bräu nichts mehr mitbekam, als er von der Kellnerin aus seinem Privatstüberl gerufen wurde.

»Was war denn los?«

»Den Schranner hab ich grad hinausgeworfen«, verkündete der Hausknecht.

»Hat das sein müssen?«

»Ja, das hat sein müssen«, bekundeten der Flori und der Görling. »Darf der uns Verbrecher heißen und Falschspieler?«

»In die Bruchbude geh ich so schnell nimmer rein«, fügte der Häusermakler noch hinzu.

»Wenn du noch mal Bruchbude sagst, werf ich dich hinterher!«, verkündete der Hausknecht und streifte die Ärmel wieder hoch.

»Nichts mehr wird geworfen!«, schaltete sich der Bräu ein, und der Hausknecht schob brav seine Hände unter den Latz seines grünen Schurzes.

Mittlerweile hatte sich der Schranner draußen wieder aufgerafft und kam mit geschwollenen Augen polternd herein.

»Wo sind s' denn, die Hund?«

Aber die, auf die er es abgesehen hatte, waren durch die zweite Tür bereits in den Bräuhof hinaus verschwunden.

»Jetzt mag ich noch einen Schoppen Wein«, grölte der Schranner. »Grad extra, mit Fleiß!«

»Gib ihm nichts mehr«, schaffte der Bräu der Kellnerin an. »Hat er schon bezahlt?«

»Noch nicht.«

»Dann schau, wie du zu deinem Geld kommst!«

Der Schranner schimpfte zuerst noch eine Weile über die lausige Wirtschaft, wo man nichts bekomme, wenn man Durst habe, hörte aber dann doch zu, was die Resi alles aufzählte:

»Du hast vier Maß Bier, zwölf Steinhäger, acht Schoppen Wein und meine zwei Likör.«

Der Schranner bezahlte und griff nach seiner Jacke.

»Sehen tut ihr mich da herinnen so schnell nimmer!«, versprach er. Dann stolperte er hinaus.

So einen Rausch hatte er noch nie gehabt. Die frische Luft hätte ihn beinahe umgeworfen.

Dabei war er so benebelt, dass er gar nicht wusste, wohin er lief. Zunächst zweimal um den ganzen Bräuhauskomplex herum, um dann auf den Stufen zum Friedhof zu stolpern und am Grab seiner Magdalena zu landen, auf dem in üppiger Pracht die Heckenrosen sich um den Grabstein rankten. Unter dem Hügel schliefen auch sein Vater, seine Mutter und die Ahnen. Er hockte sich auf den Grabstein und begann sich zu bemitleiden.

»Was müsst ihr euch bloß denken über mich? Sauber hab ich mich rausgewachsen, gell? Und immer hab ich halt Durst – so viel Durst. Am gescheitesten wär's, ich tät mich auch bald zu euch legen. Da gibt's keinen Durst und keinen Hunger!«

Der Wind wehte regenfeucht vom Berg herunter und strich über sein erhitztes Gesicht. Wie eine zärtlich liebende Hand. Aber wo war diese zärtlich liebende Hand? Wer streichelte ihn denn noch? Höchstens der kleine Peter. Und auch der schon scheu und verhalten, so, als fürchte er sich vor ihm.

»Na ja, wir werden schon sehen, wohin der Karren läuft«, sprach er sich selber Mut zu, erhob sich taumelnd und torkelte auf die Straße zurück. Beim Bräuhaus blieb er stehen und hob drohend die Faust. »Ihr seht mich so schnell nimmer. So ein Saustall! Nicht einmal ein Schöpperl Wein kriegt man noch, wenn man Durst hat.«

Und so wie bei Betrunkenen Freud und Leid oft

eng beieinander liegen, begann der Schranner jetzt laut vor sich hinzusingen: »Wenn ich des Morgens früh aufsteh ...«

Dunkel lagen die Häuser und Höfe beiderseits der Straße. Nur beim Hefter brannte noch Licht in der Stube, weil die Bäuerin noch gebügelt und der Bauer ihr dabei Gesellschaft geleistet hatte.

»Jetzt kommt der Schranner«, sagte der Hefter und horchte hinaus. Der Hund schlug wütend an, zerrte an seiner Kette und fletschte die Zähne.

»Sag, er soll still sein, ist doch schon nachtschlafende Zeit! Der weckt die Kinder noch auf mit seinem Geplärr!«

Der Hefter ging hinaus, packte den Schranner am Arm und brachte ihn in die Stube.

»Koch ihm einen starken Kaffee, Maria, damit er ein bissel nüchtern wird.«

Willenlos ließ sich der Schranner auf das lederne Kanapee fallen und streckte die Beine von sich.

»Ein Glasl Schnaps, wenn ich bitten dürft.«

Die Bäuerin war hinausgegangen, um Kaffee zu kochen. Der Hefter setzte sich neben den Betrunkenen und versuchte ihm gut zuzureden.

»Baptist, was ist denn eigentlich in dich gefahren? Führst dich auf wie ein liederlicher Knecht und warst doch immer ein ehrbarer Bauer. Man muss sich ja schämen mit dir!«

»Mit mir braucht sich niemand schämen! Ich kann mich höchstens selber vor mir schämen.«

»Wenn du es nur tätest! Das wäre ein Schritt zur Besserung.«

»Besserung? Wer will mich bessern? Wem hab ich denn schon was getan? Aber der Häusertandler hat mich ins Gesicht geschlagen.«

»Ja, man sieht es. Und so weit hätte es nie kommen dürfen, Baptist.«

Die Bäuerin kam mit dem Kaffee und nötigte den Schranner, zu trinken.

»Der wird dir gut tun, Schranner. Ich hab ihn extra stark gemacht.«

Widerwillig nahm der Schranner einen Schluck und wurde allmählich ruhiger. Mit beiden Händen die Tasse haltend, schaute er in der Stube herum und wurde eigentümlich berührt von der Sauberkeit und der Gemütlichkeit, die hier herrschten. Nicht, dass bei ihm daheim nicht auch alles blitzblank gewesen wäre. Aber hier war es anders, anheimelnder.

»Ach ja«, seufzte er, blies den Kaffee und trank wieder.

»Magst nichts essen?«, fragte die Bäuerin.

Er schüttelte den Kopf. Jetzt war es zu spät. Vorher hätte er essen müssen, gut und kräftig, dann hätte er die Menge Alkohol leichter vertragen.

»Schau, Baptist«, begann der Hefter. »Ich hab mir heut so meine Gedanken gemacht, als ich gesehen hab, wie du vom Feld zum Bräu gegangen bist. Das tut doch ein Bauer nicht.«

»Hast schon Recht, Bertl, sag mir's nur.«

»Wenn man dir nur was sagen könnt! Du machst so viel verkehrt in letzter Zeit. Meinst du, dass da die Magdalena noch recht viel Freud an dir haben würde?«

»Die Magdalena hätt ja bloß nicht weggehen brauchen.«

»Freilich ist so was arg. Aber wenn da jeder so restlos versumpfen wollt –«

»Wie ich, meinst? Ja, hast schon Recht, Bertl. Ich bin versumpft.«

»Wollen wir einmal sagen, du hast den inneren Halt verloren. Hörst und siehst nicht mehr, was um dich vorgeht, die Leut reden über dich und verstehen so manches nicht.«

»Zum Beispiel?«

Die Bäuerin gab dem Hefter mit den Augen einen Wink. Das sah der Schranner und war mit einem Mal etwas nüchterner.

»Was verstehen die Leut nicht? Darfst mir das nicht sagen, weil dir dein Weib zugeblinzelt hat?«

»Weil es uns nichts angeht«, sagte die Hefterin.

»Was geht euch nichts an? Wenn ihr mir schon ins Gewissen redet, dann müsst ihr mir auch das sagen! Ich war nie falsch mit dir, Bertl!«

»Das stimmt«, gab der Hefter zu. »Und wenn du es unbedingt wissen willst – die Leut können nicht verstehen, dass der Langreiner Tobi mit deiner Julia geht.«

Der Schranner stellte die Tasse neben sich auf die Bank.

»Davon weiß ich nichts. Der Langreiner Tobi? Ist das der von Hasslach?«

»Ja, der Ältere. Daheim hat er schon nicht gut getan, und sonst hört man auch nichts Positives von ihm. Bald arbeitet er da, bald dort. Ausgehalten hat er es noch nirgends lange. Und er könnte einmal den Hof daheim haben, wenn er nicht so ein Hallodri wär.«

Daraufhin war eine lange Weile Schweigen in der Stube. Ein paar Mal fühlte der Schranner mit den Fingern an die schmerzhafte Stelle unter seinem Auge. Die Uhr tickte langsam und schwer.

»Davon hat die Julia mir noch nie was gesagt«, meinte der Schranner dann leise und traurig. »Der wird bei mir nie Bauer! Lieber geb ich der Regina den Hof!«

»Tu jetzt nichts entscheiden, Baptist. Schlaf erst ein

paar Mal drüber, und dann kannst du dir's immer noch durch den Kopf gehen lassen.«

»Der Langreiner Tobi? Darum hat mir der gar so schön getan, als ich ihn beim Kreuzegger droben einmal getroffen hab. Jetzt kenn ich mich schön langsam aus!«

Der Hefter war ans Fenster getreten und schaute hinaus.

»Ich glaub, jetzt fängt es das Regnen auch noch an. Hoffentlich wird es kein Landregen. Wir haben den ganzen Weizen noch draußen.«

Der Schranner erhob sich mit jähem Ruck, als hätte er den Rausch von sich abgeschüttelt.

»Jetzt geh ich heim.«

»Kannst heut Nacht hier bleiben und morgen früh erst heimgehen. Vielleicht hört bis dahin der Regen wieder auf.«

»Wegen dem bissel Regen! Weiter als bis auf die Haut geht es nicht. Recht schönen Dank für den Kaffee und – für eure Ehrlichkeit.«

Draußen umfing ihn rabenschwarze Nacht. Regen schlug ihm ins erhitzte Gesicht. Es wäre kein Wunder gewesen, wenn er in dieser Dunkelheit in die Irre gegangen wäre. Aber wie mechanisch gingen seine Füße den richtigen Weg. Nur schwer waren sie, bleischwer auch die Arme. Schweiß vermischte sich mit Regen. Einmal setzte er sich auf den nackten Boden, so müde war er.

»Der Langreiner Tobi und die Julia«, sprach er vor sich hin, setzte einen harten Lacher dahinter und zuckte die Schultern. »Und ich Hornochs hab nie was gemerkt! Da ist die Regina schon gescheiter mit ihrem Ingenieur! Aber der Tobi? Sprengmeister nannte er sich jetzt, und niemand wusste, ob er jemals eine Prüfung abgelegt hatte. Gelegenheitsarbeiter war er vorher gewesen, dies und jenes und doch nie etwas, vor dem man Respekt hatte haben können.

»O mein Gott, o mein Gott!«, seufzte der Schranner und schlug die Hände vors Gesicht. »Was soll ich denn tun?«

Der Regen rann ihm in den Nacken. Schwer rauschte der Wind in den Bäumen, und wenn wieder so ein Guss von den Ästen niedertropfte, dann fröstelte den Schranner. Er zog das Genick ein und ließ die schweren Hände hilflos im leeren Raum zwischen seinen Knien baumeln.

Endlich raffte er sich auf und ging weiter.

Ich werde sie wecken und heut noch zur Rede stellen, nahm er sich vor. Der Tobi, nein, das ging nicht! Aber als er dann glücklich ins Haus gekommen war und so mitten in der Stube stand, überkam ihn ein heftiger Schüttelfrost. So wie er war, warf er sich ins Bett und deckte sich bis ans Kinn zu. Trotzdem fröstelte er weiter, bis es vor den Fenstern schon grau wurde.

Und draußen rauschte unvermindert der Regen.

Unter der Woche schlief Reinhold Brockdorf nun droben in seiner Bürohütte. Nino, ein junger Italiener, machte die Bude täglich sauber und sorgte auch sonst für das leibliche Wohl seines »Ingegnere«. Über das Wochenende aber wohnte Reinhold jetzt drunten in Schraut im Rosenbräu.

Es war eine schlechte Woche gewesen. Bis zum Freitag hatte es ununterbrochen geregnet. Dann aber hatte der Himmel aufgeklart, und es war, als ob die Felder aufatmeten und sich streckten unter der wärmenden Sonne.

Herrlich, wie in einen goldenen Königsmantel gehüllt, stieg der Sonntagmorgen hinter den Bergen auf. Der Tau glitzerte auf den Wiesen wie Diamanten, um die Ufer der Schraut wehten seidene Frühnebel, und in der alten Linde auf dem Kirchplatz jubilierten die Vögel.

Mit schönem Klang läuteten die Glocken von Schraut zum Hochamt, und von allen Seiten sah man die Kirchgänger in ihrer bunten Tracht auf das Dorf zuwandern, als Reinhold Brockdorf beim Rosenbräu unter die Haustür trat. Eine Zigarette im Mund, sah er über den Kirchplatz hin und die Straße entlang.

Es hatte sich längst herumgesprochen, wer er war, und die Leute grüßten freundlich, als sei er schon seit jeher im Tal gewesen.

Die meisten Kirchenbesucher waren bereits verschwunden, und immer noch spähte Reinhold die Straße hinunter. Endlich sah er Regina, den Peterl an der Seite, auftauchen. Er warf den Zigarettenstummel weg und ging ihr entgegen. Von der dunklen Tracht hob sich ihr blondes Haar noch besser ab und flimmerte in der Sonne. Nur ganz kurz leuchtete es in ihren Augen auf, als der Bub sie anstieß und sagte:

»Der Onkel Reinhold kommt.«

Mit strahlendem Gesicht ging Reinhold ihnen entgegen. Von weitem schon streckte er Regina die Hand hin und lächelte.

Sofort war ihm aufgefallen, dass Regina heute ungewöhnlich ernst war.

»Was hast du denn, Regina? Ist es dir denn nicht recht, dass ich auf dich gewartet habe?«

»Doch, Reinhold. Aber der Vater ist sehr krank.«

»So plötzlich? Was fehlt ihm denn?«

»Gestern haben wir den Doktor geholt. Der sagt, doppelseitige Lungenentzündung.«

»Und schwitzen tut er, dass ihm grad 's Wasser runterläuft!«, plapperte Peter drein. Er hatte zu einer kurzen Lederhose einen Trachtenjanker an und sah allerliebst aus mit dem grünen Spitzhütl, unter dem die Locken hervorstanden.

»Und ich habe mich so gefreut auf diesen Sonntag«, sagte Reinhold bedauernd. »Wir wollten doch heute zusammen sein. Aber natürlich geht dein Vater vor.«

»Möglich, dass ich ein paar Stunden weg kann«, hoffte Regina. »Lang kann ich freilich nicht bleiben, das musst verstehn.«

Und ob er es verstand! Da hätte er ja ihr ganzes Wesen verkannt! Als er jetzt neben ihr herging und sie von der Seite betrachtete, wurde ihm bewusst, dass er noch nie einen Menschen so geliebt hatte. Trotz der Traurigkeit in ihren Augen lag etwas Lichtes über ihrem Gesicht, und ihm war, als seien sie schon seit einer ganzen Ewigkeit miteinander verbunden.

Da und dort sah man ein neugieriges Gesicht hinter den Fenstern, als ob es erstaunlich wäre, dass der Ingenieur an der Seite des Mädchens vom Schrannerhof ging. Den Buben hatten sie in der Mitte. Aber es war doch ein recht folgsamer Bub, denn als ihm seine Mamm am Schluss der Messe sagte, dass er vorausgehen solle, sie käme nach, rannte Peter gleich hinter dem Bräuhaus den Fußweg entlang über ein Stoppelfeld zur Straße hinaus.

Gemeinsam gingen Reinhold und Regina vom Friedhof herunter, und es störte sie nicht, dass eine Gruppe Burschen vor dem Bräuhausgarten stand und freche Bemerkungen machte.

Regina schmiegte ihre Hand wie schutzsuchend in die seine und bekam dadurch den Mut, direkt in die gaffenden Gesichter zu schauen.

Am Eck des Bräuhauses lehnte lässig der Langreiner

Tobi, hatte den Hut mit dem mächtigen Gamsbart weit aus der Stirn geschoben, das Bärtchen keck emporgezwirbelt und ließ seinen funkelnden Blick über die Straße gehen. Brockdorf fühlte sich gesucht von diesem scharfen Blick und gab ihn verwundert zurück. Der Sprengmeister war ihm seit einiger Zeit schon aus dem Weg gegangen. Das fiel ihm gerade jetzt ein, als der Tobi ihn so hasserfüllt musterte. Da er sich aber keiner Schuld bewusst war, lachte er freundlich hinüber und wusste nicht, dass gerade dieses Lachen beim Tobi den Hass noch mehr schürte.

Es war ja bereits unter die Leute gekommen, dass der Ingenieur und die Schranner Regina miteinander gehen sollten. Hatte er nicht deswegen beim Schranner ausziehen müssen? Die Mang Betty wusste da genauer Bescheid und fügte eilfertig noch einiges dazu von dem, was die Brot Susi zu berichten wusste, die zweimal wöchentlich nach Spielberg kam und dort Semmeln ablieferte.

Aber an diesem Sonntag konnten es alle sehen, die da auf den Hausbänken saßen.

Dann hatten sie das Dorf hinter sich, gingen an der Schraut entlang, bis sie zum Hölzl kamen, wo der Peterl auf einem Baumstrunk hockte und auf sie wartete.

Ja, ganz schwer hatte es diesmal den Schranner gepackt. Weil er noch nie krank gewesen war, empfand er dieses Daliegen im Fieber und die Mattigkeit in allen Gliedern wie das Anklopfen des Todes. Julia, das muss zu ihrer Ehre gesagt werden, pflegte ihn aufopfernd und blieb auch nachts in dem Bett der Mutter neben ihm.

An diesem Sonntag war es das erste Mal, dass sie verlangte, Regina solle sich zum Vater setzen, damit sie selber ein paar Stunden ruhig schlafen könne.

Regina willigte ein, obwohl sie wusste, dass Reinhold am Waldrand droben auf sie wartete. Um drei Uhr hatten sie ausgemacht. Um fünf Uhr musste sie ohnehin zur Stallarbeit wieder daheim sein.

Alles war so still am Hof, so wie damals, als die Bäuerin gestorben war. Regina saß am Bett und wischte dem Vater die Schweißperlen von der Stirn, als er die Augen aufschlug und sich verwundert umschaute. Dann zuckte ein müdes Lächeln um seinen Mund. Das Fieber schien überstanden zu sein.

»Ach, du bist es, Regina.«

»Die Julia hat sich für ein paar Stunden hingelegt.«

»Freilich, hat ja kaum durchschlafen können die Nächte jetzt.«

»Hast Schmerzen, Vater?«

Er schüttelte den Kopf. »Bloß müd bin ich, so müd.«

»Solltest nicht so viel reden, Vater!«

Er schloss die Augen wieder, wischte sich ein paar Mal mit dem Handrücken über den Schnurrbart, dann fiel die Hand wieder schwer auf das Deckbett nieder.

»Und draußen scheint die Sonn so schön«, flüsterte er. »Musst nicht bei mir sitzen, Regina, in der dumpfen Kammer. Möchtest vielleicht lieber draußen sein, gell, in der warmen Sonn?«

Regina rang mit sich, hob wieder das weiße Tüchl und wischte ihm die Schweißtropfen fort. Durch das offene Fenster fielen die Sonnenstrahlen und zeichneten breite Bänder auf den Fußboden. Manchmal huschte eine Schwalbe vorbei, und sanft hob und senkte sich im leisen Lufthauch der dünne, weiße Vorhang am Fenster.

»Ich bleib bei dir, Vater«, hatte Regina sich überwunden, obwohl ihr Herz sich woandershin sehnte.

Aber gerade als ob er in sie hineinsehen könnte, sagte der Schranner:

»Ich weiß ja, dass du gern draußen sein möchtest. Geh nur, Dirndl. Hast ja sowieso wenig freie Zeit. Am Kornacker drunten hab ich dich auch allein gelassen. Darfst ruhig gehen, Regina. Wickel muss ich erst um sechs Uhr wieder kriegen. Und das kann die Julia besser. Ich schlaf jetzt sowieso wieder, und da brauchst du nicht dasitzen und mir zuschauen.«

»Es macht mir aber nichts aus, Vater«, beteuerte Regina.

»Das sagst halt so, weil du immer ein guter Mensch gewesen bist. Drum will ich auch nicht haben, dass du in dein Unglück rennst. Schau, der Ingenieur geht wieder fort, und du bleibst zurück mit einem wehen Herzen.«

Regina errötete betroffen. »Woher weißt du es denn, Vater?«

»Ich weiß es halt.«

»Er meint es ehrlich mit mir, Vater. Und wenn du wieder gesund bist, dann kommt er und will mit dir reden.«

»Hoffentlich werd ich wieder gesund.«

»Freilich wirst du wieder gesund. Aber dann, Vater, keinen Tropfen Schnaps mehr!«

»An dieser Krankheit ist der Schnaps nicht schuld.«

»Nein, du hast dich erkältet in der Regennacht am Mittwoch.«

»Was weißt denn sonst noch von der Nacht? Keine von euch hat mich noch gefragt, woher ich den blauen Flecken unterm Aug hab.«

Seine Hand tastete langsam herüber, streichelte über die ihre. Das müde Lächeln war wieder um seine Mundwinkel.

»Geh nur, Dirndl. Ich spür ja die Unruhe, die in dir ist.« Und als merke er ihre Unsicherheit, fügte er brummend hinzu: »Jetzt gehst – und erzählst ihm, wie krank ich bin.«

»Danach wird dann die Julia sagen, ich hätte dich allein gelassen.«

»Ein anderer wird auch sagen, du hättest ihn allein gelassen. Und der schläft nicht. Ich aber will jetzt schlafen, und dazu brauch ich niemanden.«

Er drehte den Kopf zur Seite, und nach einer Weile merkte Regina, dass er wirklich eingeschlafen war. Rasselnd zwar, aber doch regelmäßig ging sein Atem, und kein Schweißtropfen stand mehr auf seiner Stirn. Das Fieber schien gesenkt und würde wahrscheinlich erst am Abend wieder steigen. Auf Zehenspitzen verließ sie die Schlafkammer, schaute nach Peter aus und sah ihn droben beim Hierl, die einen Ferienbuben aus der Stadt bekommen hatten, mit dem er spielte.

Unschlüssig stand sie noch ein paar Minuten auf dem Hof, dann war die Sehnsucht doch stärker, und sie begann über die Fohlenweide hinaufzugehen. Nur für eine halbe Stunde, nahm sie sich innerlich vor. Nur, damit Reinhold nicht umsonst auf sie wartete.

Und der Sonntag leuchtete. Von Glanz und Gold überzittert waren die dunklen Fichtenwipfel, die weiten Hangwiesen hatten einen smaragdenen Schimmer.

Die Knie aufgezogen und die Hände darumgeschlungen, saß Regina neben Reinhold und hatte ihren Kopf an seine Schulter gelehnt. Sein Arm lag um ihre Hüfte, in der anderen Hand hielt er ein Grasgewächs, das Männertreu hieß.

»Und einmal – bald vielleicht – wirst du mich verlassen«, sagte Regina jetzt auf eine längere Rede von ihm. »Und was soll dann aus mir werden?«

»Du fragst jetzt mich genau das, was man wahrscheinlich dich schon gefragt haben wird.«

»Ja«, antwortete sie, nahm langsam den Kopf zurück und sah ihn an.

Zärtlicher drückte er sie an sich, küsste ihr Wangen und Mund.

»Dann sag den Siebenmalgescheiten, er wird mich mitnehmen, wohin es ihn auch verschlagen mag, weil er mich liebt. Das musst du ihnen sagen, Regerl! Und wenn der Vater wieder gesund ist, dann werde ich kommen und es ihm selber sagen. Komisch, du fragst mich jetzt schon zum zweiten Mal, was aus dir werden soll, wenn ich weggehe. Warum fragt denn mich niemand, was aus mir werden soll, wenn ich dich verliere?«

»Ach, was liegt denn schon an mir«, klagte sie verzagt. »Schau, Reinhold, du kommst aus einer ganz anderen Welt, du lernst wieder andere kennen, elegante Frauen vielleicht, die eher zu dir passen als ich. Was kann ich dir denn schon bedeuten?«

»Mehr als du weißt. Du willst einfach nicht an meine Liebe glauben.«

»Das darfst nicht sagen, Reinhold. Ich vertraue dir, und seit du in meinem Leben bist, ist mir oft zumute, als wär die ganze Welt ein einziges Fest. Und dann meine ich wieder , es wär alles nur ein Traum, den man nicht austräumen darf, weil danach die Nacht kommt, eine finstere, trostlose Nacht.«

»Regerl, Regerl!«, lachte er scherzend und rüttelte sie an den Schultern. »Du redest so viel von Nacht und Traum. Du musst aufwachen, Regerl, musst an die Wirklichkeit glauben!«

»Was bin ich denn gegen dich? Ein armes Bauernmädl!«

»Du und arm? Jetzt machst aber einen Punkt, Regerl! Du bist in deinem Inneren so reich, wie du es gar nicht weißt.«

»Inneren Reichtum hab ich vielleicht, das kann schon sein. Aber an Wissen bin ich arm gegen dich.«

An Wissen arm, dachte er ihren Worten nach. Das stimmte doch nicht. Sie sagte oft so kluge Dinge, dass es wert und schön war, ihren Worten nachzuhorchen. Sie fanden Zugang zu ihm und setzten sich in seinem Inneren fest. Regina war in einer Welt aufgewachsen, in der alles seine Ordnung hatte und sein Gesetz, so wie der Acker und der Wald. Ein Bauernmädchen war sie, voller Natürlichkeit. So wie sie jetzt seinen Kopf an ihrer Brust hielt und ihre Hände über seine Stirn und sein Haar streichelten, so schlicht und doch innig war er noch nie von einem Mädchen liebkost worden.

»Ach du«, flüsterte sie. »Ich muss dem Leben dankbar dafür sein, dass du mir begegnet bist. Ich wünsche mir so sehr, dass du gesund bleibst und dass dir nichts zustößt.«

»Was soll mir schon zustoßen?«

»Sag das nicht. Jedes Mal, wenn am Schlöhboden eine Sprengung losgeht, fängt mein Herz ganz schnell zu klopfen an.«

»Angst?«, lachte er. »Aber Regerl! Um mich brauchst du doch keine Angst zu haben!«

»Wenn man jemanden liebt, hat man immer Angst«, sagte sie und sah dabei zu den Zweigen hinauf, in denen sich ein Eichhörnchen tummelte. Und dann ganz abrupt, wie es oft ihre Art war: »Sag, Reinhold, wie stellst du dir deine Zukunft eigentlich vor?«

»Unsere Zukunft, meinst du doch?«

»Also gut, unsere Zukunft.«

Er richtete sich auf, nahm ihre Hände und begann

langsam zu sprechen. Er baute ein Leben vor ihr auf, eine Welt, in die er sie hineinflocht. Beider Leben verschlangen sich wunderbar ineinander, beide getragen vom Willen des anderen, sich nie mehr zu verlieren. Auch in der Großstadt nicht, in die er sie mitnehmen wollte. Er ließ sich einen befreundeten Architekten einfallen, der auch ein Bauernmädchen geheiratet habe. Zuerst habe dieses Mädchen sich nicht eingewöhnen können, dann aber habe sie sich entfaltet, und heute wäre ihr das Leben auf dem Land genauso fremd wie früher das Großstadtleben.

Wie ein schöner Traum hörte sich das alles an, und Regina war bereit, alles mitzuträumen. Sie füllte ihr Inneres damit und begann zu glauben, dass alles so werden würde, wie Reinhold es sagte.

Um diese Zeit war es, dass der Langreiner Tobias mit einem schlechten Gewissen auf den Schrannerhof zuging und auf dem Hof horchend stehen blieb, als traue er der Stille nicht recht. Dann atmete er erleichtert auf, als er Julia aus der Haustür kommen sah. Sie ging rasch auf ihn zu und gab ihm die Hand.

»Grüß dich, Tobias!«

»Grüß dich, Schatzl! Musst entschuldigen, Julia, dass ich nicht früher gekommen bin. Es hat sich noch nichts ergeben mit dem Brockdorf.«

Sie legte den Finger auf den Mund, damit er leiser sprechen solle.

»Ich hab auch nicht gesagt, dass es heute oder morgen schon sein muss. Jetzt geht es um etwas anderes. Der Vater ist krank.«

»Das hab ich heut im Bräustüberl drunten gehört. Ist es schlimm?«

»Ja, sehr! Komm, wir gehen in die Küche.«

Sie nahm ihn bei der Hand und führte ihn durch den kühlen Flur.

»Setz dich, Tobi. Weißt du, wie man ein Testament aufsetzt?«

»Ein Testament? Da ist doch gar nicht so viel dabei. Mein Letzter Wille, schreibt man oben drüber, soviel ich weiß. – Aber fehlt es denn beim Schranner schon so weit?«

»Man kann nie wissen, wie schnell es oft geht.«

»Da hast Recht. Wie schnell ist es beim Kistler gegangen! In der Früh noch pumperlgesund und am Abend schon tot. Und dann war nichts vorbereitet, kein Testament, gar nichts.«

»Eben darum! Wenn nichts vorbereitet ist, gibt es danach die größten Schwierigkeiten. Jetzt mach ich dir zuerst einen guten Kaffee, oder willst du lieber ein Bier?«

»Zunächst einmal ein Bussel«, lachte Tobi, nahm sie um den Hals und freute sich, dass sie heute wieder so war, wie er sie kannte, voll stürmischer Zärtlichkeit.

»Musst mein Mann werden, du! Keinen andern mag ich!«, flüsterte sie ihm ins Ohr.

»Gibt's ja auch gar nicht«, antwortete er selbstgefällig und ahnte nicht, wie leicht es ihr fiel, jemandem den Laufpass zu geben, wenn sie es an der Zeit fand.

Julia machte sich los von ihm und ordnete ihr Haar.

»Fürs Erste musst jetzt zufrieden sein, Tobi. Jetzt kommt die Arbeit.«

Sie nahm das Schreibzeug aus dem Küchenschrank. Bevor sie sich hinsetzte, stellte sie noch Wasser auf und drückte dem Tobi die Kaffeemühle zwischen die Knie.

»Mahl ihn durch«, schaffte sie an. »Und dabei sagst mir, was ich da schreiben soll.«

»Das Testament müsste aber der Schranner selber schreiben«, meinte der Tobi.

»Nein, seine Unterschrift genügt«, antwortete Julia. »Hauptsache, dass es sauber aufgesetzt ist. Also – Mein Letzter Wille. Wie geht's dann weiter?«

Der Tobi kratzte sich hinterm Ohr und überlegte. Dann hatte er es.

»Ich, Endesunterzeichneter, verfüge hiermit, dass nach meinem Ableben –«

»Weiter weiß ich es schon«, lächelte Julia und schrieb: »... meine älteste Tochter Julia den Schrannerhof erben soll mit allem Inventar. Ihre Schwester Regina muss sie in bar ausbezahlen, wenn sie einmal heiratet, und außerdem soll sie die zehn Tagwerk Wald am Scheuerberg kriegen.«

»Das Wasser kocht«, sagte Tobias in die Stille hinein, worauf die Julia aufstand, ihm die Kaffeemühle wegnahm und Kaffee und Wasser in den Filter schüttete. Inzwischen las Tobias, was sie geschrieben hatte. Anerkennend nickte er: »Da kann sie zufrieden sein, die Regina.«

»Gell, das sagst auch! Jetzt bräuchte der Vater bloß mehr unterschreiben.«

»Wenn er mag.«

»Man muss halt die richtige Stund abwarten. Aber sonst wird es schon recht sein, so wie ich es geschrieben hab?«

Dem Tobias war es nicht ganz recht so. Er zwirbelte sein Bärtchen und schaute ein bisschen beleidigt.

»Geschadet hätte es nicht, wenn du mich auch erwähnt hättest.«

Verblüfft schaute ihn Julia an. »Das kann ich doch nicht gut.«

»Weil du mich eben nicht richtig gern hast.«

»Jetzt hörst aber auf! Ich meine, das hab ich dir schon oft bewiesen. Was hätte ich denn nach deiner Meinung noch schreiben sollen?«

»Zum Beispiel: Meine älteste Tochter Julia erbt den Hof und soll den Langreiner Tobi heiraten.«

Über ihr Gesicht flog ein Schatten.

»Das hört sich an wie eine Bedingung. Dabei vergisst du, dass ich dir auch eine Bedingung gestellt habe, wenn du hier Bauer werden willst.«

»Ja, ja, ich weiß schon! Und es geschieht auch noch, darauf kannst du dich verlassen! Was glaubst du, wie mir 's Blut kocht, wenn ich ihn seh! Immer muss ich denken, was er mir hat nehmen wollen. Oft, wenn er so neben mir steht, mein ich, ich müsst ihm an die Gurgl springen.«

Seine Fäuste waren schon wieder geballt, seine Kiefer mahlten.

»So ist's recht, Tobi«, triumphierte Julia. »Wie wild du schaun kannst! So mag ich dich! Tu es, Tobi – du wirst es nie bereuen!«

»O du …«, stöhnte er und riss sie an sich.

Da wurden sie durch ein Klopfen aufgeschreckt.

»Der Vater!«, flüsterte Julia, machte sich schnell aus seinen Armen frei, besah flüchtig im Spiegel ihr erhitztes Gesicht und ging dann hinüber.

Der Schranner saß halb aufrecht im Bett und sah ihr ängstlich entgegen.

»Durst hab ich«, stöhnte er.

»Ist schon recht, Vater.« Julia ging zur Kommode, füllte aus der dort stehenden Kanne eine Tasse mit Kamillentee und fragte: »Wieso bist du allein? Ich hab gemeint, die Regina wär bei dir?«

»Ich hab sie fortgeschickt. Soll doch auch was haben von dem schönen Sonntagnachmittag.«

»Das sieht ihr gleich!«, empörte sich Julia. »Lässt dich allein!«

»Nicht wieder schimpfen! Ich hab es so wollen.«

Julia hielt dem Vater die Tasse an die rissigen Lippen und hatte dabei einen hart zusammengekniffenen Mund.

»Ich fresse einen Besen, wenn sie nicht mit dem Ingenieur zusammen ist.«

»Wird wohl so sein.«

»Und du lässt das zu?«, fragte Julia und spürte schon wieder den lodernden Hass in sich.

»Was willst denn machen, wenn sie ihn gern hat? Und gar so unrecht scheint er mir nicht zu sein. Gib mir noch einen Tee.«

In gierigen Zügen trank er die zweite Tasse leer und ließ sich in die Kissen zurückfallen.

»Ich hab gemeint, ich hätt jemanden reden hören, vorhin, von der Küche rüber. Ist jemand da?«

Ein paar Sekunden schwieg Julia. Ihre Gedanken arbeiteten blitzschnell. Dann warf sie den Kopf zurück.

»Ja, der Langreiner Tobi.«

»Was? Wie kommt denn der zu uns? Ist es also doch wahr, was man mir erzählt hat! Hast denn du was mit dem?«

Trotz und Aufsässigkeit ließen Julia spitz fragen: »Bin ich vielleicht noch nicht alt genug dazu?«

»Davon kann keine Rede sein. Aber der Taugenichts? Die Leut reden nichts Gutes über ihn.«

»Ich weiß schon. Die Leut gönnen einem ja nichts und machen aus allem Schönen gleich was Dreckiges. Und du redest halt auch so, weil du ihn nicht kennst.«

»Bin ich gar nicht scharf drauf.«

Julia gab keine Antwort mehr, wollte dem Kranken jetzt die Kissen aufschütteln. Als sie ihm unter die Achseln griff, erschrak sie, oder tat wenigstens so, wie ja ihre ganze Fürsorge ein genau geplantes Spiel war.

»Du bist ja durch und durch nass geschwitzt! Und das ganze Bettzeug ist auch feucht! So kann ich dich jetzt nicht liegen lassen. Da tät mir der Doktor, wenn er kommt, ganz schön Vorwürfe machen! Was tu ich denn bloß allein?«

»Hol den Sepp.«

»Der ist zum Schlöhboden rauf, anschauen, wie weit sie sind.«

»Dann ruf den Hierl.«

»Warum denn so viele Umstände, wenn ein baumstarkes Mannsbild im Haus ist! Der Tobi soll helfen!«

»Nein, der nicht!«, wehrte sich der Schranner, weil er vergessen hatte, dass Julia doch immer ihren Willen durchsetzte.

»Und jetzt geb ich einfach nicht nach«, sagte sie. »Schließlich hab ja ich die Verantwortung. Mir hat der Doktor aufgetragen, was ich machen muss.« Sie ging zur Tür und rief hinaus: »Tobi, komm!«

Als der Tobi die Krankenstube betrat, schloss der Schranner die Augen. Das machte aber dem abgebrühten Tobias gar nichts aus. Mit schmalziger Freundlichkeit trat er ans Bett und fragte:

»Ja, was macht er denn für Geschichten, der Schranner? In Schraut drunten hab ich heut gehört, dass du krank sein sollst. Wie gibt's denn so was?«

Julia hatte inzwischen ein frisches Hemd, Leintuch und Kissenbezüge aus der Kommode genommen.

»So, jetzt hilf mir, Tobi, damit ich ihm das frische Hemd anziehen kann.«

Der Tobi fasste den Kranken an beiden Schultern, so dass Julia dem Vater das nasse Hemd über den Kopf ziehen, ihn frottieren und ihm das trockene Hemd anziehen konnte.

»Jetzt müsst er halt für ein paar Minuten rausgenommen werden«, sagte sie, »damit ich das Bett frisch überziehen kann.«

»Das werden wir gleich haben«, erbot sich der Tobi. »Gib mir einmal die Wolldecke dort, damit ich ihn einwickeln kann.«

Dann hob er den Schranner heraus und nahm ihn auf seine Arme wie ein Kind. Für seine Bärenkräfte war das gar nichts. Er trug ihn zum Fenster und redete dauernd:

»So, Schranner, wird dir danach schon gut tun, wenn alles wieder frisch und trocken ist. Schau nur grad, wie draußen die Sonn lacht und wie die Berg glänzen!«

Notgedrungen und teilweise auch von der Sehnsucht gepackt, nach Tagen wieder die Sonne und die Berge zu sehen, schlug der Schranner die Augen weit auf.

»Die Berg«, flüsterte er. »Ob ich da wohl noch mal raufkomm?«

»Du wärst recht!«, flötete der Tobi. »Wie dir nur grad so was einfällt! Natürlich kommst du wieder rauf, und wenn ich dich auf meinem Buckel rauftragen müsst! Da kenn ich nichts!«

Mit leisem Misstrauen sah der Schranner den Tobi an.

»Ich weiß nicht, wenn ich dich so reden höre – möchte ich schier nicht glauben, was die Leut über dich sagen.«

»Hör mir mit den Leuten auf! Weil ich mir nicht alles gefallen lasse und ehrlich meine Meinung sage, wäre ich aufsässig, ein Hallodri und was sie sonst alles sagen.«

»Mir will nicht gefallen, dass ein gestandener Bauernsohn wie du sich mal hier und mal dort durchschlägt.«

Das Bett war jetzt fertig, und Tobi bettete den Schranner behutsam hinein und deckte ihn zu.

»Warum nicht, wenn man gutes Geld verdienen kann dabei und daheim für vier Buben nicht genug Arbeit ist? Deswegen hab ich die Bauernarbeit nicht verlernt, und darfst mir's glauben, ich versteh eine ganze Menge von Landwirtschaft und Viehzucht – Liegst jetzt gut, Schranner?«

»Ja, dank schön«, flüsterte der Kranke matt.

»Geh, für was denn? Für einen kranken Menschen tät ich alles. Und jetzt schau nur, dass du bald wieder gesund wirst! Wenn ich am nächsten Sonntag komm, möchte ich haben, dass du wieder in der Stube sitzt. Dann machen wir einen kleinen Tarock oder ein Schafköpferl. Und ein Solo wirst kriegen, dass dein Herz vor Freud hüpfen wird.«

»Komm jetzt«, sagte Julia und nahm den Tobi am Arm. »Siehst doch, dass der Vater müd ist.«

Sie gingen wieder in die Küche.

Der Schranner hatte die Krise noch nicht überstanden. Jeden Tag kam der Doktor, machte ein besorgtes Gesicht und hoffte auf den neuen Tag, zumal die kalten Wickel eingestellt werden mussten, weil sie zu stark aufs Herz gingen. Das Fieber zehrte an seinen Kräften und ließ ihn wirres Zeug reden. Dazwischen hatte er wieder lichte Augenblicke, in denen man ganz vernünftig mit ihm sprechen konnte und wo er wieder Interesse zeigte für alles, was draußen vorging. Darüber berichtete ihm der Sepp, der nach Feierabend für ein Viertelstündchen an sein Bett kam, oder Regina, die auch nur abends für ein Plauderstündchen Zeit hatte.

»Musst viel arbeiten jetzt, gell, Dirndl?«, sagte er eines Abends zu ihr. »Aber wenn ich gesund bin …« Er sagte nicht, was er dann alles tun wolle. Aber er nahm sich so viel vor in all den Stunden, wenn er so dalag und den Geräuschen des Lebens lauschte, das draußen in unveränderlichem Rhythmus weiterging.

Julia pflegte ihn aufopfernd, und niemand hätte vermuten können, dass diese ganze Fürsorge nur kalte Berechnung war.

An einem Nachmittag nun, als durch die Fenster der Duft des frisch gemähten Grases kam und die Boskopäpfel schon zu reifen begannen, setzte sich Julia an das Krankenbett und war noch besorgter als sonst.

»Wie geht's dir heut, Vater? Mir kommt es grad vor, als wenn du langsam wieder Farbe bekämst!«

»So matt bin ich halt und müd«, klagte er.

»Ja, ja. Der Doktor hat schon gesagt, wir müssen aufpassen, dass es keinen Rückfall gibt. Nicht zu früh aufstehen und keine Zugluft erwischen!«

»Manchmal hab ich das Gefühl, als wär meine Zeit schon abgelaufen.«

»Aber Vater, wie kannst denn so was denken! Mich so erschrecken! Was täten wir denn ohne dich?«

»Weiterleben. Heiraten und dem Hof Erben schenken!«

Die Hände im Schoß verschlungen, saß Julia da. Am Vormittag hatte sie gewaschen, und draußen flatterte die Wäsche am Strick. Streng arbeiteten ihre Gedanken. Immer wieder hatte sie es hinausgeschoben, hatte den rechten Anfang nicht finden können. Aber heute sollte es sein.

Sie strich dem Kranken das Haar aus der Stirn und knöpfte ihm das Hemd am Hals zu.

»Strengt es dich nicht an, Vater, wenn ich ein bissel was rede?«

»Red nur. Hast vielleicht gar was auf dem Herzen?«

»Ich wüsste nicht, was. Das heißt – in den Tagen, wo es so schlecht um dich gestanden hat – da hab ich mir schon einmal schwere Gedanken gemacht.«

»So? Was denn?«

»Na ja, schau – ich rede ja nicht gern davon, und niemand wünscht sich mehr, dass du recht, recht alt wirst. Aber gesetzt den Fall – man denkt ja bloß darüber nach – du wärst zur Mutter gegangen – und du hättest kein Testament gemacht, was wär dann gewesen?«

Die fast weiß gewordenen Hände des Schranners lagen nebeneinander auf dem Deckbett. Lange schaute er darauf herunter, als ob er die so deutlich sichtbar gewordenen Aderstraßen zählen wolle. Dann drehte er den Kopf.

»Du hast Recht, Julia. Daran denkt man eigentlich nie.«

»Du sollst dir ja auch jetzt nicht den Kopf darüber zerbrechen. Man redet ja bloß. Und das darfst mir glauben, Vater – an mich denk ich dabei überhaupt nicht. Es liegt ganz in deinem Ermessen, wem du den Hof vermachen willst, der Regina oder mir.«

Wieder das nachdenkliche Betrachten der Hände und ein leichtes Spiel mit dem Zeigefinger auf der Decke.

»Du bist die Ältere«, sagte er dann, »und ich hab mir auch immer vorgestellt, dass du den Hof einmal haben sollst, wenn mir auch der Tobi nicht ganz zusagt.«

Da konnte die Julia tatsächlich recht unschuldig lachen.

»Es müsst ja nicht grad der Tobi sein. Aber wie gesagt, wenn die Regina einen besseren Bauern bringt ... Bloß – man kennt ja ihren Geschmack jetzt. Was tät ein Ingenieur mit einem Hof?«

»Nein, das wär schon gleich gar nichts.«

»Reden wir nimmer davon«, entschied die Julia. »Ich will nicht haben, dass du dich aufregst.«

»Jetzt müssen wir schon weiterreden. Wenn ich wieder besser beieinander bin, werd ich was schreiben.«

»Das pressiert gar nicht, Vater. Man nimmt ja nicht an, dass ein Rückfall eintritt. Das wäre allerdings schlimm, hat der Doktor gesagt.«

»Ja eben. Am gescheitesten wär's, du tätst einmal was aufsetzen, wie du es meinst. Du hast mich jetzt richtig nachdenklich gemacht.«

»Das hab ich aber nicht gewollt, Vater.«

»Du hast schon Recht gehabt. Setz was auf, dann können wir immer noch drüber reden.«

»Na ja, wenn du meinst. Aber wie gesagt, um mich geht's dabei nicht. Ich mein bloß, dass du auch ruhiger sein könntest, wenn was geschrieben ist. Aber jetzt musst du ein bissel schlafen!«

Sie schüttelte ihm die Kissen auf, zog den Vorhang vor das offene Fenster und ging hinaus.

Dann aber überkam sie hektische Eile. Immer und immer wieder probierte sie die Unterschrift des Vaters, die sie auf Lieferscheinen vom Lagerhaus oder sonstwo fand. Das B des Vornamens Baptist machte ihr am meisten zu schaffen, weil der Schranner ganz eigentümliche Schnörkel machte. Aber dann stand die Unterschrift wie echt!

Am nächsten Tag kam sie wieder um die gleiche Nachmittagsstunde, liebenswürdig und schmeichlerisch, ans Bett des Vaters, gab ihm Zitronenwasser zu trinken, setzte sich zu ihm und las ihm aus der Zeitung vor. Von selber hätte sie gar nichts gesagt, aber dem Schranner fiel es wieder ein: »Wirst noch nichts aufgesetzt haben?«

»Doch, hab ich schon – aber – entscheiden musst du selber. Es soll ganz in deinem Sinn sein, und wenn du meinst, dass die Regina –«

»Ach was, darüber haben wir doch gestern schon geredet. Lass ihn sehen, den Wisch!«

Also brachte sie den Wisch, so wie sie ihn am Sonntagnachmittag schon aufgesetzt hatte. Sie brachte auch gleich die Brille mit, die er zum Lesen brauchte, half ihm, sich aufzusetzen, und schob ihm Kissen in den Rücken.

Aufmerksam las der Schranner, dann ließ er das Blatt sinken und sagte:

»Der Wald am Scheuerberg sollt schon beim Hof bleiben. Lieber wird der Regina mehr ausbezahlt. Und eine gute Aussteuer soll sie auch bekommen.«

»Mach es so, wie du meinst. Das Testament ist ja auch nur für den Fall des Falles gedacht. Aber du bist ja schon wieder am Gesundwerden, gell?«

Der Schranner hatte wieder eine Weile zu überlegen, um dann doch zu dem Entschluss zu kommen:

»Schreib es sauber ab, dann bringst es mir zur Unterschrift.«

Danach zeigte er zum ersten Mal, seit die schwere Krankheit ihn befallen hatte, ein ganz ruhiges, fast heiteres Gesicht. Ja, der Julia gegenüber empfand er ein Gefühl tiefer Dankbarkeit, dass ihr das eingefallen war. Man lebte leichter, wenn man wusste, dass man das Irdische geregelt hatte. Wie oft hatte man erlebt, dass danach unter den Erben Streit und bitterste Feindschaft ausbrach, wenn kein ordentliches Testament gemacht worden war.

Reinhold Brockdorf hatte die Gewohnheit, bei schönem Wetter regelmäßig schon vor Sonnenaufgang über den Schlöhboden bis zum Latschenhang hinauf zu wandern, wo die grauen Felsen begannen, um das Wunder immer wieder neu zu erleben, wie der Himmel im Osten gelb zu werden begann. In andächtiges Schauen versunken stand er dann da, sah zu, wie die Sonne langsam heraufkam, Gold auf die Bergriesen fließen ließ und den Tau auf den Almwiesen zum Glitzern brachte.

An diesem Morgen war das morgendliche Lichtspiel besonders schön, obwohl dieses brennende Morgenrot schlechtes Wetter ankündete. Die großen Schubwolken hatten an den östlichen Rändern fast violetten Glanz, mit flimmerndem Gelb in den schmalen Lücken. Ein lauwarmer Wind kam von Westen her und brachte den verschwommenen Klang von Herdenglocken mit. Langsam zog ein Rudel Rehe vom Kar herunter zum Latschenfeld. Sie witterten den Menschen nicht, der sie mit der stillen Freude von jemandem betrachtete, dem so ein Erlebnis bisher nur selten zuteil geworden war.

Das Rudel, der Sechserbock als Anführer, war nun ganz nahe herangekommen, als ein dumpfer Knall die Stille zerriss. Aber der Bock konnte nicht gemeint gewesen sein, denn er sprang nun mit gewaltigen Sätzen das Latschenfeld hinunter, die Geißen hinter ihm her, während um Reinhold Brockdorf alles dunkel und schwarz wurde. Langsam sank er in die Knie. Schmerz spürte er nicht. Er wusste überhaupt von nichts mehr, lag zwischen den Latschenbüschen von tiefer Ohnmacht umfangen. Ganz nieder zogen die schwarzen Wolken über ihn hin, und aus dem nahen Wald rief der Regenvogel.

Den Regenvogel hörte auch der Schütze nicht rufen, der sich geduckt durch die Latschen schlich, am Rand spähend eine Weile verharrte, um dann mit ein paar Sprüngen im Wald unterzutauchen. Dort versteckte er seine Büchse und säuberte das geschwärzte Gesicht an einer Quelle. Dann machte er einen großen Bogen, fast bis nach Spielberg hinunter, und kam von dort herauf zum Schlöhboden, gerade als die Italiener vor der Baracke ihre Polenta aßen.

Dann ging Tobias Langreiner zur zweiten Baracke, wo der Angerer und der Lohmüller sich ihr Frühstück bereiteten. Die Feldbetten waren noch nicht gemacht, das vom Tobi war überhaupt nicht berührt worden.

»Magst auch was?«, fragte der Angerer. Der Tobi lächelte verschmitzt und drehte sein Bärtchen.

»Dank schön, ich hab schon was Besseres gehabt.«

»Kann mir's denken«, witzelte der Lohmüller. »Bist ja heut Nacht gar nicht daheim gewesen.«

»Es gibt weichere Betten«, sagte der Tobi, sperrte seinen Spind auf und nahm den Schutzhelm heraus.

»Ich hab dich von drunten raufkommen sehen«, sagte jetzt der Berger und vermutete, wo der Tobi gewesen sein könnte, weil er hinzufügte: »Wie geht's ihm denn jetzt, dem Schranner?«

Der Tobi lächelte wieder so geheimnisvoll.

»Schon weit besser. Er schnauft schon viel leichter.«

»Wenn er jetzt keinen Schnaps mehr trinkt, kann er hundert Jahr alt werden«, meinte der Angerer.

»Vorausgesetzt, dass es die Leber nicht schon angegriffen hat«, antwortete der Lohmüller.

Der kleine Nino ging mit einer dampfenden Schale Kaffee vorbei, die er jeden Morgen für den Ingenieur bereitete.

»Ist er jetzt einverstanden mit dir, der Schranner?«, wollte der Berger wissen.

»Ich versteh mich ganz ausgezeichnet mit ihm«, antwortete der Tobi und sah gespannt zur anderen Baracke hinüber, aus der jetzt der Nino kam und ratlos umherschaute.

»Mir scheint, der Ingenieur ist nicht da«, sagte der Angerer.

»Dann wird er jeden Augenblick kommen«, vermutete der Berger. »Vielleicht ist ihm auch die Matratze zu hart da drüben und er weiß sich irgendwo ein weicheres Bett, wie der Tobi. Die Mang Betty, hab ich gehört, wär ganz verrückt nach ihm.«

Nein, der Ingenieur tauchte nicht auf. Dessen ungeachtet ertönte Punkt sieben Uhr die Sirene, die Maschinen und Werkzeuge setzten sich in Bewegung, der Tobi bereitete eine neue Sprengung vor, und Nino begann schnell ein Bündel Wäsche von der Leine zu nehmen, denn es hatte zu regnen begonnen. Zunächst nur ganz fein, dann immer stärker. Die Wolken hingen ganz tief, und nicht mehr das kleinste Stückchen Blau war am Himmel zu sehen. Die Berge waren verhüllt, und Bäume bogen sich im immer stärker werdenden Westwind.

Um neun Uhr verbellte die langhaarige Dackelhündin Bella im Latschenfeld den schwer verletzten Ingenieur Reinhold Brockdorf, und der Jäger Christian Wolfeiner sorgte dafür, dass der Bewusstlose gegen Mittag im Kreiskrankenhaus in ärztliche Behandlung kam.

Natürlich sprach es sich in Windeseile im Schlöhboden unter den Arbeitern herum, und auch in Schraut wusste man bis zum Abend Bescheid. Es konnte ganz einfach nicht anders sein, es musste ein Unglücksfall sein, verursacht von einem Wildschützen, denn wann hätte ein echter Jäger jemals mit einer Schrotbüchse auf Rehwild geschossen!

Die Gendarmerie setzte sich sogleich hinter die Sache, durchsuchte zuerst einmal, wie schon öfter, die Kreuzeggerwirtschaft und kam dann am Nachmittag auch nach Schlöhboden.

Ja, erinnerte sich Tobias Langreiner, einen Schuss habe er gehört. Das sei ungefähr so um halb sechs Uhr gewesen. Die Richtung könne er zwar nicht angeben.

Am eingehendsten wurden die Italiener vernommen. Hatte der Ingenieur vielleicht gar einen Feind unter ihnen? Aber gerade hier stießen die Gendarmen auf flammende Empörung. Der »Ingegnere« sei der beste Freund der Italiener, für den hätte sich jeder umbringen lassen.

Man kam auf keine Spur. Vielleicht war es doch ein Unglücksfall. Und da musste man jetzt wohl oder übel warten, bis der Angeschossene vernehmungsfähig war und aussagen konnte.

Selbstbewusster und noch herrischer als sonst ging der Tobi durch die Stunden dieses Tages. Wer ihn aber genauer beobachtet hätte, würde gemerkt haben, dass der Tobi hinter seiner eisernen Ruhe eine ganze Menge Nervosität verbarg und kaum erwarten konnte, dass es Nacht wurde.

Eine Nacht ohne Sterne, mit rauschendem Regen und stöhnendem Wind, der jeden anderen Laut ersterben ließ. Und trotzdem hörte Julia die Steinchen ans Fenster klirren.

Ohne jede Eile zog sie sich an und schlich hinunter. Das Knirschen der Stalltür war kaum zu vernehmen. Ehe sie ganz öffnen konnte, wurde sie schon hineingeschoben in die warme Dunkelheit. Zwei Arme umfassten sie und flüsternd berichtete ihr der Tobi: »Jetzt hab ich's getan!«

Julia wich seinem suchenden Mund aus.

»Aber bloß halb!«, zürnte sie. »Wenn sie ihn wieder zusammenflicken können, wer weiß, ob er dich nicht gesehen hat.«

»Ausgeschlossen! Auf mich kann kein Verdacht fallen.«

»Wollen wir's hoffen, Tobi.«

»Du musst mir ein Alibi verschaffen, Julia.«
Sofort zeigte sie kalte Abwehr.
»Ich will mit der Sache nichts zu tun haben. Als der Sepp heut heimgekommen ist, hat er die Neuigkeit mitgebracht. Hättest hören sollen, wie die Regina aufgeschrien und mich dann angestarrt hat, als wär ich der Täter!«
Der Tobi spürte, wie es ihm zuerst heiß und dann kalt über den Rücken rann. Hellhörig verstand er sofort, dass Julia sich aus der Schlinge ziehen wollte. Aber so durfte man ihm nicht kommen! In aufsteigendem Groll packte er ihr Handgelenk und riss sie an sich.
»Jetzt hör einmal ganz genau zu: Du willst mit der Sache nichts zu tun haben. Wer war es denn, der mich dazu überredet hat? Wer hat mir denn eingeredet, dass ich die Schmach rächen muss? Das warst doch du! Und dass ich dafür Schrannerbauer werden soll, hast das gesagt oder nicht?«
»Au, lass mich doch aus! Du tust mir ja weh!«
»Zuerst musst mir sagen, ob du das gesagt hast oder nicht!«
Sie wand und wehrte sich, aber sein Griff war wie eine Eisenklammer.
»So was Ähnliches kann ich schon gesagt haben, aber solange der Vater lebt, gibt er den Hof nicht aus der Hand.«
»Mir pressiert es nicht. Ich will bloß, dass du dich endlich zu mir bekennst! Die Heimlichkeit hab ich jetzt satt, verstanden?«
»Dann schrei doch gleich in die ganze Welt hinaus, dass du dich bloß um ein paar Steinderl bücken und sie an mein Fenster zu werfen brauchst, und dann die Schranner Julia schon wie ein Hunderl angelaufen kommt!«

»Lass den Blödsinn! Du weißt genau, dass ich so was nicht sag. Es geht jetzt darum, dass ich ein Alibi hab!«

»Und wie soll ich dir das verschaffen?«

»Vielleicht brauch ich es gar nicht. Aber wenn es wirklich wäre, dann musst du sagen, dass ich in der vergangenen Nacht bis um halb sechs Uhr in der Früh bei dir gewesen bin.«

»Das ist doch aber nicht wahr!«

»Du wirst es aber trotzdem sagen, Herzerl! Jetzt reden wir doch einmal deutsch miteinander. Ich hab dir immer gefolgt, weil ich einfach verrückt nach dir war und jetzt noch bin. Aber wenn du meinst, du kannst mit mir Hanswurst spielen, dann hast du dich gebrannt! Ich brauche dann bloß zu reden!«

»Was willst denn du schon reden? Meinst du vielleicht, du könntest mich einschüchtern und klein kriegen?«

»Jawohl, klein kriegen werde ich dich! Du wirst mir noch aus der Hand fressen, so klein krieg ich dich!«

»Dazu gehören zwei«, widersprach sie und fing allmählich an, den Ernst der Sache zu begreifen. Sie wollte ihm das nur nicht zeigen, hatte aber das Gefühl, auf schwankenden Boden geraten zu sein. Als er sie jetzt herrisch an sich zog, wagte sie nicht mehr, ihm auszuweichen. Doch während er sie küsste, arbeiteten ihre Gedanken fieberhaft.

»Du könntest mich doch gar nicht mit reinziehen, gell, Tobi?«

»Das kommt ganz auf dich an. Wenn du meinst, du musst mir jetzt schöntun, bloß damit ich wieder schwach werde, dann täuschst du dich. Wir zwei haben jetzt gleich viel auf dem Kerbholz, und du kannst nimmer abspringen.«

Ihre Pulse rasten vor Erregung.

»Du tust ja grad, als hätte ich den Schuss abgegeben!«

»Nein, aber du hast mich dazu angestiftet.«

»Dass du auf ihn schießen sollst? Das hab ich nicht gesagt!«

»Die Wahl hast du mir überlassen. Kannst es drehen, wie du willst, bei dir wird Anstiftung zum Mord rauskommen, und darauf stehen mindestens zehn Jahr Zuchthaus!«

Jetzt begriff Julia das Geschehen erst in der ganzen Tragweite und schauderte. Ohne dass sie die Folgen überdacht hatte, war sie dem Tobi nun hilflos ausgeliefert, wenn es ihr nicht gelang, ihn wieder ihr hörig zu machen. Und da wurde sie wieder zuversichtlicher, weil sie ihre Macht über ihn kannte. So schmiegte sie sich jetzt an ihn.

»Wie du einen erschrecken kannst, Tobi! Aber ich hab nur von einem Denkzettel geredet, nicht vom Umbringen.«

»Den Denkzettel hat er jetzt, vorausgesetzt, dass er durchkommt. Das ändert aber nichts daran, dass du mich angestiftet hast.«

»Red doch nicht so aggressiv mit mir! Ich müsst jetzt fast zweifeln, ob du mich wirklich so gern hast, wie du immer gesagt hast. Jetzt sind halt einmal ein paar schwarze Wolken am Himmel unseres Glücks. Die gehen vorbei, wenn du jetzt zu mir hältst. Und den Lohn kennst ja, dass ich dann dir gehör, mit Leib und Seel!«

Da war es schon wieder, dieses verdammte Gefühl hündischer Anhänglichkeit und wilden Begehrens.

»Ich möchte aber auf den Lohn nicht zu lang warten.«

»Ein bissel wirst doch noch warten können, Tobi?«

Dunkel und schmeichelnd war ihre Stimme geworden, zärtlicher das Streicheln ihrer Hände über sein Gesicht.

Für den Chefarzt Julius Pratt, der als Jäger nicht weniger Erfahrung hatte wie als Arzt, gab es keinen Zweifel, dass der Schütze trotz seines schlechten Schießens genau gezielt hatte, auch wenn der Angeschossene behauptete, es müsse ein Unglücksschuss eines Jägers gewesen sein, weil unmittelbar neben ihm ein Rudel Rehe gewesen sei.

Ein Jäger schieße nie mit Schrot auf Rotwild, wusste der Chefarzt, also könnte es ein Wilderer gewesen sein, also auch mit ein Grund, die Polizei zu verständigen.

»Ich möchte aber von der Sache kein Aufhebens machen«, meinte Reinhold, dem es jetzt so einigermaßen gut ging, nachdem man ihm den Schrot, vermischt mit Fasern seiner Kleidung, herausgeschnitten und ihm vorerst noch verschwiegen hatte, dass man ihm möglicherweise das Bein noch werde abnehmen müssen. Auf alle Fälle, an eine Rückkehr zu seinem Arbeitsplatz am Schlöhboden brauche er vor einem Vierteljahr überhaupt nicht denken.

Es war nicht die Arbeitsstelle, die er so lange nicht mehr sehen sollte, die ihm das Herz so schwer machte, sondern die Sehnsucht nach Regina, der gegenüber er vielleicht auch hätte aussprechen können, welcher Verdacht sich in ihm ansammelte. Ein ganz ferner Verdacht zwar nur, so fern wie jener Morgen, an dem er Regina durch den Tau waten sah. Überhaupt kam ihm alles so vor, als wäre es schon vor einer Ewigkeit geschehen und als erlebe er die Gegenwart wie einen bösen Traum.

Am zweiten Tag rückte ein Kriminalbeamter sich

den Stuhl neben dem Bett zurecht und nahm darauf Platz, als hätte er im Sinn, den ganzen Nachmittag zu bleiben.

Ob er Feinde habe, war die erste Frage. Da fielen Reinhold die Julia Schranner ein und der Langreiner Tobias. Hauptsächlich der Tobias, an dessen tückische Blicke er sich genau erinnerte. Die äußeren Zusammenhänge fügten sich zu einem Bild zusammen.

»Feinde? Nicht dass ich wüsste.«

»Dann wollen wir einmal ganz von vorn anfangen«, sagte der Beamte. »Erinnern Sie sich langsam an alles, ich habe Zeit.«

Reinhold erzählte dann, dass er an diesem Morgen, wie schon öfter, zum Latschenhang hinaufgegangen sei.

»Und was war dann?«

»Ein Sonnenaufgang von so wilder Schönheit, wie ich ihn noch nie gesehen habe.«

»Sahen Sie, woher der Schuss kam?«

»Nur ganz flüchtig eine Rauchwolke.«

»Wie weit weg?«

Reinhold ließ sich jetzt Zeit mit den Antworten. Er wollte in keine Falle geraten, aus der er später nicht mehr herauskam.

»Vielleicht fünfzehn Meter.«

»Aber den Schützen sahen Sie nicht?«

»Nein. Mir wurde sofort schwarz vor den Augen.«

»Lässt sich denken.« Kriminalinspektor Löhnlein betrachtete nachdenklich seinen Bleistift, blätterte in seinem Notizbuch und schien wirklich viel Zeit zu haben. Dann kam ein scharfer Schuss vor den Bug. Reinhold Brockdorf erschrak dabei ein bisschen.

»Sie kennen doch den Tobias Langreiner?«

Reinhold blinzelte von der Seite her in das Gesicht des Beamten.

»Sprengmeister am Schlöhboden. Ein guter Sprengmeister sogar.«

»Deswegen könnte er immerhin ein schlechter Schütze sein. Dieser Langreiner war in jener Nacht nicht in der Baracke. Aber er hat ein Alibi, das allerdings erst nachgeprüft werden muss.«

Von dieser Sekunde an glaubte Reinhold genau zu wissen, wer auf ihn geschossen hatte. Und das Alibi glaubte er auch zu kennen, es würde dem Tobi zweifellos bestätigt werden.

»Woher wissen Sie denn das alles schon?«, fragte er.

»Die Gendarmerie von Schraut hat Recherchen gemacht.«

»Aha.«

»Da aber nun alles wie nach einem vorgeplanten Mordanschlag aussieht, hat die Kriminalpolizei den Fall in die Hand nehmen müssen. Das ist so der Gang der Dinge.«

»Ja, ich weiß, aber ich glaube, dass ich Ihnen dabei nicht behilflich sein kann.«

»Schade. Und nun will ich Sie nicht länger stören, Herr Ingenieur. Es ist aber möglich, dass ich noch einmal kommen muss.«

Ich werde dir auch dann nicht behilflich sein können, dachte Reinhold hinter dem Inspektor her, als sich die weiße Tür schon lautlos geschlossen hatte. Er lag nun ganz still da und sah mit gefurchter Stirn zur Decke hinauf, wo man den Lampenschirm mit einem blauen Seidentuch verhängt hatte, damit das Licht ihn nicht blendete.

Zähflüssig kamen die Erinnerungen wieder. Wie hatte der Langreiner einmal zu ihm gesagt? Der Herr Ingenieur sollt ihm nicht ins Gäu gehen, da könnt er recht ungemütlich werden. Dann bedachte er, wie kalt er Julia in ihrer Aufdringlichkeit hatte abblitzen lassen und dass bei ihrer Veranlagung alles nach Genugtuung und Rache schreien musste. Alles reihte sich folgerichtig aneinander. Ja, er konnte sich genau vorstellen, was Julia dem Tobi fälschlicherweise berichtet und wie sie seine Eifersucht bis zum Siedepunkt geschürt hatte.

Und doch konnte er die beiden nicht ans Messer liefern. Nicht bloß, weil er Rücksicht auf Regina oder den Schranner nehmen wollte, sondern weil ihm jede Rache fremd war. Er konnte sich einfach keinem Triumphgefühl hingeben, konnte es nicht auskosten, sie klein und erbärmlich vor den Schranken des Gerichts zu sehen, zwei herrische Menschen, ganz und gar erfüllt von ihren dunklen Trieben, zwei Menschen, die das Schicksal herausforderten. Sie müssten eigentlich zusammenkommen, die beiden, dachte er. Müssten sich streiten und quälen, bis sie so müde geworden sind, dass sie keine Freude des Lebens mehr emporreißen kann zu einem friedlichen, unbeschwerten Glück.

Von all dem, was im Tal der Schraut in diesen Tagen an Gerüchten und dunklen Andeutungen umging, gelangte nichts in die Krankenstube des Schranner von Spielberg, weil es immer noch so um ihn stand, dass er nichts Aufregendes vertragen konnte, so wenig wie Zugluft oder einen kalten Trunk, nach dem ihn am meisten gelüstete. Aber Julia nahm es streng mit ihren Pflichten und folgte genau den Anordnungen des Arztes, der immer noch jeden Tag kam. Und wenn sie seinen Wagen aus dem Hohlweg auftauchen sah, atmete sie erleichtert auf, denn ihr Inneres war voll lauernder Gespanntheit, ob nicht jemand anders auftauchen würde.

Nein, es war ihr nicht ganz wohl in ihrer Haut, und

sie durfte sich doch durch nichts verraten. Sie umstrich ihre Schwester Regina mit Liebenswürdigkeit, ließ sich sogar herbei, dem Peter einmal übers Haar zu streicheln, obwohl sie ihn als einen unnützen Fresser ansah.

Regina aber ging auf diese Wandlung überhaupt nicht ein. Es war etwas Lauerndes in ihren Blick gekommen, als wollte sie mit ihren Augen etwas ergründen, das der Welt noch verborgen geblieben war. Nie sprach sie ein Wort über das, was am Schlöhboden droben geschehen war und das nach ihrer Meinung eines Tages doch ans Licht kommen musste, auch wenn sie wusste, wie langsam oft die Mühlen der Gerechtigkeit mahlen. Aber gerade dieses Schweigen machte Julia unsicher und verleitete sie zu der unnatürlichen Liebenswürdigkeit, die ihr gar nicht lag und deshalb etwas verriet, auf das Regina lauerte. Julia jedoch hatte sich ansonsten streng in der Gewalt, sie zeigte keine Spur ihrer inneren Unsicherheit, und als Regina sie einmal fragte, warum sie denn auf einmal gar so zahm sei, hatte sie die Antwort bereits auf der Zunge:

»Meinst du denn, dass der Vater mir nicht Sorgen macht?«

»Ich will glauben, dass auch das mit ein Grund ist«, meinte Regina und hüllte sich wieder in Schweigen.

An einem Vormittag nun, etwa fünf Tage nach dem Geschehen am Schlöhboden, war es so weit. Julia hatte den Backofen neben dem Pflanzgarten geheizt und zog gerade die Glut des Holzfeuers heraus, als sie den Gendarmeriekommissar Walch von der Kreuzung her auf den Hof zukommen sah.

Er hätte zu keiner ungelegeneren Zeit kommen können, denn im Flur lagen die Brotlaibe auf zwei Brettern aufgereiht, zwölf Stück an der Zahl, mit etwas Kümmel bestreut.

Sie tat so, als sähe sie den Mann nicht, der seine Schirmmütze in der Hand trug und die oberen Knöpfe der Uniform geöffnet hatte. Mit schwingendem Schritt ging sie über den Hof, sprang die Steintreppe hinauf, holte das erste Brett mit den Brotlaiben und schoss sie in die Öffnung des Backofens. Dann richtete sie sich auf, stellte den »Broteinschießer« vor sich hin, den breiten Teil nach oben, und wischte sich über die Stirn.

»Guten Morgen, Kommissar! Auch schon so weit heroben?«

Das war gut gegangen, ganz unverkrampft, fast heiter waren ihr die Worte herausgekommen.

Der Kommissar setzte die Mütze auf und knöpfte seine Jacke zu.

»Leider, leider«, schnaufte er. »Aber Dienst ist Dienst. Sind Sie die Julia Schranner?«

»Ja, die Julia bin ich. Die Regina recht da unten Gras zusammen.«

»Ich muss mit Ihnen sprechen«, sagte er, lehnte sich an den Gartenzaun und verschränkte die Arme vor der Brust.

»Herr Kommissar, bloß ein paar Minuten müssen Sie noch Geduld haben, ich bin nämlich grad beim Broteinschießen. Dann hab ich Zeit.«

Sie trug das zweite Brett herüber, und als die Brotlaibe im Ofen waren, spreizte sie den Brettverschluss vor die Öffnung.

»So, jetzt bin ich fertig. Wollen wir nicht ins Haus gehen, Herr Kommissar?«

Angst und Erregung waren schon abgeebbt. Von einer eiskalten Ruhe durchströmt, stand sie an den Küchenschrank gelehnt.

»Also, mit mir hätten Sie was zu reden, Herr Kommissar? Ich kann mir zwar nicht denken, was ich verbrochen haben sollt – aber setzen Sie sich doch hin, Herr Kommissar.«

Kommissar Walch, im Dienst bereits ergraut und mit einem Gesicht, das immer ein wenig verdrossen aussah, nahm Platz und zückte sein Notizbuch. Brille und Bleistift legte er vor sich auf den Tisch. Er hatte die Gewohnheit, nie gleich zur Sache zu kommen und interessierte sich am Anfang für alles Mögliche.

»Wie lange muss das Brot im Ofen bleiben, bis es fertig ist?«

»Zwei Stunden.«

»Aha. Der Schranner, hab ich gehört, soll krank sein? Wie geht es ihm denn? Kann ich ihm danach vielleicht einen kleinen Besuch machen?«

»Lieber nicht, Herr Kommissar. Der Doktor hat gesagt, man soll jetzt noch niemanden zu ihm lassen.«

»Na, hoffentlich reißt er sich wieder zusammen. Was gibt es sonst Neues?«

»Mei, Herr Kommissar, bei uns oben erfährt man nicht viel.«

»So, so, aha.« Eine kleine Pause und dann wie ein Pfeil die Frage: »Kennen Sie den Tobias Langreiner?«

Ganz flüchtig zuckte Julia zusammen.

»Den Tobi? Ja, den kenn ich. Den kennen viele. Was ist mit ihm?«

Der Kommissar hatte jetzt sein Notizbüchlein aufgeschlagen und den Bleistift in die Hand genommen. Umständlich setzte er seine Brille auf.

»Sie wissen doch, was da am Schlöhboden droben passiert ist, dass der Ingenieur angeschossen worden ist.«

»Was halt die Brot Susi und der Doktor erzählt haben. Mehr weiß ich nicht.«

»Dieser Langreiner – steht der Ihnen besonders nahe?«

Julia brachte es fertig, verlegen zu werden.

»Aber Herr Kommissar ...«

»Ich muss so fragen, weil – irgendwie hat sich dieser Langreiner verdächtig gemacht, er war in jener Nacht nicht in der Baracke und gibt an, bei Ihnen gewesen zu sein. Stimmt das?«

Ein flüchtiges Rot huschte über ihre Stirn. Sie ging zum Ofen, legte ein paar Scheite nach, ließ Wasser in einen Topf laufen und stellte ihn auf die Herdplatte. Nur Zeit gewinnen, dachte sie und wusste, dass jetzt etwas ungeheuer Entscheidendes an sie herangekommen war. Ich könnte es leugnen, dachte sie, könnte entrüstet sein über die Zumutung. Aber half es denn etwas? Der Tobi hatte ihr gedroht, und sie zweifelte keinen Augenblick, dass er seine Drohung wahr machen würde. Langsam drehte sie sich um und fragte verschämt: »Muss ich das sagen, Herr Kommissar?«

»Es ist sehr wichtig. Ich kann verstehen, dass es Ihnen peinlich ist, aber ich frage nicht aus Neugier, sondern nur aus dienstlichem Interesse. Also, war er in der fraglichen Nacht bei Ihnen?«

Sie schlug die Augen nieder und hauchte verschämt: »Ja.«

»Die ganze Nacht?«

»Von ungefähr zehn Uhr ab.«

»Bis wann?«

»Herr Kommissar, Sie bringen mich jetzt richtig in Verlegenheit.«

»Das müssen Sie sagen, ich kann Ihnen nicht helfen. Also, bis wann war er bei Ihnen?«

Julia tat, als dächte sie angestrengt nach.

»Es wird schon gleich halb sechs Uhr gewesen sein, Herr Kommissar.«

»Wissen Sie das ganz genau?«

»Ja, das weiß ich genau, weil ich danach gleich dem Vater einen Wickel gemacht habe.«

Eifrig schrieb der Kommissar in sein Büchlein, hob nach einer Weile den Kopf und sah sie forschend an.

»Sie müssen das unter Umständen beeiden. Überlegen Sie sich, ob Sie mit gutem Gewissen einen Eid ablegen können.«

Die Antwort ließ etwas auf sich warten. Julia begriff auf einmal, dass sie in eine Sache hineingeraten war, aus der sie keinen Ausweg mehr sah. Dann flog sie etwas wie Trotz an.

»Ist denn überhaupt schon bewiesen, dass der Langreiner es war?«

»Wenn er wirklich bei Ihnen war zur fraglichen Zeit, kann er es nicht gewesen sein. Wie lange braucht man von hier nach dem Schlöhboden?«

»Eine gute halbe Stunde.«

»Und wann ist er bei Ihnen weggegangen?«

»Hab ich das nicht schon gesagt?«

»So um halb sechs Uhr herum, haben Sie gesagt. Überlegen Sie sich das ganz genau.«

»Es war halb sechs.«

Der Kommissar sah wieder in sein Notizbuch. Der Schuss war kurz nach fünf Uhr gefallen, war angegeben worden.

»Na schön, wenn Sie das beeiden können.« Er nahm die Brille ab und schob das Notizbuch ein. »Das wäre eigentlich alles. Wünschen Sie dem Schranner gute Besserung von mir.«

Hatte sie bisher die Steifheit der Gekränkten gezeigt, der man Intimstes herausgelockt hatte, wurde sie nun wieder die Freundlichkeit selber, begleitete den Herrn Kommissar hinaus und sah ihm nach, wie er langsam zur Straße hinunterging.

Jetzt erst durfte Julia sich ihrem Zorn überlassen. Und der war ausschließlich auf den Tobi gerichtet. So ein Trottel! Hätte er richtig gezielt, wäre alles ganz anders. Wer wusste denn, ob der Ingenieur ihn nicht doch erkannt hatte? Was half es dann, wenn sie die Schwurfinger hob? Auf der anderen Seite aber stand Tobis Drohung, dass er reden und sie mit hineinziehen würde.

Es blieb ihr einfach keine Wahl. Wenn es dazu kam, musste sie den Eid leisten, wohl wissend, dass sie dann einen Meineid leistete, und dunkel ahnend, dass alles Unrecht irgendwann einmal zurückschlägt. Das war nun einmal so mit der Gerechtigkeit, wer immer sie auch ausübte, letzten Endes siegte sie doch. Warum sollte es hier anders sein? Warum sollte der Tobi ungestraft etwas tun dürfen, was doch als Mord geplant worden war? Zwar war nur von einem Denkzettel die Rede gewesen, aber der Denkzettel war schon so gemeint.

An diesem Vormittag brachte Julia ihre Gedanken einfach nicht mehr zur Ruhe, und zum ersten Mal vergaß sie das Brot im Backofen und zog zu spät zwölf halb verbrannte Brotlaibe heraus, und auch das erst, als der Peter schnuppernd die Nase hob und sagte: »Tante Julia, da verkohlt doch was!«

Auf dem Turm der Stadtkirche schlug es halb zwei Uhr, als Regina Schranner über den holprigen Platz ging und dann in einen Weg einbog, der zum Krankenhaus führte.

Kein Laut war zu hören, Sonntagsstille in den Wipfeln der alten Bäume, die das Spital umschlossen. Da und dort saßen Genesende auf Bänken unter dem schattigen Laub, Männer und Frauen in angeregter Unterhaltung. Die Männer verstummten in ihrem Gespräch und schauten auf das Mädchen, das ihren blonden Kopf so stolz trug, und das einen so anziehenden

Eindruck machte, dass man nicht an ihr vorbeischauen konnte. Das seidene Fransentuch um ihre Schultern flimmerte in der Sonne. In der Hand trug sie ein geflochtenes Körbchen, aus dem der Hals einer Weinflasche herauslugte.

»Erster Stock, Zimmer vierzehn«, sagte man ihr an der Pforte. Und nun ging Regina den Flur entlang. Irgendwo ein kreischendes Kinderstimmchen, das jammernde Stöhnen eines Mannes hinter einer der weiß lackierten Türen. Regina musste an ihren Vater denken.

Dann stand sie vor der Nummer vierzehn und klopfte an.

»Herein«, sagte eine gedämpfte Stimme, und Regina spürte, wie eine glückliche, warme Welle sie überströmte. Das war seine Stimme, seine geliebte, vertraute Stimme! Sie überlegte in Sekundenschnelle noch mal, was sie ihm sagen und ihn fragen wollte.

Reinhold umfasste den Griff über seinem Bett und zog sich hoch. In seinen Augen spiegelte sich Staunen und Freude. Aber bevor er noch etwas sagen konnte, hatte sie seine Hand ergriffen und ihren Mund daraufgepresst. Tränen liefen ihr über die Wangen, über seine Hand, in das weiße, kalte Linnen hinein.

Mit der anderen Hand streichelte er über ihr Haar.

»Aber Regerl – was hast du denn? Musst doch nicht weinen! Mir geht es ganz gut.«

»Gut? So, ja – ich sehe es, Reinhold. Es ist bloß, weißt du, die Freude, weil ich gefürchtet hab, du würdest mich vielleicht gar nicht kennen oder wärst so schlecht beisammen, dass du kein Wort mit mir reden könntest.«

»Es geht mir relativ gut, Regerl. Komm, setz dich zu mir. Setz dich ganz nah zu mir. So eine Freude! Du bist zu mir gekommen, Regerl!«

Sie stand auf, zog ihr Taschentuch heraus, wischte die Tränen ab und schneuzte sich heftig.

»Ich wäre schon eher gekommen«, sagte sie dann. »Aber unter der Woche kann ich nicht gut weg, die viele Arbeit, weißt ja, und der Vater ist auch noch immer krank.« Sie öffnete das Körbchen. »Da hab ich dir eine Flasche Wein mitgebracht, ein paar Schmalznudeln und Geselchtes. Eier hab ich auch dabei. Die sollen sie dir nur kochen da herinnen oder Rühreier machen. Wie du sie halt am liebsten magst.«

»Danke, Regerl.« Er nahm ihren Kopf, zog ihn zu sich und küsste sie. Dann saß sie neben ihm, ganz nahe, schaute immerzu in sein Gesicht, das viel von seiner Bräune verloren hatte. Und seine Hände waren so schmal und blass.

»Hast Schmerzen, Reinhold?«

»Es ist erträglich. Und jetzt, wo du da bist, spüre ich überhaupt nichts. Erzähl mir doch, bitte. Wie bist du denn hergekommen?«

»Ich habe von Bruck aus den Zug genommen. Um sechs Uhr fährt mein Zug zurück. Soll nur die Julia einmal melken, das schadet ihr gar nicht!«

»Und wie geht's deinem Vater?«

»Es will gar nichts Rechtes werden mit ihm. Er hat immer noch Fieber, und der Doktor sagt, dass das halt alles seine Zeit braucht.«

Das Anheimelnde ihrer Sprache, die Sorge, die aus ihr sprach, ihre warme Ausstrahlung erfüllten ihn mit tiefer Freude. Zugleich wurde ihm bewusst, dass es wirklich keine Spazierfahrt zu ihm gewesen war, sondern eine zusätzliche Belastung. Er wusste, dass sie noch früher als sonst aufgestanden war, um alle ihre Arbeiten zu machen und zu ihm zu kommen.

»Meine liebe Regina«, flüsterte er und ließ seine

Hand auf ihrer Wange ruhen. »Ich werde dir nie vergessen, dass du heute gekommen bist.«

»Du bist schon gut! Wenn ich die ganze Woch schon nimmer schlafen kann vor lauter Angst um dich!«

»Es ist ja am Dienstagmorgen erst passiert, Regerl.«

Ein Ruck ging durch ihren Körper. Die ganze Müdigkeit war abgefallen.

»Und wie ist es passiert, Reinhold? Hast du nicht gesehen, wer auf dich geschossen hat?«

»Nein, Regerl.«

»Aber du hast doch eine Ahnung, wer es gewesen ist?«

»Das hat der Kriminalbeamte auch gefragt, aber ich weiß es wirklich nicht. Du vielleicht?«

»Denken kann ich mir's, aber behaupten trau ich mir's nicht. Auf alle Fälle haben sie den Langreiner Tobi in der Zwickmühl gehabt. Bei uns ist auch der Kommissar gewesen und hat die Julia vernommen, weil der Tobi behauptet haben soll, er wär in der fraglichen Nacht bei ihr gewesen. Und sie sagt, das kann sie beeidigen.«

Reinhold sah angestrengt zur Decke hinauf. Das Verhängnis war, dass er wirklich nicht gesehen hatte, wer geschossen hatte. Und auf einen bloßen Verdacht hin – ach, er hatte doch alles schon bis ins Letzte erwogen und wieder verworfen.

»Kein vernünftiger Mensch wird mutwillig einen Meineid leisten.«

»Die schon«, antwortete Regina überzeugt. »Die bringt alles fertig! Am besten wäre halt, wenn du sagen könntest, wer da geschossen hat.«

»Und weil ich das nicht kann, Regerl, wollen wir davon nicht mehr sprechen.«

»Das sagst du so leicht! Und wenn dir was bleibt und du deiner Lebtag dran zu leiden hättest?«

»Es wird schon alles wieder in Ordnung kommen. Wir zwei wollen uns doch die paar Stunden nicht damit abquälen, wer was getan oder nicht getan hat. Vielleicht bringt die Polizei es raus, dann geht sowieso alles seinen Gang.«

»Also gut, reden wir nimmer davon. Unsere Katze ist gestorben, der rotscheckige Kater, weißt. Muss was Unrechtes gefressen haben. Und wenn ich wiederkomm, bring ich dir Boskopäpfel mit.«

War das schön, sie so sprechen zu hören! Das naturverbundene Bauernleben hatte sie hereingebracht ins Krankenzimmer, Abend- und Morgenrot, den Tau von der Frühe, das leise Aufziehen der Dämmerung, den herben Geruch des Bergwaldes, das Läuten der Glocken vom Turm zu Schraut. Sie verkörperte alles, was ihm in der kurzen Zeit lieb geworden war.

Sie erzählte immer noch, wie weit sie mit dem Mähen schon seien, dass die Kartoffeln gut gediehen, dass man aber den Herbst schon merke, besonders in der Frühe, der Tau sei kälter jetzt, und das Laub an den Apfelbäumen habe das satte Grün schon verloren. Immer leiser und langsamer sprach sie und fragte dann: »Kann ich meinen Kopf ein bisserl auf das Kissen legen?«

Er griff wieder nach der Stütze über sich, schob sich ein wenig zur Seite, so dass ihr Kopf jetzt bequem Platz hatte auf dem Kissen neben ihm. Dann waren ihr auch schon die Augen zugefallen. So müde war sie. Ruhig ging ihr Atem, ihr Herz klopfte gleichmäßig und kräftig, man hörte es fast.

Dieses Herz klopft für mich, dachte er und wusste, dass noch nie ein Herz so selbstlos und liebevoll für ihn geschlagen hatte, außer dem seiner Mutter. Aber sie war schon gestorben, als er fünf Jahre alt war.

Er schaute auf ihr Gesicht. Die langen Wimpern lagen wie Sicheln über den geschlossenen Augen. Ein feines Rot war über die leicht vorstehenden Backenknochen gehaucht. Ihr Mund stand leicht offen und ihm war, als sei Waldduft oder der Geruch reifender Felder in ihrem Atem. Noch nie hatte er so sehr wie in dieser Stunde gefühlt, wie sehr sie mit seinem Leben verflochten war und dass er sich aus dieser Verflechtung nie mehr würde lösen können.

Er erinnerte sich an sein Erschrecken, als sie bei ihrem ersten Zusammensein gleich vom Heiraten gesprochen hatte. Heute begriff er, dass ein Mensch wie sie gar nichts anderes hätte sagen können, weil in ihrem Wesen keine Halbheiten Platz hatten. Wenn sie von Liebe sprach, dann war dies nicht nur für den Augenblick gemeint, sondern fürs Leben. Und wenn sie von Glück sprach, dann meinte sie Häuslichkeit, eine warme Stube zur Winterszeit, Blumen zur Sommerszeit an den Fenstern eines kleinen Hauses mit Gartenbeeten und Birken, über deren hellen Kronen die weißen Wolken zogen und in denen in der Dämmerung der Wind heimlich wisperte.

Ganz von Ferne hörte man die Geräusche des Lebens. Eine Ziehharmonika spielte in einem Garten, aus einer Kegelbahn kam das Gepolter der Kegel, und Kinderstimmen riefen hinter der Mauer des Krankenhausparks.

Abgesehen von dem Unglück, das ihn jetzt an dieses Bett fesselte, hatte das Leben es mit dem Ingenieur Reinhold Brockdorf gut gemeint. Es hatte ihn in die weite Welt geschickt und hatte ihn Regina finden lassen. Und während sie vor Müdigkeit neben ihm eingeschlafen war, reifte in ihm der endgültige Entschluss, sie zu heiraten.

Ja, er würde Regina heiraten. Alle bisherigen Bedenken waren weggewischt. Er sah wieder auf ihr schlafendes Gesicht. »Ich will dich mein Leben lang beschützen«, flüsterte er.

In diesem Augenblick regte sie sich, schlug die Augen auf und richtete sich erschrocken empor.

»Ich glaub gar, ich bin eingeschlafen?«

»Du bist so süß, wenn du schläfst, Regerl.«

Sie rieb sich die Augen und lächelte ihn an.

Er streckte den Arm aus und bettete ihren Kopf darauf.

»Ich habe mir in der Zwischenzeit etwas Schönes ausgedacht.«

»Darf ich es wissen?«

Seine Lippen kosten ihren Mund, ihre Wangen und ihre Stirn.

»Wir werden heiraten, Regerl.«

Ein leises Erschrecken, dann lag sie ganz ruhig da, ihre Augen gingen suchend über sein Gesicht hin, als könne sie das nicht glauben.

»Wann?«, fragte sie dann.

»Sobald ich hier draußen und gesund bin.«

»Und wann wird das sein?«

»Der Doktor meint, es könnte Spätherbst werden.«

Angestrengt dachte sie nach und nickte dann fröhlich.

»Bis dahin haben wir die Kartoffeln drinnen, das Heu daheim, und angebaut ist auch bis dahin.«

Immer und überall stand bei ihr die Arbeit im Vordergrund.

»Du wirst dann nicht Heimweh haben?« Das war Frage und Feststellung zugleich.

»Wenn du bei mir bist? Ich glaube nicht.«

Er sah auf ihren blonden Scheitel hinab, und eine

große Zärtlichkeit erfüllte sein Herz. In ihren Augen war ein Schein, den er noch nie gesehen hatte, sie waren mit einem Licht gefüllt, das von tief innen kam und ihr ganzes Gesicht überstrahlte.

Und draußen rückte die Sonne am Fenster vorbei und erinnerte ihn daran, dass die Zeit verging. Aber er mochte nichts sagen von der entschwindenden Zeit und hatte das sonderbare Gefühl, als käme so eine glückliche, stille Stunde nie mehr. Da sagte sie selber: »Wie spät ist es denn, Reinhold?«

»Wann fährt dein Zug?«, antwortete er mit einer Gegenfrage.

»Um sechs.«

»Dann musst du gehen«, sagte er und brachte es kaum fertig.

»Ich gehe glücklicher heim, als ich hergekommen bin«, sagte sie. »Jetzt habe ich etwas, woran ich immer denken kann. Ich brauch mir nicht mehr vormachen, dass alles nur ein Traum ist.«

»Nein, kein Traum, Regerl.«

Sie stand auf und streckte sich.

»Muss ich mich frisieren?«

»Kaum. Du bist so still dagelegen.« Er streckte beide Hände nach ihr. »Komm noch mal her, Regerl!«

Gehorsam beugte sie sich zu ihm, schob beide Hände in seinen Nacken, küsste ihn und meinte:

»Das muss jetzt für eine lange Zeit reichen! Behüt dich Gott, und schau, dass du recht bald gesund wirst.«

»Danke, Regerl.« Er wollte ihre Hände gar nicht loslassen. Sie musste die Vernünftigere sein und griff nach dem Körbchen.

»Das wäre so was, wenn mir der Zug davonfahren würde!« Sie zog ihm die Decke zurecht und ging zur Tür. Dort blieb sie stehen und blickte zurück.

»Nach etwas hast du mich überhaupt nicht gefragt.«

»Wonach denn?«

»Wie es dem Peterl geht.«

»Ach so, ja. Hättest ihn doch mitgebracht!«

»Das wollt ich nicht. Hätt dich doch sonst nicht so oft küssen können. Aber weißt noch, was ich dir gleich beim ersten Mal gesagt habe? Weißt es noch?«

»Doch, ich erinnere mich.«

»Und gilt das auch jetzt noch?«

»Bring ihn nur mit. Wir haben halt dann vor der Ehe schon ein Kind.«

Mit ein paar Schritten war sie noch mal bei ihm und küsste ihn. Dann sah sie ihn wie aus einer tiefen Erschütterung heraus an.

»Dafür will ich dir mein ganzes Leben lang danken.«

Dann ging sie endgültig. Die Tür schloss sich hinter ihr.

Man hatte die Schrotkörner herausgeschnitten. Man hatte zusammengenäht, was zerfetzt war, und dann hätte alles nach ärztlichem Dafürhalten heilen müssen. Sehr gewissenhaft war man bei allem gewesen, und es könnte alles in Ordnung sein. Aber es war nicht in Ordnung. Die Wunde begann zu eitern, das Fieber ging und kam wieder, es war auf einmal alles schwierig. Am schwierigsten der Verletzte selber. Zwar kam keine Klage von ihm, keine Ungeduld, nur ein merkwürdiges Staunen, als ob er nicht begreifen könne, was geschehen war. Es wäre besser, man würde ihm überhaupt nichts erzählen, kein Mitleid zeigen und kein Bedauern, zum Beispiel darüber, dass man den Sprengmeister Tobias Langreiner nach zweitägiger Untersuchungshaft wieder freilassen musste, weil er tatsächlich ein stichhaltiges Alibi gehabt hatte.

Ja, darüber hatte Reinhold sehr viel nachzudenken. Außerdem hatte er mit seinen Zweifeln fertig zu werden. Wenn es der Langreiner nicht war, wer dann? War es die Tat eines Verrückten, die nie geklärt werden konnte und für die er nun hier zu liegen hatte mit brennenden Schmerzen, über denen nur einmal ein wunderbarer Schleier lag, als Regina ihn besucht hatte?

Die Schwester kam, nahm ihm das Fieberthermometer aus der Achselhöhle, hob es ans Licht und nickte zufrieden.

»Brav«, lobte sie. »Neununddreißig zwei. Gestern waren es noch über vierzig.«

»Und morgen werden es wieder vierzig sein«, sagte er dumpf. »Sagen Sie, Schwester, was ist denn mit mir los? Wann komm ich hier raus? Ich muss doch nach dem Schlöhboden, die vermurksen mir sonst die ganze Wildbachverbauung!«

Darum solle er sich keine Sorgen machen. Auf dem Schlöhboden leite längst ein anderer Ingenieur die Arbeiten.

Mit einem Ruck wollte er sich aufsetzen, griff aber gleich stöhnend unter die Bettdecke an die schmerzende Stelle.

»Woher wissen Sie denn das, Schwester?«

Am Sonntag seien drei Italiener hier gewesen und hätten ihn besuchen wollen. Aber man habe sie abweisen müssen. Er sei in hohem Fieber gelegen.

Um neun Uhr kam eine andere Schwester und verabreichte ihm eine Spritze gegen das Fieber oder gegen die Schmerzen. Wahrscheinlich gegen die Schmerzen. Er hatte sich abgewöhnt, zu fragen.

Am Nachmittag kam der Chefarzt allein, setzte sich zu Brockdorf auf den Bettrand und gestand ehrlich, dass ihm das rechte Bein große Sorge mache.

Ganz langsam schob Reinhold seine dünn gewordene Hand auf der Bettdecke hin und her. Er hatte Angst, das grässliche Wort auszusprechen, aber dann kam es doch leise über seine Lippen: »Sie denken an Amputieren?«

»Nicht unbedingt. Aber ich stehe vor einem Rätsel und kann die Verantwortung allein nicht mehr tragen. Ich beabsichtige, Sie in die Universitätsklinik zu überweisen. Ich möchte mir später keine Vorwürfe machen müssen.«

Regungslos starrte Reinhold lange zum Fenster hinaus in den Park, in dem die roten und gelben Blätter schon wirbelten, wenn ein Windstoß durch sie ging. Dann wandte er langsam das Gesicht.

»Wenn es unbedingt sein muss. Obwohl – ich bin gerne in Ihrer Obhut und Pflege gewesen, Herr Doktor.«

»Wir sind leider nicht so eingerichtet, wie es sein müsste. Ich habe deshalb in Ihrem Interesse, Herr Brockdorf, mit der Chirurgischen telefoniert. Es ist jetzt gerade ein Bett frei. Ich glaube, es wäre das Beste.«

Noch bevor es Abend wurde, brachte man Reinhold Brockdorf in einem Sanitätsauto nach München.

Der Sommer war nun endgültig vorbei. Herbststürme brausten durch das Tal der Schraut und rissen die letzten Birnen und Äpfel von den Bäumen. Mitte November gab es schon den ersten Schnee, bis auf tausend Meter herunter, und die Arbeiten am Schlöhboden wurden nun ganz eingestellt, nachdem auch die Italiener Ende Oktober in ihre Heimat zurückgekehrt waren.

Tobias Langreiner hatte eine Akkordpartie zusammengestellt und arbeitete jetzt im Wald. Auch für den Schranner schlugen sie an die hundert Kubikmeter Langholz und etwa hundertzwanzig Ster Papierholz.

Gerade beim Schrannerholz trieb er seine vier Leute immer wieder an. Der Schranner sollte nur sehen, welch tüchtigen Schwiegersohn er bekäme, wenn es an der Zeit war. Jeden Sonntag kam der Tobi nun nach Spielberg, spielte Karten mit dem Bauern und dem Sepp, gab sich so bescheiden und aufmerksam, dass selbst Julia nahe daran war, an ihm irre zu werden. Erst wenn sie dann zu später Stunde allein waren und er sein Recht forderte, erkannte sie wieder, wie rettungslos sie ihm ausgeliefert war. Seine Skrupellosigkeit erschreckte selbst sie, auch wenn sie ihm sonst an Habgier und Hartherzigkeit nicht nachstand.

Der Schranner hatte sich so leidlich wieder aufgerappelt, aber das Richtige war es nicht mehr geworden. Der Doktor sagte ihm einmal ganz offen, dass das viele Schnapstrinken seine Leber angegriffen habe. Er gab der Julia, die ja hier schon ganz Bäuerin zu sein schien, strenge Verhaltensmaßregeln. Vor allem sollte sie dem Vater kein fettes Schweinefleisch zu essen geben. Kalbfleisch wäre das Beste. Der Schranner aber lechzte geradezu nach einem fetten Schweinsbraten oder nach einem Geräucherten mit fingerdickem Speck. Und die Julia gab ihm davon, so viel er wollte, leichtfertig und vielleicht auch aus Berechnung.

»Die Ärzte haben auch nicht immer Recht«, sagte sie. »Die Hauptsache ist, dass es dir schmeckt, Vater. Und der Mensch soll immer das essen, wonach er Lust hat.«

»Das Kalbfleisch wächst mir schon langsam zum Hals raus.«

»Und noch dazu ist es sündhaft teuer«, fiel die Julia prompt ein. »Spürst du überhaupt was an der Leber?«

»Überhaupt nichts!«

An einem späten Novembernachmittag war Regina

auf der unteren Angerwiese beim Mistbreiten. Ab und zu ging ein Schneeschauer nieder, wässriger Schnee, der auf den Wiesen nicht liegen blieb. Dann zog Regina das Kopftuch tiefer in den Nacken und breitete weiter aus. Erst als langsam die Dämmerung fiel, machte sie zwischendurch öfter einmal eine Pause und schaute talwärts. Peter, der im Herbst zur Schule gekommen war, musste jeden Augenblick aus dem Wald auftauchen, denn um vier Uhr war die Schule aus.

Dann, als es gegen fünf Uhr ging, kam er. Eine gestrickte Pudelkappe auf den blonden Locken, den Schulranzen auf dem Rücken, die Fäuste in den Hosentaschen, so kam er von seinem täglichen Schulbesuch zurück.

Im Sommer war dann ja noch heller Tag, aber jetzt im Winter war es oft schon finstere Nacht, und darum machte Peters Herz einen freudigen Sprung, als er auf der Hangwiese in dem Schatten, der dort stand, seine geliebte Mamm erkannte. Er fing zu laufen an und flog in ihre ausgebreiteten Arme.

Regina streichelte seine kalten Wangen und schaute in seine glücklich leuchtenden Augen.

»Mein armes Büberl! Bist müd, gell, und wirst Hunger haben! Wir gehen jetzt heim, hab bloß auf dich gewartet.«

Tief schob er sein Händchen in ihre warme Hand. Dann machte sie sich auf den heimweg. Die Nacht kroch schon über sie. Der Wind hatte sich gedreht und wehte eisig von Osten her. Unaufhörlich plapperte Peter, erzählte von der Schule, wie leicht doch alles zu verstehen war, was der Lehrer lehrte, und dass er heute dem Thumser Xaverl einen »Spitz« versetzt habe.

»Einen Spitz? Was ist das, Peterl?«

»Mit der Schuhspitze gegen das Schienbein.«

Das gefiel Regina nicht. Mit den Füßen stoße man nicht. Zum Wehren hätte man die Fäuste.

»Vorausgesetzt, dass man sich überhaupt wehren muss. Hast du denn müssen, Peter?«

»Ja, es hat sein müssen. Der Thumser Xaverl hat gesagt, dass ich nicht einmal eine Mutter hätte.«

Reginas Gesicht lief rot an. »Bin ich denn nicht deine Mutter?«

»Nein, meine Mamm. Meine richtige Mutter hat mich hergeschenkt, sagt er.«

»Das ist nicht wahr, Peter.«

»Der Xaver sagt, dass ich auch keinen Vater hätte.«

»Jeder Mensch hat einen Vater. Der deine – er ist verschollen. Ich werde dir das alles einmal erzählen, wenn du größer bist.«

Sie näherten sich bereits dem Hof. Beim Hierl brannte schon hell die Hoflampe. Beim Schranner war im Stall noch alles dunkel. Nur in der Küche brannte Licht. Dort saß die Julia und nähte einen neuen Besatz auf ein Paar Fäustlinge. Sie blickte kaum auf, als die beiden die Küche betraten. Peter warf seinen Schulranzen in die Ecke, während Regina eine Schüssel mit heißer Milch füllte und ihm ein Stück Brot dick mit Butter beschmierte. Julia sah mit finsteren Augen zu. Sie hasste dieses Getue, das die Schwester mit dem Buben hatte, wagte aber nicht, darüber etwas zu sagen, denn Regina war in letzter Zeit wie verwandelt, war gereizt und ließ sich überhaupt nichts mehr gefallen.

»Wo ist denn der Vater?«, fragte Regina schließlich, schlürfte am Herd hinten eine Tasse Tee und schaute auf die Uhr. »Es ist schon gleich halb sechs.«

»Ins Holz ist er ’naufgefahren mit dem Sepp«, antwortete Julia.

»Als ob das sein müsste! Wär gescheiter, er tät bei

der Kälte daheimbleiben und hinterm warmen Ofen sitzen.«

»Genau das hab ich ihm ja auch gesagt«, log Julia. »Aber kennst ihn ja. Er meint immer, es geht nicht, wenn er nicht dabei ist.«

In diesem Augenblick hörte man Motorengeräusch.

Das Fuhrwerk, schwer mit Daxen beladen, kam in den Hof. Der Schranner kam in die Küche, hängte seine Fäustlinge an die Herdstange und zog die dicke Überjacke aus. Trotz der kalten Winterluft sah sein Gesicht grau aus und eingefallen. Die Julia sprang sofort auf und tat recht geschäftig.

»Magst jetzt einen heißen Tee, gell, Vater? Und ein Schlückerl Kirschschnaps hinein.«

»Fängst schon wieder mit deinem Schnaps an?«, fragte Regina und warf der Schwester einen vorwurfsvollen Blick zu.

»Misch dich doch du nicht immer ein!«, fauchte Julia zurück und hatte schon wieder das wilde Feuer in ihrem Blick.

»Müsst ihr zwei immer streiten?«, versuchte der Schranner zu schlichten. »Richt für den Sepp auch Tee her, der ist genauso ausgefroren wie ich.«

Regina stellte ihre leer getrunkene Tasse in den Ausguss, sah den Vater an und legte ihm die Hand auf die Schulter.

»Musst du denn überhaupt hinaus, Vater, bei der Kälte?«

»Das Herumhocken ist ja auch nichts«, antwortete der Schranner, warf sich ächzend auf die Bank und fuhr sich durch das Haar. »Früher bin ich halt selber ins Holz gegangen und hab Bäum umgeschnitten. Heuer, zum ersten Mal, lass ich es schlagen. Aber ich kann halt nimmer so. Und ich muss sagen – der Tobi war fest dahinter. Morgen werden sie schon fertig, um vierzehn Tage früher, als wir immer fertig geworden sind.«

»Dann wär's ja umsonst, wenn einer jung und kräftig ist«, sagte Julia und schob den Peter zur Seite. »Ruck ein bissel, du, damit der Vater Platz hat.«

»Der Peterl macht jetzt seine Aufgaben und hat leicht Platz da«, begehrte Regina auf. »Tu den Buben nicht immer so herumkommandieren!«

»Eine Ruh muss sein jetzt!«, befahl der Schranner. »Könnt ihr zwei euch denn gar nimmer vertragen?«

»Sie fängt ja immer an!«, beschwerte sich Julia. »Ich trau mich kaum noch was zu sagen.«

»Ist schon wahr auch, Regina. Du bist in letzter Zeit so mürrisch und streitsüchtig«, meinte der Schranner und fing an, in den heißen Tee zu blasen.

»Als ob wir was dafür könnten, dass der saubere Herr Ingenieur sie hat sitzen lassen.«

Glührot flammte es über Reginas Stirn, und ihre Hand zuckte hoch. Dann ließ sie sie wieder sinken, nahm das Seihtuch von der Ofenstange und ging in den Stall.

Regina war weder mürrisch noch streitsüchtig. Sie war nur wund geschlagen, zu tief verletzt, fühlte sich betrogen und enttäuscht, seit sie von Reinhold nichts mehr hörte. Nur eine sachliche Mitteilung aus dem Kreiskrankenhaus, von Schwester Adelgunde unterschrieben, dass der Patient Reinhold Brockdorf nach München überführt worden sei.

Das war ihm scheinbar gerade noch eingefallen, ihr dies mitteilen zu lassen. Von ihm selber keine Zeile. Darum war sie so niedergeschlagen und gequält. Sie fühlte sich verraten, wurde hin und hergerissen von bösen Zweifeln.

Reinhold musste doch nie verstanden haben, wie sehr sie ihn liebte. So sehr, dass sie für ihn hätte sterben können. Warum hatte er sie dann überhaupt herausgenommen aus ihrer heilen Welt, wenn er sie danach doch wieder ins Dunkel stieß. Hatte sie zu spät begriffen, dass Männer wie er etwas gegen die Langeweile suchten und danach wieder verschwanden? Er war wieder in der Großstadt untergetaucht und war wahrscheinlich nicht anders, als sie alle waren, diese feinen Herren, die dann am Stammtisch bei ihresgleichen in weinseliger Stimmung prahlen: Hab da in Schraut ein Mädl gekannt – so ein kleines Bauerntrampelchen. Hat wirklich geglaubt, dass ich sie heirate! Eigentlich tut sie mir Leid, die Kleine, aber ich bitte Sie, meine Herren – so etwas heiraten? Prost, meine Herren! Es lebe die Unabhängigkeit ...

Dies und vieles andere sagte sich Regina immer wieder. Diese drückenden Gedanken lasteten auf ihrem ganzen Tag, begleiteten sie bei der Arbeit und blieben bei ihr bis in die dunkle Nacht hinein, wenn sie schlaflos dalag und der ruhige Atem des Peterl durch die Kammer ging.

Heute nun, mitten unterm Melken, fiel ihr etwas anderes ein. Das traf sie schmerzlich mitten ins Herz.

Der Bub. Der Peterl wird es sein. Er will nicht ein fremdes Kind mit in die Ehe nehmen.

»Dass mir das jetzt erst einfällt!«, stöhnte sie. »Aber ich kann doch den Buben nicht allein lassen! Armes Peterl«, schluchzte sie, und die Tränen rannen ihr über die Wangen.

Nun musste sie auch seinen Traum zerstören. Was hatte sie ihm in ihrer kindlichen Freude nicht alles erzählt von einem großen Haus in der Stadt, in dem sie wohnen würden. Von einer großen, hellen Schule, in die er dann gehen dürfe.

Das alles würde nun nicht sein. Sie hatte sich eine Traumwelt aufgebaut, und nun war ein schwarzer Vorhang über die vergoldeten Giebel und Erker ihrer Traumstadt gefallen.

Und heute war auch noch das andere dazugekommen. Man begann den unschuldigen Buben damit zu quälen, dass seine Mutter ihn hergeschenkt und dass er keinen Vater habe. Nun kam auch das an ihn heran. Das Fragen würde beginnen, so wie sie Peter kannte. Und sie wusste nicht, ob sie ihm in diesem Alter die volle Wahrheit sagen kann, ob er sie bereits verstehen würde.

Angst wollte sie beschleichen, dass der Bub, wenn er die Wahrheit erfuhr, nicht mehr so an ihr hängen würde. Aber vielleicht vergaß er es wieder. Kinder vergessen ja so schnell.

Nicht aber Peter. Kaum trat sie an diesem Abend in die gemeinsame Schlafkammer, richtete sich der Bub schon auf und sah sie mit großen Augen erwartungsvoll an.

»Schlaf jetzt, Bub«, mahnte sie, als sie selber schon im Bett lag und mit harten Schlägen das Deckbett niederzwang. »Musst ja morgen wieder frühzeitig raus, gell, Peterl?«

»Ja, Mamm«, antwortete der Bub gehorsam und drehte sich auf die andere Seite.

Regina verschränkte die Arme im Nacken und schaute ins Dunkel. Ihre Gedanken mündeten schon wieder in die grenzenlose Verworrenheit hinein, aus der sie immer so schwer herausfand. Dazwischen bemühte sie sich für kurze Augenblicke trotzig, sich über die Sache zu stellen, so als sei nicht Reinhold es gewesen, sondern sie, die Schluss gemacht hätte. Aber was half all diese Anstrengung!

»Mamm«, kam es zaghaft vom anderen Bett her.

»Ja, Bub?«

»Hat sie mich wirklich hergeschenkt?«

Regina wusste genau, dass er hinter dieser Frage noch eine andere zurückhielt, um sie dann später doch zu stellen.

»Dann komm halt rüber, Bub«, sagte sie und rückte zur Wand, damit der Knirps Platz habe. Im Grunde genommen hatte sie es selber gern, wenn er sich so vertrauensvoll in ihren Arm schmiegte.

»Hör mir einmal zu jetzt, Peter. Deine Mutter hat dich nicht verschenkt. Sie ist gestorben, als du zur Welt gekommen bist, und hat dich dann uns ans Herz gelegt.«

»Dir, Mamm?«

»Zuerst meiner Mutter, und als die gestorben ist, war ihre letzte Bitte, dass ich mich um dich kümmern soll, bis du groß bist.«

Schweigen. Man hörte den Wind um die Ecken des Hauses pfeifen. Er war ziemlich stark aufgekommen und warf Schnee in großen Flocken herunter. Aber das konnten die beiden nicht ahnen, dass am Morgen die Welt um Spielberg herum vom weißen Wunder umgeben sein würde.

Dann in die Stille hinein die hoffende Frage: »Ist sie schön gewesen?«

Das konnte Regina guten Gewissens beantworten.

»Ja, Peterl, sie war sehr schön. Blond und mit dunklen Augen, so wie du sie hast.«

»Aber sie war nicht so schön wie du?«

»Das lässt sich nicht so vergleichen, Bub. Sie war ein herzensguter Mensch, treu und fleißig. Martha hat sie geheißen, Martha Feldigl, und ich war vielleicht acht Jahre alt, als sie zu uns kam. Von ihr hab ich die Märchen und Geschichten, die ich dir erzählt habe. Sie kam von der anderen Seite des Gebirges, aus einem kleinen Dorf in Tirol. Recht viel mehr weiß ich auch nicht, Peterl.« Peter tat einen tiefen Seufzer, kuschelte seinen Blondschopf tiefer in Reginas Armbeuge.

»Und mein Vater? Weißt du über meinen Vater auch was?«

»Nur das, dass er Holzarbeiter war.«

»So einer wie der Tobi?«

»Ja, aber ein viel besserer Mensch. Ich hab ihn zwar nicht gekannt, aber deine Mutter hat viel von ihm erzählt. Er wollte ein besseres Leben für sich, hauptsächlich aber für deine Mutter, und ist ausgewandert übers große Meer. Und seither hat man nie mehr etwas von ihm erfahren.«

»Also war er auch nicht viel besser als der Tobi.«

»Das darfst du nicht sagen, Peter. Man weiß nichts. Er kann verunglückt sein, verschollen im Urwald.«

»Wahrscheinlich von einem Löwen gefressen«, ergänzte Peter und tat so, als sei das Thema für ihn erledigt, denn er schlug nun sein Ärmchen um Reginas Hals und schlief ein. Behutsam löste sich Regina dann von ihm, steckte seine Hände unter das warme Deckbett und schlief dann selber ein.

Peter aber hatte von diesem Tag an etwas, hinter dem sich alle anderen verstecken mussten. Der ungekannte Vater wurde ein Bild von unverwüstlicher Kraft und verwegenen Mutes. Dem Thumser Xaver und allen, die herumstanden, erzählte er, dass sein Vater in einem fernen Land mit einem Löwen gerungen habe, mit bloßen Händen, bis ihn die Bestie mit einem Prankenhieb getötet habe.

Viel Schnee hatte es gegeben in jener Nacht. Ein steifer Ostwind ließ ihn genau eine Woche liegen. Dann drehte sich der Wind, kam warm von Süden her, den ganzen Tag lang. Nachts zog es wieder an, und an den Dachrinnen wuchsen meterlange Eiszapfen, herrliche Gebilde, gezackt und spitz und kristallklar, nebeneinander aufgereiht wie an einer Schnur.

An diesem Vormittag brachte der Postbote so gegen zehn Uhr die Post, kam, wie jeden Tag, in die Küche, trank sein Schnäpschen dort und ging wieder, nachdem er über das matschige Wetter geschimpft hatte, über den Frost oder den vielen Schnee, wie es sich gerade so ergab. Im Sommer hatte er über die Hitze zu klagen, im Herbst über den Sauwind und dass ein Postbote überhaupt der ärmste Mensch auf dieser Welt sei.

»Hast was?«, fragte die Julia, während sie den Schnaps bereits einschenkte.

»Ja, einen eingeschriebenen Brief. Den müsste ich aber der Regina selber aushändigen.«

»Die Regina ist beim Daxenhacken. Mach doch keine solchen Geschichten, als wenn ich für meine Schwester nicht unterschreiben könnt!«

»Eigentlich ist es gegen die Dienstvorschrift«, zögerte der Postbote noch, legte aber den Schein bereits auf den Tisch. Ehe er sich's versah, hatte Julia schon unterschrieben und den Brief an sich genommen. Sie legte ihn zunächst auf den Küchentisch und wartete, bis sie den Postboten das Steiglein zum Hierl hinaufgehen sah. Dann lauschte sie. Von der Tenne her hörte sie das gleichmäßige Geknatter der Häckselmaschine. Dort wusste sie den Vater und den Sepp. Dazwischen war noch wie von fern her ein emsiges Klopfen zu hören, das Daxenhacken der Regina.

Es war nun der fünfte Brief, der von Reinhold Brockdorf gekommen war, und als Julia ihn las, verzog sich ihr Mund zu spöttischem Lächeln.

Wenn sie ihm auf diesen Brief nun auch wieder nicht antworte, schrieb Brockdorf, müsse er annehmen, dass sie ihn vergessen habe, er wolle sie dann weiter nicht mehr belästigen. Er habe ihr in seinen früheren Briefen bereits mitgeteilt, dass er mit dem rechten Fuß ein wenig hinke, das sei aber kaum von Bedeutung, und er könne sich nicht denken, dass sie das stören würde. Sie möge nicht vergessen, dass er sie noch genauso liebe wie am ersten Tag, und sie könne sich nicht vorstellen, wie sehnsüchtig er auf eine Nachricht von ihr gewartet habe die ganzen langen Wochen. Bloß ein paar Zeilen möge sie ihm schreiben, er würde dann sofort kommen. Aber wissen müsse er, ob es ihr recht sei und ob sie ihn in ihrem Herzen behalten habe. Es sei ihm unmöglich, sich vorzustellen, dass sie auch so grausam und kaltherzig sein könne wie ihre Schwester Julia, die mit den Herzen der Menschen zu spielen pflege …

»So eine Unverschämtheit!«, empörte sich Julia. »Jetzt erst recht nicht!« Sie öffnete die Tür des Kachelofens in der Wohnstube und warf den Brief ins offene Feuer, der sich unter der Gluthitze gleich brennend zusammenrollte. Das Letzte, was Julia noch lesen konnte, waren die Worte: »Grausam und hartherzig wie deine Schwester Jul –«

Dann war nichts mehr da als ein kleiner schwarzer Klumpen in der gelblich züngelnden Flamme.

Zufrieden schloss Julia die Ofentür wieder und war die Unschuld selber, als Regina so gegen elf Uhr ausgefroren und mit klammen Händen hereinkam und nur zu fragen hatte: »Nichts?«

»Wie oft fragst denn noch, Regina! Langsam müsste dir doch aufgehen, dass er dich vergessen hat.«

»Es kommt mir schon selber so vor«, antwortete Regina, trat an den Herd und hielt die Hände über die

Platte. Und als lohne es sich nicht, mit der Schwester über dieses Thema weiterzureden, ging sie auf ein anderes Thema über.

»Der Peterl braucht warme Wintersachen.«

»Du bist doch seine Mamm«, antwortete Julia.

»Ja, aber du hast das Geld. Ich strick ihm Handschuhe und einen Pullover. Aber damit allein ist es auch nicht getan. Hemden braucht er und warme Unterwäsche.«

Julia war ans Fenster getreten und schaute hinaus. Ein föhniger Himmel hing über dem verschneiten Bergwald, Krähen zogen mit lautem Schrei über den Hof, kreisten über dem First, kreisten immerzu und wollten sich nicht entfernen. Ein Eiszapfen löste sich und fiel auf das Pflaster. Wie zersplitterndes Glas klirrte es, und tausend kristallene Scherben lagen da draußen.

»Morgen, hat der Vater gesagt, fährt er in die Stadt, dann fahr ich mit und kauf ein paar Sachen für den Buben«, sagte Julia ohne sich umzudrehen.

»Schuhe braucht er auch. Größe sechsunddddreißig. Aber nicht, dass du wieder so ein Paar kaufst, das bloß ein paar Mark kostet. Feste Winterstiefel müssen es sein.«

»Im Anschaffen bist du gut.«

»Du brauchst es ja nicht zahlen. Ich geb dir schon Geld mit, obwohl nirgends geschrieben steht, dass ich den Buben ganz allein erhalten muss.«

»Dafür gehört dir auch seine Liebe.«

»Und die ist mir viel wert.«

Das Häckselgeschnatter war jetzt verstummt. Der Schranner und Sepp kamen aus der Tenne. Während der Sepp zum Schuppen hinüberging, ging der Schranner zur Stalltür. Dort blieb er stehen, klopfte seine

Fäustlinge gegeneinander und sah zu den kreischenden Krähen hinauf.

Mit gefurchter Stirn stand Julia immer noch am Fenster, sah, wie Sepp mit ein paar Ketten aus dem Schuppen kam, sah weiter, wie sich das Gesicht des Alten vor Schreck verzerrte und hörte seinen Schrei.

»Obacht, Baptist!«, schrie er.

Aber die Warnung kam zu spät. Lautlos hatte sich einer der schweren Eiszapfen von der Dachrinne gelöst, sauste wie ein Geschoß herunter, traf den Schranner unter dem Nackenwirbel und bohrte sich hinein.

Ohne einen Laut ging der Schranner zu Boden, lag dort mit ausgebreiteten Armen, die Hälfte des Eiszapfens ragte zwischen seinen Schulterblättern wie ein abgebrochener silberner Pfeilschaft heraus.

Keinen Laut gab der Schranner mehr von sich. Seine Augen waren weit aufgerissen, und aus seinem Mundwinkel sickerte Blut.

Als sie ihn ins Haus trugen, wurde er schon kalt und starr.

Weihnachten war vorüber, als die beiden Schrannertöchter in die verschneite Kreisstadt fuhren.

Dort gingen sie zu dem grauen Amtsgerichtsgebäude, wo sie beim Pförtner erfuhren, dass das Nachlassgericht im ersten Stock, Zimmer 24, sei.

Ein blasser, spindeldürrer Mann mit schütterem, in der Mitte gescheiteltem Haar, einen Zwicker auf der Nase, den er an einer schwarzen, dünnen Schnur am Rockrevers befestigt hatte, saß am Schreibtisch. Man konnte sich nicht vorstellen, dass er Oberamtmann sei, aber so stand es draußen an der Tür. Er hatte ein hohe, krächzende Stimme und war von betonter Höflichkeit. Er legte den Stift weg und stand auf.

»Sie wünschen, bitte?«

Julia zeigte die Vorladung vor.

»Aha! Sie sind also die Schwestern Julia und Regina Schranner aus Spielberg?«

»Jawohl«, sagte Julia.

»Bitte, nehmen Sie Platz«, sagte der Oberamtmann dann. »Es dreht sich um den Nachlass Ihres verstorbenen Vaters – übrigens, wie ich erfahren konnte, ein besonders bedauernswerter Unfall – Ihres Vater, des Bauern Baptist Schranner, wohnhaft gewesen zu Spielberg, Gemeinde Schraut, verstorben am zwölften Dezember vorigen Jahres.«

»Jawohl«, sagte Julia wieder, während der Beamte in einem Akt mit Schriftstücken blätterte. Ganz langsam hob er seinen schmalen Kopf, sah über seine Zwickergläser in die beiden jungen Gesichter und dachte, so blühend und frisch kann man nur aussehen, wenn man auf dem Land lebt in der köstlichen Bergluft.

»Ihr Herr Vater war, wenn ich so sagen darf, ein sehr sorgfältiger Mann und hat rechtzeitig ein Testament eingeschickt, so dass alles klar sein dürfte.«

Feierlich öffnete er das Kuvert und legte den Kopf zurück.

»Ich eröffne Ihnen nun hiermit das rechtsgültige Testament.«

Während er las, saß Julia mit unbewegtem Gesicht da. Kannte sie doch jeden Satz auswendig. Vor Reginas Augen aber legte sich ein grauer Schleier, so, als ob sie erblinden müsse.

Das kann doch nicht sein! Dass darf einfach nicht wahr sein! Und als die Stimme schwieg, war ihr, als müsse sie nur noch darauf warten, dass die Wände des Zimmers über ihr zusammenfielen vor so viel Ungerechtigkeit.

»Haben Sie alles genau verstanden?«, fragte die Stimme hinter dem Schreibtisch.

Diesmal gab Regina Antwort, während Julia nur stumm nickte.

»Ich habe es nicht ganz verstanden. Würden Sie es nicht noch mal vorlesen?«

Und so hörte Regina zum zweiten Mal, dass es der letzte Wille des Erblassers sei, dass seine ältere Tochter Julia den Hof übernehmen und einen tüchtigen Bauern heiraten solle. Der zweiten Tochter sei die Aussteuer bar zu bezahlen, entweder gleich oder bei ihrer Heirat.

Da lachte Regina laut auf.

»Ich weiß zwar nicht, was es hier zu lachen gibt«, meinte der Beamte, »aber –«

»Oh, da gibt es eine ganze Menge zu lachen«, erklärte Regina mit einer Stimme, die zwischen Lachen und Weinen schwankte. »Darf ich das Schriftstück einmal sehen?«

»Bitte sehr. Das ist doch die Unterschrift Ihres Vaters?«

Lange schaute Regina auf das Schriftstück. Dann nickte sie.

»Ja, es ist die Handschrift meines Vaters. Kann ich jetzt gehen?«

»Bloß noch Ihre Unterschrift, von Ihnen beiden, dass Sie von dem Testament Kenntnis genommen haben. Alles andere geht ja sowieso seinen gesetzlichen Weg.«

Ein sauberes Gesetz, dachte Regina, wenn die Julia den ganzen Hof erbt und ich mit der Aussteuer abgespeist werde! Dann grüßte sie und ging hinaus. Sie beachtete nicht, dass Julia ihr folgte. Erst im Treppenhaus merkte sie das und drehte sich um.

»Hast du was gewusst von dem Testament?«

»Ich? Wie kommst denn darauf?«

»Nur so. Und der tüchtige Bauer ist wohl der Tobi?«

»Da kann man noch gar nichts Bestimmtes sagen. Lass den Kopf jetzt nicht hängen. Wenn du dich gut stellst mit mir, leg ich dir einen Tausender oder zwei dazu.«

»Wie gnädig und was für ein Opfer, wo der Hof so viel mehr wert ist!«

Julia überhörte das geflissentlich und wollte gönnerhaft sein.

»Wir gehen jetzt in den Hirschen und lassen uns was Feines auftischen. Und ein gutes Schöpperl Wein dazu. Das zahl dann ich.«

»Mir ist der Appetit vergangen.«

»Gut, wie du meinst. Dann fahren wir heim.«

»Fahr du nur zu und lass mich, bitt schön, jetzt allein. Ich werde schon heimkommen.«

»Bist du eigensinnig!«, schimpfte Julia.

Regina antwortete nichts mehr, ging über den Stadtplatz, während Julia das geräumige Gastzimmer im Hirschen betrat, sich dort wie eine vornehme Dame den Mantel abnehmen und die Speisenkarte vorlegen ließ, auf der sie lange suchte, bis sie sich zu einem Lendensteak entschloss mit vielerlei Beilagen.

Regina aber stand vor einem Standl auf dem grünen Markt und kaufte sich ein Paar Würstl und eine Semmel, ließ sich noch drei Paar Würstl für den Peterl einpacken und sah verloren um sich.

Über den Dächern spannte sich ein klarer blauer Himmel. Rauch stieg aus den Schornsteinen, und von den Türmen der Stadtpfarrkirche schlug es elf Uhr.

Regina kaute noch an der Semmel, als sie durch die verschneiten Gassen stadtauswärts ging.

Und während sie so dahinschritt in dem eiskalten Wind, der die Tränen an ihren Wangen fast gefrieren ließ, musste sie an Reinhold Brockdorf denken, der sie auch enttäuscht hatte, und wie gut es jetzt wäre, wenn sie sich bei ihm ausweinen und ihm alles sagen könnte, was ihr das Herz so schwer machte, als sei ein Zentnerstein daraufgelegt worden.

Warum eigentlich?, fragte sie sich. Warum habe ich von Kind an auf dem Hof arbeiten müssen, mehr sogar als die Julia? Warum hat sie nun alles, und ich werde mit der Aussteuer abgespeist? Was hatte der Vater sich dabei nur gedacht? An den Peterl hatte er sich überhaupt nicht mehr erinnert? War er denn nicht ganz bei Sinnen, als er das Testament geschrieben hatte?

Sie konnte es drehen und wenden, wie sie wollte, hier stießen ihre Gedanken an eine unüberwindliche Mauer. Sie konnte sich nicht erinnern, dass der Vater sie nicht gemocht hätte. Im Gegenteil. Dass er so etwas geschrieben hatte? Das passte doch gar nicht zu ihm.

Einmal blieb sie stehen und blickte zurück, sah auf der Anhöhe durch die verschneiten Parkbäume das Krankenhaus schimmern, und von neuem stürzten schmerzliche Erinnerungen auf sie ein. Dass auch Reinhold sie so enttäuscht hatte! Ihr Leben bestand anscheinend aus lauter Enttäuschungen.

Die ersten Sterne begannen schon zu funkeln, als sie daheim ankam und schluchzend den Peterl an die Brust drückte.

»Ach, Peterl! Schlecht haben sie deiner Mamm mitgespielt! Ein armes Hascherl bin ich gegen die Julia. Aber es macht nichts, wir zwei werden schon durchkommen.«

Es war schon richtig Nacht, als Julia in den Hof fuhr und laut nach dem Sepp schrie, dass er den Wagen in die Garage fahre. Diese laute Stimme kam ihr jetzt zu. Sie hatte ihr Ziel erreicht und ging ins Haus im Bewusstsein ihres Reichtums und als Schrannerbäuerin von Spielberg.

Acht Tage später kam es bereits zum Krach zwischen der jungen Bäuerin und dem Sepp, denn Julia hatte sich gleich am ersten Tag angewöhnt, das Regiment so zu führen, wie es ihr immer vorgeschwebt hatte. Sie entwickelte eine geradezu teuflische Lust zu kommandieren. Nach ihrem Willen hatte alles zu geschehen und – man hatte zu gehorchen.

Als Erster bekam das der Peterl zu spüren, dem sie wegen einer Geringfügigkeit eine Ohrfeige versetzte. Dies legte bereits den Keim zu offener Feindschaft, denn nach ihrer »Verstoßung«, wie es Regina bei sich betrachtete, schloss sie den Buben noch fester in ihr Herz.

»Von jetzt ab weht ein anderer Wind«, hatte Julia prophezeit. »Wer nicht gehorcht, dem mach ich das Leben so sauer, dass er verzweifelt.«

Als sie an diesem Abend gegessen hatten, richtete Julia sich steil auf und sagte in kaltem Befehlston zum Sepp:

»Du tust morgen wieder Bäum ausschleipfen im Wald oben.«

Sepp zündete gerade seine Pfeife an und schielte über das verglimmende Zündholz in Julias hochmütiges Gesicht.

»Zuerst muss ich morgen ins Dorf hinunter. Wir brauchen neue Ketten für den Wagen. Die Wege sind vereist und mich hat es heut ein paar Mal gedreht.«

Julia runzelte die Stirn. »Das hat bis zum Samstag Zeit. Da muss man sowieso ins Lagerhaus runter, dann geht es in einem.«

»Nein, das hat keine Zeit mehr. Hab ich die Verantwortung für den Fuhrpark oder du?«

Beide Hände stemmte Julia auf die Tischplatte, ihre Augen wurden schmal.

»Wie hätten wir's denn da? Wer schafft denn bei uns an? Hast noch nicht gemerkt, dass jetzt ich rede und sonst niemand? Das könnte dir grad so passen, du alter Trottel, so weiterwursteln wie bisher!«

Das Gesicht des Alten wurde weiß. Die Pfeife in seiner Hand begann zu zittern. Langsam legte er sie aufs Fensterbrett zurück. Dann schaute er zuerst Regina an. Auf ihre Hände sah er, die sich zu Fäusten zusammengekrampft hatten. Regina erwiderte seinen Blick, als ob sie fragen wollte: Lässt du dir das gefallen, du guter, treuer Alter? Dann richtete Sepp die müden Schultern auf.

»Ich fürcht, Julia, dass wir nicht miteinander auskommen werden. Wenn du so anfängst, dann seh ich schwarz.«

Kalt lachte sie ihm ins Gesicht.

»Erstens merk dir, dass ich für dich nicht die Julia bin, sondern die Bäuerin. Zweitens hab ich die gleiche Befürchtung wie du, dass wir nicht miteinander auskommen werden, wenn du nicht das tust, was ich haben will.«

Sepp schluckte, an den Adern seiner Hand sah man, wie rasch sein Puls schlug.

»Das kann ich auch so verstehen, dass ich gehen soll.«

»Das hab ich zwar nicht gesagt, aber halten tu ich niemanden. Wem es nicht mehr passt, der kann gehen.«

Sepp schloss die Augen. Als er sie wieder öffnete, schimmerten sie fast weiß vor Zorn. In diesen paar Sekunden hatte er seinen Entschluss gefasst. Und weil er das getan hatte, war er nicht mehr gewillt, die Kränkung stillschweigend hinzunehmen. Wenn nun schon Schluss war – und eine weitere Fortsetzung seines Dienstverhältnisses konnte er sich nicht mehr vorstellen –, dann aber ein Abgang, an den dieses hochmütige Frauenzimmer denken sollte. Er lehnte den Kopf an die Vertäfelung und sah zum Schirm der Lampe hinauf, als könnte er dort alles ablesen.

»Als du zur Welt gekommen bist, war ich schon hier. Lange vor dir schon. Dir hab ich den Hintern schon abgeputzt! Und jetzt kämst du mir so daher? Bäuerin möchtest sein? Für mich bist du ein eingebildetes, kaltherziges Frauenzimmer, ein Lausdirndl bist! Und dass du es weißt –«

Wie von einer Flamme versengt, sprang Julia auf und riss die Hand in die Höhe. »Noch ein Wort und ich –«

Da wurde ihr mit hartem Schlag der Arm heruntergestoßen. Regina war es, die mit lodernden Augen vor der Schwester stand.

»Schämst dich nicht? Den alten Mann möchtest schlagen? So wie du den Peterl schon geschlagen hast? Untersteh dich noch mal, dann kratz ich dir die Augen aus! Über dreißig Jahr ist der Sepp bei uns, und du willst ihn jetzt vom Hof jagen? Was bist du nur für ein Mensch! Wenn das unsere Eltern noch erlebt hätten!«

»Sie leben aber nicht mehr, und jetzt bin ich Herrin am Hof. Und wenn es dir nicht passt, dann schau, dass du weiterkommst! Aber den Balg nimmst mit! Für unnütze Fresser hab ich keinen Platz auf meinem Hof.«

»Ja, betone nur recht, dass es dein Hof ist. Mit rechten Dingen kann das nicht zugegangen sein. Wer weiß, wie du dem Vater zugesetzt hast, als er krank dagelegen ist. Ich glaub, dir ist sein unerwarteter Tod grad recht gekommen!«

Einen Augenblick war Julia betroffen. Dann lachte sie.

»Was du dir nicht alles zusammenreimst in deiner Dummheit! Meine Meinung aber kennt ihr jetzt. Wem es nicht passt hier, der soll gehen.«

Sie raffte Schüssel und Teller an sich und ging hinaus. In der Küche rieb sie die Hände gegeneinander, als wolle sie sich damit ihre Zufriedenheit bestätigen, nun hinter sich zu haben, was sie sich vorgenommen hatte, seit man den Schranner auf dem Friedhof in die kalte Erde gebettet hatte.

In der Stube herrschte bedrücktes Schweigen. Lautlos rannen die Tränen über Reginas Gesicht, bis der Peterl fragte:

»Mamm, soll ich rausgehn und ihr einen Spitz geben?«

Da huschte doch wieder ein Lächeln über Reginas Gesicht. Sie legte ihren Arm um seine schmalen Schultern.

»Bei der hilft kein Spitz, Büberl.« Dann hob sie die Augen. »Was machen wir nun, Sepp?«

»Gegen die sind wir machtlos. Aber einmal wird auch über sie eine Strafe kommen. Was mich betrifft, ich geh. Ein zweites Mal lass ich mich von der nicht hinauswerfen.« Nun schwankte seine Stimme doch ein wenig. »Dreißig Jahr, ein halbes Menschenleben, bin ich jetzt da. Und muss jetzt so was erleben. Das tut weh, Dirndl. Zuerst die eine Enttäuschung und jetzt die auch noch. Es hat keinen Sinn, Regina, die macht euch beiden das Leben auf dem Hof zur Hölle.«

»Wo soll ich denn hin jetzt mit dem Buben, im Winter noch dazu?«

»Mach dir keine Sorgen, Regina. Morgen geh ich und schau mich einmal um.«

»Immer weniger Bauern stellen überhaupt noch wen ein heute«, gab sie zu bedenken. »Wer hätt das gedacht, dass ich einmal in Dienst gehen müsst!«

»Mehr als ein Dienstbote bist hier auch nimmer.«

»Wer nimmt aber schon eine mit einem Buben?«

»Alle sind ja nicht so hartherzig. Jetzt schlafen wir einmal über alles. Bei Tag sieht dann alles leichter aus. Sepp fuhr nach Schraut und kam erst am späten Nachmittag zurück. Bevor Julia noch zu schreien anfangen konnte, hob er beschwichtigend die Hand:

»Red nicht lang und richte mir meine Papiere her. Für mich ist Feierabend hier.«

Einen Augenblick war sie verblüfft. Dann warf sie trotzig den Kopf zurück. »Geh nur! Du wirst doch nicht erwarten, dass ich bettle, du sollst bleiben! Einen Knecht, der nicht das tut, was ich will, kann ich nicht brauchen. Es reut mich bloß, dass ich dir nicht schon eher gekündigt habe –«

»Verwechsle es nicht«, antwortete Sepp, und dabei zuckte ein Lächeln um seinen Mund. »Ich hab dir gekündigt, nicht du mir.«

»Jetzt grad noch vor Lichtmess! Aber so einen wie dich werd ich leicht noch auftreiben. Und bis dahin muss halt die Regina besser zupacken.«

Wieder zuckte das seltsame Lächeln um den Mund des Alten.

»Hast vielleicht schon einen Platz?«, fragte sie neugierig.

»Nichts Gewisses weiß man nicht.«

Damit musste sie sich abfinden, ging in die Stube, suchte die Versicherungskarte des Alten und schrieb ihm ein Zeugnis: »War dreißig Jahre hier und war soweit fleißig.«

Aus. Mehr brauchte es für einen alten Dienstboten

nicht, der ihr jetzt so unverhofft in den Rücken gefallen war.

Sepp suchte die Regina. Er fand sie in der Tenne, wo sie Häcksel durch das Futterloch in den Stall hinunterließ. Ganz fröhlich war er und heiter, als mache es ihm Spaß, sagen zu können: »So, jetzt ist für mich Feierabend.« Erschrocken starrte sie unter ihrem Kopftuch hervor. Ein wilder Schmerz durchzuckte sie, und ihre Stimme schwankte: »Gehst wirklich, Sepp?«

»Es bleibt mir nichts anderes übrig.«

»Und ich muss dableiben?«

»Aber nimmer lang, wenn du Vertrauen zu mir hast.«

»Zu wem sollt ich denn sonst noch eins haben können?«

Er fasste sie bei der Hand. Sie setzten sich auf einen von den niederen Heustöcken.

»Jetzt pass einmal auf, Regina. Ich kann morgen schon beim Bräu anfangen, weil der Hansl gestern krank geworden ist. Zunächst bin ich also versorgt. Und was dich und den Buben betrifft: Wie ich da mittags so im Bräustüberl sitz, erzählt der Makler Görling, dass das Gütl vom Potzinger zu verkaufen wär. Das war auch vorauszusehen bei seiner Sauferei. Es ist zwar alles recht runtergekommen, der Stall steht leer, aber vier Kühe wären zu füttern. Deshalb kostet es auch nicht viel. Wenn du willst, Regina, legen wir alle unsere Ersparnisse zusammen. Damit könnten wir die Anzahlung finanzieren. Freilich ist es nicht das, was der Julia in den Schoß gefallen ist. Aber man könnte das Anwesen gut bewirtschaften und du hättest eine Bleibe mit dem Peterl. Hier erwartet dich doch nichts Gutes mehr. Und den Buben genauso wenig. Die Julia würde ihm die ganze Kindheit zerstören.«

Eine neue Hoffnung kam über sie. Ein Zuhause,

dachte sie, ein warmes eigenes Nest für mich und den Buben.

»Ich kann immer noch nicht verstehen, was der Vater sich eigentlich gedacht hat«, flüsterte sie.

»Du wirst auch nie dahinterkommen. Solange die Welt besteht, hat es Unrecht gegeben, an dem die Schwachen zerbrechen. Du aber bist nicht schwach, Regina. Das Unrecht hat dich jetzt aufgefordert, dein Schicksal in die eigenen Hände zu nehmen. Und du bist dabei nicht allein, Regina. Solange ich arbeiten kann, wird nichts fehlen. Überleg dir das in Ruhe und sag mir dann Bescheid.«

»Da brauche ich gar nimmer lang zu überlegen«, antwortete Regina entschlossen und stand auf. »Mir ist zweimal was schief gegangen. Mit meiner ersten Liebe hab ich kein rechtes Glück gehabt. Hat mich vergessen, der Ingenieur, ganz einfach sitzen lassen hat er mich und vergessen. Und mit meiner Erbschaft, da haben sie mich auch ausgeschmiert. Aber jetzt will ich mich auf eigene Füß stellen. Und wenn ich einmal fest steh, Sepp, dann kann mich nichts mehr umwerfen. Nimm du das in die Hand, Sepp, was jetzt zu tun ist. Ich kenn mich da nicht so aus. Aber gleich morgen muss die Julia meine Aussteuer rausrücken, und wenn sie sich auf den Kopf stellt!«

Im Stall begannen die Kühe unruhig zu werden, denn es war bereits Futter- und Melkzeit.

Zum letzten Mal warf Sepp den Tieren Futter vor, steckte ihnen Heu auf die Raffel und gab ihnen Wasser. Was dabei in seinem Herzen vorging, war mehr als nur der Schmerz des Abschieds. Das war die Trennung von einem Leben mit Tieren. Langsam ging er am Barren entlang und immer wieder stieß eine von den Kühen mit den Nüstern gegen seine Hand. Gerade, als ob sie fühlten, dass da einer von ihnen gehen wollte, der gut für sie gesorgt hatte.

»Behüt dich, Fritzl, Fanni! Behüt dich, Hansl, Liesl«, flüsterte Sepp, und dabei liefen ihm die Tränen über die faltigen Wangen.

Das Schwerste aber kam erst am anderen Morgen, als er in der tintenschwarzen Finsternis den Hof verließ. Einen schweren Koffer in der Hand, den prall gefüllten Rucksack über die Achseln gehängt, so tastete sich der alte Mann durch die Dunkelheit, an die sich seine Augen erst gewöhnen mussten. Dann erst sah er die verschneiten Obstbäume, die jungen vor allem, die er selber gepflanzt und geschnitten hatte und die jetzt mit Kalk weiß angestrichen waren, damit die Hasen sie nicht anknabberten.

Es hatte geschneit über Nacht, und über die fingerdicke Neuschneeschicht schlurften die Schritte des Alten und verloren sich dann im Wald.

Um die dritte Nachmittagsstunde eines schönen Vorfrühlingstages drückte Reinhold Brockdorf auf den Klingelknopf neben dem kunstvoll geschmiedeten Eisentor einer prachtvollen Villa in Harlaching. Unter dem Klingelknopf stand einfach und schlicht auf einem Messingschild: »Richard Tressler.«

Frau Amelie Tressler feierte heute ihren fünfzigsten Geburtstag, dazu war Reinhold eingeladen, und darum hatte er einen großen Strauß Rosen bei sich.

Ein Mädchen in weißem Häubchen und Schürzchen trippelte auf dem gepflasterten Weg heran und öffnete.

»Guten Tag, Herr Ingenieur. Sie werden schon erwartet.«

»Es ist Punkt drei Uhr«, sagte er und sah auf seine Uhr.

Auf der Treppe erwartete ihn Elisabeth, die fünfundzwanzigjährige Tochter des Hauses, eine hoch gewachsene, aparte Schönheit, die es nicht störte, dass Reinhold mit dem rechten Bein ein wenig hinkte. Sie hatten sich in der Klinik kennen gelernt, als man Elisabeth dort den Blinddarm herausnahm, und es gerade auf der Waagschale stand, ob man Reinhold das Bein abnehmen sollte oder nicht. Zum Glück war das nicht nötig geworden, sie hatten zwar viermal operiert, aber das Bein konnten sie erhalten.

Elisabeth wartete, bis das Mädchen verschwunden war, dann legte sie ihm die Hände um den Hals und küsste ihn.

Reinhold hatte sie nicht erobert, Elisabeth hatte ihn erobert, der damals auf einem Tiefpunkt angelangt war. Er hatte, nachdem Regina ihm nicht einen einzigen seiner fünf Briefe beantwortet hatte, sich enttäuscht, verraten und verlassen gefühlt.

Zu diesem Zeitpunkt hatte er Elisabeth kennen gelernt, als er mühsam am Stock durch den Park humpelte und sie nach ihrer Operation ihren ersten Spaziergang machte. Genau genommen war es so gewesen, dass sie ihn gefragt hatte, was ihm denn fehle. Und weil dies einem noch fremden Menschen nicht mit ein paar Worten erzählt werden konnte, machte sie einen Besuch auf seinem Zimmer und erfuhr so vom Schlöhboden und von Regina Schranner. Elisabeth hatte ihm nüchtern erklärt, dass er die Wirklichkeit des Lebens sehen müsse, und dass auch einfache Bauernmädchen mit Herzen spielen können. Sie könnte ihm da ein paar Beispiele anführen.

»Das kann ich bei Regina nicht glauben«, hatte er gemeint, das Mädchen von Spielberg verteidigen zu müssen. »Irgendwelche unseligen Umstände müssen dabei mitgespielt haben. Es ist eben alles ein bisschen seltsam, was mit dem Schlöhboden zusammenhängt. Auch dass ich jetzt humpeln muss und vielleicht nie mehr so etwas wie eine Talsperre bauen werde. Es macht mich manchmal rasend, das viele Denken und Grübeln, es ist so schwer, wenn man nicht aus dem Gestrüpp herauskommt und kein rechtes Ziel mehr vor den Augen sieht, für das es sich lohnt, weiterzuleben.«

»Sie dürfen nicht so mutlos sein«, hatte Elisabeth gesagt. »Sie sollten vielmehr denken, dass es für Sie noch viele Möglichkeiten gibt, auch wenn es Ihnen künftig nicht mehr möglich sein sollte, auf einen Berg zu steigen.«

Das war eine Aufmunterung für ihn gewesen, auch wenn er den Sinn der Worte noch nicht gleich erfasst hatte. Sie waren für ihn Antrieb zu neuen Hoffnungen. Noch war dieser Boden, auf dem er ging, ein wenig schwankend, aber Elisabeth baute ihm einen festen Untergrund. Vielmehr brachte sie ihren Vater dazu, dem ein tüchtiger Mitarbeiter willkommen war. Und ehe Reinhold Brockdorf sich versah, war er Mittelpunkt dieser dreiköpfigen Familie geworden und wusste sich von Elisabeth geliebt. Das war in seinem Zustand sehr wichtig, aber genauso wichtig war ihm, dass Herr Tressler ihn schätzte und ihm ohne Umstände ein Bild seines weit verzweigten Unternehmens vermittelte und ihm seine eigenen Entwicklungsmöglichkeiten aufzeigte. Er blühte von da an wieder auf, wurde gesund, bis auf das etwas kürzere Bein, aber Elisabeth sagte, dass sie das nicht störe, und außerdem könne ein tüchtiger Orthopäde leicht einen Schuh anfertigen, der diesen kleinen Schaden ausgleiche.

An diesem Nachmittag wurde es Reinhold Brockdorf zum ersten Mal richtig bewusst, dass das Glück sich ihm doch wieder zugeneigt hatte. Es waren viele Gäste zur Geburtstagsfeier eingeladen, reiche und einflussreiche Leute, mit denen Elisabeth ihn bekannt machte.

»Darf ich Ihnen meinen Verlobten vorstellen, Herr Direktor?« Oder: »Hier, liebe Helga, stelle ich dir meinen Reinhold vor.«

»Ach ja«, sagte die liebe Helga, eine Kusine von Elisabeth. »Wie nett, Sie kennen zu lernen, Herr Ingenieur.«

Reinhold sagte, dass dies ganz seinerseits sei, und die liebe Helga gestand ihm nach kurzer Unterhaltung doch, dass sie angenehm überrascht sei, sie habe ihn bisher nämlich für einen Glücksritter gehalten.

»Aber wieso denn das?«

»Nun sagen Sie nur nicht, Sie wüssten nicht, wie reich Tressler ist!«

»Ich habe mit Elisabeth darüber noch nicht gesprochen.«

»Neben dem Geschäft und dieser Villa besitzt er noch ein Dutzend Mietshäuser im Zentrum. Außerdem hat Onkel Richard seine Hände in so vielerlei Geschäften stecken, dass er es selber kaum mehr weiß.«

Darum wird Reinhold dafür sorgen, dass Ordnung in diese Aktivitäten kommt«, sagte Elisabeth, die unbemerkt hinzugetreten war und ihre Hand unter Reinholds Arm schob. »Ein bisschen frische Luft schnappen, Reinhold?«

Sie gingen durch die stillen Parkwege bis zur Fichtenhecke, hinter der sich noch weites Land erstreckte. Handbreit spross die Saat dort, und nun hätte Regina bei ihm sein müssen, sie hätte er fragen können, was das sei, Roggen oder Weizen. Elisabeth wusste zwar viel, aber das wusste sie halt auch nicht.

Als ob sie seine Gedanken erraten hätte, sagte sie jetzt:

»Denkst du eigentlich noch an das Mädchen in Spielberg?«

»Was für eine Frage! Wenn du bei mir bist –«

»Nicht schwindeln, Reinhold! Ich kenne das! Ich bin auch einmal sehr enttäuscht worden und habe viel Zeit gebraucht, um zu vergessen. Um ganz ehrlich zu sein, vergessen habe ich es erst, seit ich dich kenne. Und da erst wurde mir bewusst, Reinhold, dass das Vergangene nur Halbheit war und du zum Inhalt meines Lebens geworden bist.«

Überwältigt von so viel Offenheit legte er den Arm um sie.

»Ich danke dir, Elisabeth. Das waren sehr schöne Worte, die mich glücklich machen.«

»Das sollst du auch sein, Reinhold. Und du kannst es erst sein, wenn das andere in dir so erloschen ist wie in mir. Unsere Ehe wird das werden, was wir aus ihr machen, was wir in sie hineintragen an gutem Willen, an Liebe und Vertrauen zueinander.«

So hatte sie eigentlich noch nie gesprochen. Dankbar erkannte er die Ernsthaftigkeit ihrer Absichten, und als er sie jetzt küsste, dachte er zum ersten Mal nicht mehr an Regina.

Am fünfzehnten Mai fand dann die Hochzeit statt.

Um diese Zeit, als in Spielberg die Bäume in ihrem Blütenkleid prangten, machte der Hierl sich Gedanken über den Schrannerhof oder vielmehr über dessen Besitzerin, die Julia, die nun seit Lichtmess mit einem neuen Knecht und zwei Mägden hauste, die sie mit knapper Not noch in Holzkirchen aufgetrieben hatte. Sie hauste nicht schlecht, die Julia. Aber es fehlte halt doch ein Bauer. Und in seiner Pfiffigkeit überlegte der

Hierl, dass einer von seinen Buben der richtige Bauer für die Julia sein könnte. Er besprach sich mit seiner Bäuerin und malte aus, wie schön es wäre, wenn der ganze Weiler Spielberg unter dem Namen Hierl vereinigt wäre.

Sie hatten drei Buben, den Anton, den Matthias und den Michael. Zunächst sprach der Hierl an einem Feierabend auf der Hausbank so im Allgemeinen, so ein bisschen herumschweifend, wie es seine Art war, wenn er auf etwas Bestimmtes abzielte. Seine Buben kannten das schon und warteten gespannt auf das, was nun kommen würde. Er sprach von den schönen Gründen, vom Waldreichtum des Schrannerhofes und so nebenbei auch von der Julia, die doch eine anziehende Frau sei. Mehr sagte er an diesem Abend noch nicht. Aber die Buben hatten ihn schon verstanden, und der Matthias sagte zu seinem Bruder Anton:

»Hast ihn mit dem Zaunpfahl winken hören, den Vater?«

»Das war schon eher ein Winken mit dem Telegrafenmasten!«

»Wär das nichts für dich, Anton?«

»Für mich? Lieber wander ich aus!«

»Ich hab bloß gemeint, weil – einmal hast du dich doch recht gut verstanden mit der Julia?«

»Ja, bis ich gemerkt hab, dass die bloß spielt und hinter meinem Rücken auch mit dem Fasslinger Bruno gegangen ist.«

»Das wär ihr schon auszutreiben, wenn ihr einer richtig kommt.«

»Der? Die kennst du schlecht! Probier doch du es, wenn du meinst!«

»Kann ich nimmer. Bin schon mit der Hollnburger Rosa zusammen. Für den Michael wär's vielleicht was.«

Michael war der jüngste der Hierlbuben, ruhig, bedächtig und Bauer mit Leib und Seele.

An ihn trug also der Hierl seine geheimen Wünsche mit Nachdruck heran, nachdem die anderen zwei nicht wollten. Der Hierl hätte dem Michael gar nicht sagen brauchen, welch anziehende Person die Julia sei und wie tüchtig als Bäuerin und was der Schrannerhof wert sei.

Der Michael lächelte und fragte den Vater, ob er meine, dass er keine Augen im Kopf hätte. »Die Julia, mach ja«, seufzte er dann. »Bei der werd ich nichts machen können. Steckt doch der Langreiner Tobi jeden Samstag und Sonntag drunten.«

»Mit dem kannst es doch du leicht aufnehmen, Michael! Wär doch noch schöner, sie so einem Kerl nicht ausspannen zu können! Notfalls leuchten wir ihm einmal ordentlich heim.«

»Dann fragt sich immer noch, ob sie mich will.«

»Wer sollte denn dich nicht mögen«, meinte die Hierlmutter in ihrer Mutterliebe.

»Lass nur mich die Einleitung machen«, sagte der Hierl.

Und er machte die Einleitung. Er wusste es so einzurichten, dass er der Julia begegnete, redete dies und das, gab ihr auch zuweilen einen guten Rat, erwähnte so ganz nebenbei einmal seinen Michael, warf dann diesen Namen immer öfter ins Gespräch, bis die Julia spannte, wie der Hase lief. Im Grunde genommen aber gefiel ihr dieser Gedanke gar nicht so schlecht. Der Michael war ein weicher, gutmütiger Bursche, den sie lenken konnte. So meinte sie wenigstens. Dass dies aber nicht so leicht war, erkannte sie, als der Michael ein paar Mal selber abends kam. Er hatte seine eigenen Vorstellungen, klar und eindeutig, ließ nicht gerne rütteln an seiner Meinung und sagte sie auch offen.

»Gefallen hast du mir schon lang«, sagte er am vierten Abend und wurde auch kein bisschen unsicher, als die Julia ihn fragte: »Ich oder der Hof?«

»Beides«, gab er ehrlich zu. »Aber ich fürchte, dass es keinen Weg für mich zu dir gibt, weil der Langreiner Tobi da ist.«

Schweigen. Julia hatte die Stirn gefurcht und starrte düster vor sich hin. Ja, der Tobi war da, hatte sich angehängt an sie wie eine Zecke. Sie durfte jetzt nicht einmal abfällig sagen: Der Tobi? Ach der! Das hätte dem Michael Hoffnungen gemacht, die sie nicht erfüllen konnte, denn sie wusste um die Macht, die der Tobi über sie besaß. Es gab kein Entrinnen mehr. Der Tobi hatte nun darauf bestanden, dass sie ihr Wort einlöse, und scheute auch nicht davor zurück zu drohen. Und da war nun dieser anständige Michael, dem man sich fürs Leben wohl anvertrauen könnte und dem sie von einem zum anderen Mal zugeneigter wurde. Ein Bursche, der noch wenig Erfahrung mit Frauen hatte. Das erkannte sie an seinen scheuen Küssen. Und als er, dadurch ermutigt, einmal sagte: »Mit dem Tobi werden wir schon fertig!«, da schöpfte sie für ein paar Sekunden eine leise Hoffnung, die aber gleich wieder in Nichts zusammensank, weil sie den Tobi kannte und wusste, wozu er fähig war.

»Lass mir noch ein wenig Zeit, Michael«, bat sie.

»Es muss ja nicht schon morgen sein. Mögen tust mich doch, oder?«

»Ja, Michael.«

Das berichtete der Michael getreulich daheim, und der Hierl rechnete bereits nach, wie viel er dem Michael mitgeben müsse, als mit einem Schlag alles zu Ende war, weil der Langreiner Tobi Julias Wandlung bemerkte und nun aufs Ganze ging.

Julia ahnte es schon, als er am Samstagabend kam, seinen Hut mürrisch in die Ecke warf und Julia mit einem herrischen Griff neben sich auf die Bank zog.

»So, Herzerl, jetzt werden wir einmal auf gut Bayrisch miteinander reden, damit kein Irrtum aufkommt, gell? Oder meinst du vielleicht, ich spann nicht, was gespielt wird?«

»Was soll denn gespielt werden?«, fragte sie unschuldig.

»Ich sag bloß Michael. Dir werd ich's austreiben, dass du ihm Augen machst!« Er riss sie an sich und küsste sie mit jener Wildheit, unter der sie immer wieder schwach wurde. »Mir gehörst!«, keuchte er. »Mir ganz allein! Und dass du gleich Bescheid weißt: Morgen geh ich in den Pfarrhof und bestell das Aufgebot!«

Erschrocken riss sie sich los. »Du kannst mich doch nicht zwingen!«

»Doch, das kann ich! Erstens gehört da ein richtiger Bauer her, damit die Wurstlerei aufhört am Hof. Zweitens wirst du jetzt dein Wort einlösen, das du mir gegeben hast, und drittens sollst du bedenken, dass es immer noch schöner ist, mit mir unter die warme Bettdecke zu schlüpfen, als in einer kalten Zelle zu sitzen, mit Gittern vor den Fenstern. Ich hab mich genau erkundigt. Auf Anstifung zum Mord steht Zuchthaus. Dann wär noch das andere da, das mit der Testamentsfälschung.«

Er fing die Hand noch rechtzeitig auf, die ihn schlagen wollte.

»Wer wird denn gleich so grob sein?«, fragte er gemütlich. »Sie hätte doch gerecht ausbezahlt werden sollen, die Regina. Auf einmal war es aber bloß mehr die Aussteuer. Und das Sparbüchl vom Vater hast du auch unterschlagen. Was meinst, was die Leut sagen, wenn das alles aufkommt! Die Regina kann jederzeit klagen, und du musst blechen und wirst bestraft auch noch!«

»Das kann niemand beweisen!«

»Ich kann es beweisen. Hast mir doch selber alles brühwarm erzählt, und grad gegluckst hast vor Freud, weil dir die Fälschung so gut gelungen ist.«

Da gab sie es auf, sagte nur noch, was sie im Augenblick empfand: »Du bist ein Teufel!«

»Aber ein netter! Einer, der zu dir passt! Und jetzt bringst mir die Pantoffeln, dass ich die schweren Stiefel runterbring! Und dann richtest eine anständige Brotzeit her. Ich hab einen sakrischen Hunger.«

Gehorsam stand sie auf, holte ihm Pantoffeln und richtete ihm etwas zu essen her. Es war merkwürdig, wie sie sich ihm immer wieder unterwarf. Das war nicht einmal Liebe, sondern schon eher Hörigkeit. Er war ihretwegen schuldig geworden und war Mitwisser ihrer Schuld und konnte nur mitleidig lächeln, als sie jetzt Zweifel äußerte:

»Ich weiß nicht, Tobi, ob das gut geht mit uns zwei.«

Mit vollen Backen kauend, sah er sie belustigt an. Dann sagte er:

»Du wärst ja nett!« Er haschte nach ihrer Rockfalte und zog sie auf seine Knie. »Wo ich dich so narrisch gern hab! Und du mich auch, das weiß ich. Dass du dich auf mich verlassen kannst in allem, das hab ich dir bewiesen. Es wird schon alles recht werden, wenn wir einmal verheiratet sind.«

»Wollen wir's hoffen«, antwortete sie, schon wieder besänftigt durch seine biedere Herzlichkeit, die doch nicht nur gespielt sein konnte.

Der Michael fiel ihr ein. Sie atmete ein paar Mal tief

durch und war froh, ihm keine Versprechungen gemacht zu haben. Und als der Tobi jetzt nicht mehr fordernd, sondern in einem geradezu zärtlichen Ton wieder von seinem Gang in den Pfarrhof sprach wegen des Aufgebots, sah sie ihn noch mal wie prüfend an und nickte: »Also dann , geh halt.«

Es war ein schwerer Anfang für Regina Schranner, da unten im Potzingeranwesen. Von seinem Vorbesitzer war es völlig heruntergewirtschaftet worden. Jahrelang war am Haus nichts mehr gerichtet, es sah erbarmungswürdig aus, obwohl es landschaftlich sehr schön lag, am südlichen Rand des Dorfes Schraut.

Als Regina mit dem Buben und dem alten Sepp in dieses verlotterte Haus einzog, lächelten die Leute spöttisch und mitleidig zugleich. Aber Regina ließ sich nicht irre machen, auch wenn sie manchmal verzweifeln wollte.

Zunächst musste sie einmal im Gasthof »Rosenbräu« als Aushilfe arbeiten. Man holte sie, wenn Waschtag war oder man bei einer größeren Festlichkeit jemanden für verschiedene Handreichungen brauchte. Am Anfang meinte sie manchmal, sie müsse vergehen vor Scham, wenn sie das Mitleid der anderen spürte, denn irgendwie hatte sich herumgesprochen, dass sie bei ihrem Erbteil benachteiligt worden war. Wenn die Menschen darüber sprachen, dann gingen die Blicke unwillkürlich hinauf zur Höhe nach Spielberg, wo die Julia hochmütig und stolz neben einem Mann lebte, dessen Leumund schlecht war und der mit seinem Reichtum protzte, obwohl er ihn nicht selber erworben, sondern erheiratet hatte.

Dann begann man sich zu wundern, mit welcher Entschlossenheit Regina auf ihr Ziel zustrebte, und welch glückliche Hand sie in allem hatte, wie sie die Monate bezwang und die Jahre, und wie sie selber aufblühte zu herber Schönheit.

Mit Zähigkeit hatte sie sich aus der Mühseligkeit des Anfangs herausgearbeitet. Vergessen war die Zeit, in der sie noch für einen Tageslohn in die »Rosenbrauerei« gegangen war. Die Leute nannten sie jetzt die Moorrainerin, und der Name war gar nicht schlecht gewählt, denn das Anwesen lag am Rand des Moores. Und hatten dort im ersten Sommer nur vier Kühe das magere Gras gerupft, im dritten Sommer waren es bereits elf, und das Gras war nicht mehr mager, sondern üppig und fett, das Haus hatte einen neuen Dachstuhl bekommen, neue Fensterläden und einen schön geschnitzten Balkon, auf dem zur Sommerzeit Blumen in herrlicher Fülle blühten. Mit dem alten Sepp arbeitete sie unermüdlich, ihr ganzer Sinn war darauf gerichtet, dem Peter ein schönes Zuhause zu schaffen und in der Arbeit Vergessen zu finden.

Sepp hatte jetzt seine Rente, nicht gerade viel, aber er konnte einiges auf die Seite legen. Zufrieden und stets mit heiterem Lächeln ging der Alte durch seine Tage, pflanzte junge Obstbäume und schnitt sie zu, wie einst auf Spielberg.

So lebten sie auf dem kleinen Anwesen einträchtig und zufrieden, und es war nicht auszudenken, dass einer von den dreien einmal ausbrechen könnte aus dem stillen Fluss dieses Lebens. Regina dachte unentwegt ans Vergrößern, und als sie hörte, dass der Pachtnerhof in Schraut von einer Erbengemeinschaft aufgeteilt werden sollte, schickte sie den Sepp sofort dorthin, um sich die fünf Tagwerk Wiesen zu sichern, die an ihren Grund angrenzten.

»Wenn ich da dort nichts erreichen kann«, sagte

Sepp, »komm ich gleich zurück. Hab ich aber Glück gehabt, kauf ich mir ein paar Halbe im Bräustüberl!«

Er hatte Glück und kam erst spät, als die Sonne schon untergegangen war. Regina saß noch auf der Hausbank, von wo der Blick weit über die Moorwiesen ging. In Gedanken sah sie schon ein weites Feld, auf dem das Korn sich im Winde wiegte. Sie dachte an weiteres Vieh und dass man den Stall vergrößern müsse. Und sie spann den Bogen ihrer Gedanken über viele Jahre hin, sah den Peter schlank gewachsen und mit leuchtenden Augen am Rand der Felder hingehen. Manchmal griff seine schmale Hand in die Ähren, um zu prüfen, ob sie schon reif genug seien für den Schnitt. Und sie selber würde dann hinter dem Haus stehen, seinen Schritt verfolgen und jede seiner Gesten, die ihr vertraut waren von seiner frühesten Kindheit an.

Aufgescheucht von nahenden Schritten, rief sie in die Dunkelheit hinein: »Bist du es, Sepp?«

Er setzte sich zu ihr auf die Bank. Von weither kam Hundegebell. Ein dunkelblauer Nachthimmel war über die Erde gespannt, und die Frösche riefen vom Moor her, über dem die Sterne standen.

»Hat alles geklappt, Sepp?«

Er nickte. Sein weißes Haar leuchtete in der Dunkelheit.

»Nächste Woche musst aufs Notariat zum Unterschreiben.«

Ein glücklicher Seufzer, dann ein Lachen, so froh und glücklich, wie Sepp es schon lange nicht mehr von ihr gehört hatte.

»Dann hätten wir zwanzig Tagwerk eigenen Grund und Boden, mit dem Pachtgrund sind es fünfundzwanzig, Sepp – wir wachsen!«

»Du wächst, ich nimmer«, antwortete er leise. »Ich kann mich nur mit dir freuen, Regina.«

»Du bist doch bei allem dabei gewesen, Sepp. Allein hätte ich es nicht schaffen können.«

»Auch allein. Ich habe erlebt, wie stark du sein kannst, seit du frei geworden bist. Schau, so verändert sich alles. Du lachst und bist froh, drüben im Wirtshaus aber sitzt einer, der schreit und grölt. Und wenn er heimkommt mit seinen Räuschen, dann duckt sich die Julia und ist ärmer geworden als eine Magd. Du steigst und sie fällt.«

»Das macht nichts«, antwortete Regina mit leichtem Triumph in der Stimme. »Ich vergönn es der Julia.« Sie hätte auch sagen können: Alles Böse rächt sich auf Erden.

»Es ist nur schad um den schönen Hof«, klagte Sepp. »Wenn der Tobi so weitermacht, in zehn Jahren hat er ihn durchgebracht.«

»In zehn Jahren ist es vielleicht so weit, dass ich ihn kaufen kann«, antwortete Regina, stand auf und streckte sich. Und wieder das glückliche Lachen in der Dunkelheit.

Eine Sternschnuppe löste sich und fuhr in schnellem Leuchtbogen zur Erde nieder, unweit des Weilers Spielberg vielleicht. Man müsste hingehen, dachte Regina, und den Klumpen Gold aufheben, um sich damit alle Wünsche zu erfüllen, wie es im Märchen hieß. Aber die Märchen der Kinderzeit waren vorbei, auch das Märchen ihrer Liebe zu dem Ingenieur. Vorbei und versunken. Nur als ferne Erinnerung läutete es in ihr noch nach.

An einem der golddurchwirkten Spätsommertage, in denen das Laub schon bunt wurde und die Kühe mit bimmelnder Glocke hinter dem Moorrainerhaus weideten, kam der Pfarrer von Schraut langsam den Wiesenpfad her auf das Anwesen zu. Ein paar Schmetterlinge gaukelten um sein Gesicht, setzten sich auf die breite Krempe seines schwarzen Hutes und flatterten wieder davon.

Wunderbare Sonntagsstille lag über dem Land, die Berge standen wie durchsichtiges Glas unter dem Himmel, und jeder Laut, der aufstieg, trug einen Klang von Feierlichkeit in sich.

Zuerst traf er auf den alten Sepp, der hinter dem Haus unter einem alten Birnbaum saß und leise auf einer Mundharmonika spielte.

»Schau, schau«, sagte der Pfarrer. »Ich hab gar nicht gewusst, dass du so musikalisch bist.«

»Geht schon, Herr Pfarrer. Jeder halt so, wie er kann.«

»Immerhin kannst du es. – Ist die Moorrainerin daheim?«

»Moorrainerin«, lächelte der Alte. »Wie schön sich das anhört!«

»Alle sagen es, Sepp. Zuerst mit Spott, heute aber mit großer Hochachtung. Wahrscheinlich klingt es deshalb so schön, weil es etwas selbst Erworbenes ist.«

Regina kam gerade aus der Haustür und wollte sich hinters Haus zum Sepp setzen, als der Pfarrer ums Hauseck bog. In einem hellen Dirndlkleid mit weißen Puffärmeln stand sie vor ihm, dunkel gebräunt, ein verlegenes Lächeln stieg in ihr Gesicht.

»Grüß Gott, Herr Pfarrer.«

Wie hell und fröhlich ihre Stimme klang!

»Grüß dich Gott, Moorrainerin-«

Sie errötete leicht und strich sich ein paar Härchen hinters Ohr. Dann legte sie den Kopf zurück.

»Ist es vielleicht anmaßend, Herr Pfarrer, weil ich mir den Namen gegeben habe?«

»Nein. Wenn du es nicht getan hättest, hätte ich ihn dir gegeben. Übrigens – alle nennen dich so.«

»Ja, ich weiß, es hat sich eingebürgert. Früher hieß es beim Potzinger, und mein Schwager nennt mich heute noch die Potzingerin.«

Der Pfarrer machte eine Handbewegung, als wolle er über diesen Schwager nicht sprechen. Dann deutete er auf die Hausbank.

»Ich darf mich doch ein bissel setzen?«

»Gern, Herr Pfarrer. Eine Tasse Kaffee?«

»Warum nicht? Aber nicht zu stark, bitte!«

Er nahm den Hut ab, legte ihn vor sich auf das Tischchen, das Sepp vor kurzem erst aus Birkenstämmen gezimmert hatte, verschränkte die Hände und genoss den Blick ins Moor hinaus, in dem die jungen Birken schon wie flammende Bündel standen. Hinterm Pflanzgartenzaun leuchteten Astern und Sonnenblumen, die breiten, goldenen Teller tief geneigt. Bienen summten darum herum, und einmal zog eine Schar Schwalben unter dem hellen Himmel hin. Sanft hörte man unweit das Plätschern der Schraut, die zahm geworden war, seit man sie am Schlöhboden gestaut hatte.

»So, Herr Pfarrer, jetzt lassen Sie sich's schmecken.«

Regina war herausgetreten, schenkte aus einer bauchigen Kanne zwei Tassen voll und schnitt große Stücke vom Guglhupf.

»Ich bin so frei, Regina. Nein, keinen Zucker. Lieber mehr Milch. Und der Guglhupf, was ist das Braune darin?«

»Ein bissel Mohn, Herr Pfarrer.«

»Mohn, jawohl.« Er trank in kleinen Zügen und brach bedächtig kleine Stücke von den Hefeteigstücken. »Ist der Peter nicht da?«

»Der ist gleich nach dem Mittagessen ins Moor hinaus. Wahrscheinlich streunt er wieder im Wald herum.«

»Wie alt ist er jetzt eigentlich?«

»Zehn, Herr Pfarrer.«

»Ganz richtig. Er käm ja jetzt in die fünfte Klasse. – Deine Astern dort, die blühen schon selten schön. Was ist das für eine Sorte?«

»Ich kenn mich da nicht so aus, Herr Pfarrer. Sind einfach Astern.«

»Da musst du mir ein paar Samen geben für meinen Garten.«

»Gern, Herr Pfarrer. Die vermehren sich unwahrscheinlich.«

»Und schenken Farben bis in den späten Herbst hinein. Sag einmal, Regina, wie machst du das eigentlich? Wenn ich daran denke, wie heruntergekommen das Anwesen war! Und jetzt dieses Schmuckkästchen! Ich kann mir kaum ein schöneres Plätzchen denken.«

»Aber Sie sind heute zum ersten Mal bei mir.«

»Ja, heut, hab ich mir gedacht, schaust einmal raus zur Moorrainerin.«

Regina stellte die Tasse, die sie gerade zum Mund führen wollte, hin und sah aufmerksamer in das Gesicht neben sich. Ganz jäh war es ihr in den Sinn geschossen, dass dieser Besuch nicht zufällig sei, dass irgendein Grund vorhanden sein müsse für den Spaziergang des Pfarrers zu ihr. Und während sie nachgrübelte, sagte der Pfarrer:

»So, so, im Wald, meinst du, streunt er herum, der Peter? Ein recht braver Bub übrigens. Recht brav und sehr gescheit. Er hebt sich raus von den andern Buben seines Alters. Du hast ihn sehr gut erzogen, Regina, und deine Mutter könnte ihre helle Freude haben. Manchmal wird sie ja wohl runterschaun vom Himmel und wird sich denken, wie richtig es war, dass sie den Peterl dir ans Herz gelegt hat.«

»Ja, Herr Pfarrer, ich glaube, dass ich es schon recht gemacht habe. Und ich werde auch nie müd, dem Buben ein schönes Zuhause zu schaffen. Er soll einmal Bauer werden hier.«

»Bauer?«, sann der Pfarrer ihren Worten nach. »Ich hoffe, dass er Freude daran hat, der Peter.«

Wieder schoss ihr durch den Sinn, welche Bedeutung dem Gespräch zu geben wäre. Eine dunkle Ahnung beschlich sie, und sie spürte, wie sich etwas in ihrem Inneren zusammenzog. Der Pfarrer redete doch irgendwie um den Brei herum, und schon brach es aus ihr heraus:

»Herr Pfarrer, Sie sind doch nicht allein meinetwegen gekommen?«

»Nein!«

»Sondern?«

Der Pfarrer tunkte das Stück Guglhupf in den Kaffee, wischte sich den Mund ab und gab unumwunden zu: »Ich bin wegen Peter gekommen.«

»Was ist mit ihm?«

Langsam schob Pfarrer Staudinger die leer getrunkene Tasse von sich, lehnte sich an die sonnenbeschienene Mauer und faltete die Hände über der Brust, ähnlich, wie er es immer vor seiner Predigt tat, bis ihm der richtige Anfang einfiel.

»Mit dem Peter ist nichts los – oder sehr viel. Wie man es eben auslegt. Schau einmal, Regina: Bauer soll er werden, hast du gesagt. Bist du dir ganz sicher, dass er nichts anderes als Bauer werden will?«

»Dafür arbeite ich schließlich und lebe ich.«

»Ich weiß. Und manchmal habe ich mich gefragt, ob dies der richtige Sinn deines Lebens ist.«

»Was sollte ich denn sonst tun als dem Buben etwas zu schaffen, damit seine Zukunft gesichert ist?«

»Das ist schön, aber ich glaube nicht, dass man von dir verlangt, dass du dich opferst.«

»Wer sagt denn, dass es ein Opfer für mich ist? Mir ist der Bub so ans Herz gewachsen, dass ich das Gefühl hab, er wäre mein eigenes Kind.«

Wieder zog ein Schwalbenschwarm über den First des Hauses hin. Ganz leise kamen die Klänge der Mundharmonika vom Wind getragen daher. Schmetterlinge gaukelten um die Sonnenblumen.

»Es wird dir vielleicht merkwürdig vorkommen«, begann der Pfarrer wieder, »dass ausgerechnet ich, dein Pfarrer, dir sagen muss, was du tun sollst. Heiraten sollst du, Regina. Einen guten, braven Mann, dem du Kinder schenken sollst, der mit dir das Leben trägt und die Mühen, die einmal kommen werden. Jetzt hast du den Sepp bei dir. Aber wie lange noch? Dann stehst du allein da.«

»Ich bin nie allein, weil ich den Peter hab. Der kann dann heiraten und Kinder haben.«

»Hast du ihn gefragt, ob er das will?«

»Nein, warum denn?«

»Das solltest du aber tun. Du solltest ihn fragen, ob er nicht etwas anderes werden möchte als Bauer. Ich habe ihn gefragt, Regina.«

Wieder das leise Frieren über die Schultern hin, das Ziehen um das Herz herum. Ihre Augen hatten sich ängstlich verdunkelt, ihre Hände zitterten leicht.

»Und was hat er dann gesagt?«

»Dass er studieren möchte.«

Die Mundharmonika schwieg jetzt. Vom Gartenzaun herüber schlich langsam und geduckt ein rotscheckiger Kater.

»Aber – warum – hat der Peter zu mir davon noch nie was gesagt?«, fragte Regina mit verdächtig schwankender Stimme.

»Weil er dir nicht weh tun will, Regina. Nur darum. Ich weiß, wie er an dir hängt und dass er schweigend auf sich nimmt, was du über ihn bestimmst. Auch wenn es nicht zu seinem Glück würde. Er wird immer das tun, was du von ihm verlangst, wird am Moor bleiben, auf dem Acker, obwohl er weiß, dass das andere für ihn schöner wäre und dass er leicht sein Ziel erreichen würde.«

Mit wachsendem Unmut hatte Regina zugehört. Sie hatte die Hände fest ineinander gekrampft, um ihr Zittern zu verbergen.

»Mir scheint, das ist hinter meinem Rücken bereits ausgeheckt worden, dass man mir den Peter wegnehmen will.«

»So solltest du es nicht sehen, Regina. Ich kenne dich jetzt schon so viele Jahre. Ich weiß auch so manches von deinem Leid, und ich kann mir nicht vorstellen, dass du dich verschließen würdest, wenn es darum geht, dem Peterl den Weg zu ebnen für eine leitende Position als Wissenschaftler, als hoher Beamter oder als Arzt –«

»Oder als Pfarrer«, unterbrach sie ihn mit einem harten Auflachen.

»Warum nicht auch das? Wenn er die Berufung dazu in sich verspürt?«

»Ich weiß nicht, was der Peter spürt, aber mir fällt jetzt ein, dass er nimmer so ist wie früher. Er träumt mir zu viel, es muss ihm etwas eingeredet worden sein, mit dem er nicht fertig wird.«

»Du siehst das falsch, Regina. Es stimmt, wir haben mit Peter gesprochen, der Lehrer und ich. Lehrer

Schönherr ist der gleichen Meinung wie ich, dass da etwas verkümmert, wenn man ihm nicht hilft. Und glaube mir, Regina, ich bin nicht gekommen, um dich in dieser einen Stunde zu überreden. Du musst dir das alles in Ruhe überlegen, sollst nachdenken über das, was ich dir gesagt habe, und solltest vor allem mit Peter ganz offen sprechen. Was dich jetzt erschreckt, wirst du später vielleicht einmal als das einzig Richtige empfinden. Und nun wollen wir das Thema beenden. Wisch die Sorgenfalten von deiner Stirn, weil nichts da ist, um das du dich sorgen müsstest. Schau, das Leben hat es doch noch gut gemeint mit dir. Hier ist eine Stätte des Friedens und der Zufriedenheit. Wenn ich dagegen nach Spielberg hinauf schaue, könnte mir Angst werden.«

»Ich erfahre kaum etwas von da oben.«

»Ist auch besser. Wenn dein Vater und deine Mutter noch erlebt hätten, mit welch Riesenschritten es da bergab geht! Wie man dort jeden guten Rat in den Wind schlägt und mir ganz offen sagte, ich solle mich um meine Kirche kümmern und nicht um Familienangelegenheiten. Dabei bin ich doch mit allem verwachsen, denn immerhin bin ich schon über zwanzig Jahre hier.«

»Ja, das sieht ihm gleich, dem Tobias.«

»Nein, das hat die Julia mir gesagt.«

»Dass sie sich nicht schämt! Aber einmal wird der Tag kommen, an dem sie für alles büßen muss!«

»Ja, ja, die Julia«, sagte der Pfarrer nur, aber es lag eine ganze Menge in diesen paar Worten. Dann stand er auf. »Ich danke dir halt recht schön, Regina, für den guten Kaffee, und lass dir in Ruhe durch den Kopf gehen,was ich dir gesagt habe.«

Sie werde nachdenken, sagte sie, blieb auf dem Hof stehen und sah ihm nach, wie er auf dem Wiesenpfad zurückging, mit kleinen Schritten, den Hut in der Hand, umflossen vom Gold der sinkenden Sonne, die rötliche Schleier über die Wiesen zauberte.

Es wurde für Regina kein Nachdenken, sondern ein zermürbendes, aufreibendes Grübeln, das ihre bisherigen Pläne für die Zukunft über den Haufen warf. Besonders in den Nachtstunden zermarterte sie sich. Es war viel schlimmer als damals, als ihre erste Liebe enttäuscht worden war. Reinhold Brockdorf war in ihr Leben gekommen und wieder daraus entschwunden, so wie die Sonne am Abend verschwand. Eine Wunde war zurückgeblieben, die vernarbt war. Es hatte ihren Glauben an die Menschen erschüttert, aber in diese Erschütterung war die Liebe und Anhänglichkeit Peters als milder Trost in ihr Herz geflossen. Und nun sollte sie ihn verlieren an etwas Fremdes, an eine hohe Position, wie sie es nannten, der Pfarrer und auch der Lehrer, bei dem sie auch gewesen war. Ihre Hoffnung, er würde ihr vielleicht sagen, dass der Herr Pfarrer ein wenig übertreibe und dass man sich das mit dem Studium noch überlegen solle, wurde enttäuscht. Der Lehrer nannte es ein Verbrechen, wenn man so einem begabten Kind den Weg versperre. Es müsse sie doch mit Stolz erfüllen. Peter sei ihm schon frühzeitig aufgefallen durch seine Aufgewecktheit und Intelligenz.

In der dritten Nacht nach dem Besuch vom Pfarrer, als sie wieder schlaflos dalag und hörte, wie die Äpfel ins Gras fielen, da war ihr, als spräche eine leise Stimme zu ihr, dass sie nachgeben müsse. Der Mond schien auf ihr Gesicht. Es war wie versteinert vor Kummer. Ihre Gedanken gingen zurück in die früheste Jugend. Ihre Eltern waren wieder da, die Magd Martha Feldigl, die so still und bleich im Flur aufgebahrt war, und der kleine Bub, den sie dann Peter tauften und der nun schon ein großer Bub war, der nun längst nicht mehr bei ihr in der Kammer schlief, sondern eine für sich allein hatte.

Leise ging der Wind durch die Nacht. Einmal war das Knattern eines Mofas in der Ferne zu hören und eine grölende Männerstimme.

Am anderen Tag war Regina so weit, dass sie sich vornahm, mit Peter zu sprechen. Ihre letzte Hoffnung war, dass vielleicht der Bub es ablehnen würde, sich von ihr zu trennen. Zwar hatte sie schon seit dem Sonntag begonnen, ihn zu beobachten, wenn er so still abseits stand und mit weiten Augen auf das Moor blickte oder zu den Bergen hinauf, als suche er dahinter etwas, das ganz anders war als das stille, geruhsame Leben auf dem Hof an der Seite der Mamm, die ihm am liebsten jeden Stein aus dem Weg geräumt hätte, damit er nicht stolpere.

Als Peter von der Schule heimkam, stand Regina auf dem Hof. Sie wartete, bis er seinen Schulranzen auf die Hausbank gelegt hatte, dann nahm sie ihn an der Hand. Sie gingen und gingen und saßen dann auf der anderen Seite des Moores in der warmen herbstlichen Sonne. Altweibersommer segelte duch die Luft und hängte sich an die Zweige der Birken. Fern lag das Dorf, und in dieser stillen Stunde war es, als säßen sie beide verzaubert am Rand dieser Welt.

Noch nie hatte Regina so tiefe und beschwörende Worte gefunden wie zu dieser abendlichen Stunde, in der man ein paar Kartoffelfeuer aufflammen sah. Sie sprach von der Unersetzbarkeit der Bauern, sie ließ den Hof erstehen, wie sie ihn nur manchmal in ihren Träumen sah.

»Du wirst ein größerer Bauer sein als der Schranner in Spielberg.«

Ja, alle ihre heimlichen Träume ließ sie lebendig

werden, sie malte Bilder von bezwingender Schönheit, stieß sogar weit in die Zukunft vor, sprach von Nachkommen, von einer Familie, die er gründen solle, damit die Frucht der Arbeit von Generation zu Generation übergeben werden könne.

Der aber, der als erstes Glied dieser Kette von Nachkommen gedacht war, blieb still, als lausche er etwas ganz anderem nach. Bis Regina auf einmal spürte, dass ihre Worte in einen leeren Raum fielen. Ihr Gesicht verschloss sich steinhart. Aber sie legte den Arm um die Schultern des Buben und stieß in bebender Angst die Frage aus ihrem Mund: »Oder willst du lieber studieren, Peter?«

Aufschluchzend presste er das Gesicht an ihren Hals, weinte bitterlich. Und da wusste Regina, dass sie das Opfer bringen musste. Sie strich ihm übers Haar. »Ist ja schon gut, Peter«, lächelte sie, aber ihr Herz weinte leise.

Wenn Regina gemeint hatte, man müsse an der Gerechtigkeit zweifeln, wenn Julia nicht büßen müsse, so war für Julia die Zeit des Büßens bereits ein halbes Jahr nach ihrer Hochzeit angebrochen.

Am Anfang hatte es den Anschein gehabt, als gäbe sich der Tobi Mühe, ein richtiger Bauer zu werden, der zu schätzen wusste, was ihm in den Schoß gefallen war. Aber dann kam das Ungestüme seines Wesens wieder zum Druchbruch. Gleich im ersten Winter schlug er mehr Holz, als der Schranner in zehn Jahren geschlagen hatte. Damit bekam er mehr Geld in die Hand, als er je gehabt hatte. Und er war nicht der Mensch, es zu halten, er ließ es durch die Finger fließen und durch die Kehle. Die ehrbaren Bauern wandten sich von ihm ab, aber es gab andere genug, die ihm schöntaten und um ihn herumssaßen, wenn er schrie: »Was auf den Tisch kommt, geht auf meine Rechnung!«

Und das war nicht nur in Schraut. Die Wirtshäuser in der ganzen Umgebung kannten den freigiebigen Schranner von Spielberg.

Das konnte nicht gut gehen, und es gab wilde Auseinandersetzungen auf dem Schrannerhof. Aber nach dem ersten Kind wurde Julia stiller, wenn auch der Hass in ihr weiterglühte. Trotz dieses Hasses aber bekam sie noch zwei weitere Kinder, die zügellos heranwuchsen und wenig Liebe zu spüren bekamen. Die Dienstboten wechselten immer häufiger, manchmal hatten sie niemanden, und einmal schneite es das gemähte Gras ein, so weit waren sie mit der Arbeit zurückgeblieben.

Wollte jemand in der Gegend ein schlechtes Beispiel zeigen, so wies sein Finger nach Spielberg hinauf, wo auf dem Schrannerhof der Verputz von der Wand fiel, wo kaum mehr Blumen an den Fenstern blühten.

An einem Sonntag, als der Tobi so gegen nachmittags zwei Uhr seinen Rausch vom Samstag ausgeschlafen hatte, kam er brummend aus der Schlafkammer, die Haare zu Berge gestellt, das sonst so schmucke Bärtchen zerzaust über den Lippen hängend, und fuhr die Julia grob an:

»Warum hast mich nicht geweckt? Du bist schuld, dass ich heut nicht einmal in die Zehnuhrmesse gekommen bin!«

Julia schaute von ihrer Näharbeit auf und maß ihn mit gehässigem Blick.

»Zum Frühschoppen meinst du! Dir schaut ja der Rausch von gestern noch aus den Augen!«

»Wenn nur dir nichts rausschaut! Koch mir einen starken Kaffee jetzt, aber schnell!«

Von Julias blühender Schönheit war nicht viel übrig geblieben. Nur noch Spuren waren sichtbar. Die Haut war gelblich, unter den Augen hatte sie dunkle Ringe, und der Mund war welk und böse.

»Wenn du dich nur grad einmal derrennen tätst!«, sagte sie mit einem Seufzer, an dem man erkennen konnte, dass sie dies sehnlichst wünschte.

»Das tät dir passen, gell?«

»Ja, das wär mir recht«, gestand sie ohne Umschweife.

»Und so was will meine Frau sein!«, gähnte er.

Dann rasierte er sich und stand zehn Minuten später wieder baumstark da, das Bärtchen aufgezwirbelt, das volle Haar ordentlich gescheitelt. Er trank seinen Kaffee und tat so, als hätte er ein schlechtes Gewissen.

»Gestern hätt es mich bald erwischt. Teufl, Teufl! Der Stieflwirt von Bruck hat einen Wein!«

»Wenn du dich bloß einmal zu Tode saufen tätst«, gab Julia zurück.

»Ich bin nicht so blöd wie dein Vater, dass ich mir Schnaps aufdrängen lass. Wer weiß, vielleicht würde er heut noch leben, wenn du ihm nicht so viel Schnaps gegeben hättest.«

Vorwürfe solcher Art schluckte sie schweigend. Das heftige Aufbegehren hatte sie sich längst abgewöhnt, es war etwas in ihr erloschen. Wenn sie sich überhaupt noch gegen ihn auflehnte, war es nur mehr ein Nörgeln, und das ertrug er noch schlechter als einen wilden Ausbruch. Zum Nörgeln aber hatte sie immer Anlass, besonders wenn sie ihn zufällig einmal so allein für sich hatte wie an diesem Sonntagnachmittag.

Heute hielt sie ihm alles vor, was sich in ihr aufgestaut hatte. Er nahm ihr das Eiergeld, wo er es fand. Sie konnte es gar nicht so gut verstecken. Früher hatten sie immer über dreißig Kühe gehabt, jetzt nicht einmal mehr zwanzig, denn rücksichtslos verkaufte der neue Schrannerbauer Kuh um Kuh, wenn er Geld brauchte. Sie hielt ihm vor Augen, dass, wenn er so weiterwirtschafte, es ihnen einmal so wie dem Potzinger gehen werde und dass sie dann mit leeren Händen abziehen müssten.

»Übertreib nur wieder recht«, antwortete er und zündete sich ein Zigarre an.

Sie hielt ihm vor, dass die Kinder in der Schule nicht lernten, dass die Lena im Rechtschreiben einen Vierer heimgebracht und der Martin sitzen geblieben sei. Was mit dem Kleinsten, dem Klaus, sein würde, wenn er im nächsten Jahr zur Schule müsste, das sei noch nicht abzusehen.

»Ja, du müsstest halt als Mutter besser dahinter sein«, sagte der Tobi.

»Was soll ich denn noch alles tun?« Das kam weinerlich und verzagt. »Es hängt ja sowieso alles von mir ab!«

»Ich sag ja immer, es ist nimmer viel zu machen mit der Bauernarbeit. Wenn ich die Sommerfrischler anschau, was die für ein schönes Leben führen! Drei, vier Wochen haben die Urlaub!«

»Und unsereins hat nicht einen einzigen Tag frei. Nichts als Arbeit von früh bis spät, und du säufst in der Weltgeschichte herum.«

»Ich sag ja immer, du sollst noch jemanden einstellen«, trumpfte er auf. »Aber wenn ich was sag, das ist ja nichts!«

»Red doch nicht so dumm daher! Wer mag denn schon zu uns? Dienstboten bekommt man heutzutag nicht mehr so leicht! Und außerdem, mit einer Alten ist mir nicht geholfen, und eine Junge ist vor dir nicht sicher.«

Verblüfft schaute er sie an. Das hatte sie noch nie gesagt.

»Mach mich doch nicht schlechter als ich bin.«

»Ist es vielleicht nicht wahr? Wie bist du denn der Steffi vor zwei Jahren nachgerannt! War eine gute Magd. Aber wegtun hab ich sie müssen, weil ich keine andere Wahl gehabt habe.«

»Lieber hättest wahrscheinlich mich zum Teufel gejagt, was?«

»Da hast du Recht! Einen Schlechteren als dich hätte ich nicht erwischen können.«

»Und bist einmal ganz narrisch gewesen mit mir.« Das war offener Hohn. Er sah, wie brennende Röte über ihre fahle Haut huschte, und wie die Adern an ihrem Hals schwollen. Und dann brach es doch wieder einmal urgewaltig aus ihr heraus.

»Warum fährst du denn so oft nach Bruck? Weil die Steffi dort beim Stieflwirt jetzt Kellnerin ist! Dort verjuxt du Hunderte, und ich weiß nicht, wie ich am nächsten Ersten den Strom zahlen soll!«

Betroffen schaute er sie an und schluckte ein paar Mal. Dann griff er nach Jacke und Hut.

»Mit deiner Nörgelei treibst du einen ja aus dem Haus!«

Draußen war er, stieg in den Wagen und fuhr davon. Es war ihm gerade recht, dass sie den Streit angefangen hatte. Aber auch sonst – nein, es ließ ihn nicht mehr los. Er war ein Mensch, der nie hätte zu Geld kommen dürfen. Das süße Leben hatte ihn erfasst und hielt ihn mit eisernen Klammern fest. Die Zeit trug auch das ihre bei, man lebte nicht mehr so sparsam wie früher. Die Bauern profitierten vom wachsenden Fremdenverkehr, der sich bis ins letzte Gebirgstal hinein ergoss. Sie bauten um, sie bauten aus und vermieteten Zimmer. Beim

Hierl zum Beispiel hatten sie die vier modern ausgestatteten Doppelzimmer schon wieder für den ganzen Sommer belegt.

Als es dem Tobi endlich einfiel, in dieser Hinsicht auch etwas zu unternehmen, war es bereits zu spät. Woher das Geld für den notwendigen Umbau nehmen, wenn die Raiffeisenkasse nicht einmal mehr für tausend Mark gutstehen wollte?

So wurstelten sie eben weiter, brachten mit Ach und Krach die Ernte ein, machten ein Loch auf und das andere zu. Es lag kein Glück in allem, was sie taten oder beginnen wollten. Es lag wie ein Fluch auf ihnen. Sie lebten in Feindschaft mit dem Hierlhof, auf den der älteste Sohn Anton eine junge, tüchtige Bäuerin gebracht hatte, und verstrickten sich immer mehr in Schulden. Dessen ungeachtet lebte der Langreiner sein zügelloses Leben weiter, verkaufte Kälber und Schweine und vertrank das Geld. Die Herbstwinde kamen, das alte Jahr verging, das neue stieg auf. Aber es würde im neuen Jahr nicht anders sein als all die Jahre vorher. Der Schrannerhof war ins Dunkel abgeglitten und blieb darin stecken.

Und weiter zogen die Jahre über das Bergdorf Schraut. Frühling und Herbst, Sommer und Winter, Regen und Sonne, Sturm und Schnee. Aber das Bergdorf wurde nicht alt, es schien sich von Jahr zu Jahr zu erneuern. Häuser wurden gebaut, keine Bauernhöfe zwar, sondern Privathäuser, Pensionen mit Fremdenzimmern. Die Rosenbrauerei war kein einfaches Gasthaus mehr, sondern ein Hotel mit fünfzig Fremdenzimmern, eine kleine Textilfabrik hatte sich angesiedelt.

Nur der Sepp war alt geworden. Der getreue Sepp, der Regina einmal den Weg hierher geebnet hatte. Damals hatten wohl beide nicht geahnt, welchen Aufschwung es hier einmal nehmen könnte. Das alte Häusl war längst abgerissen, der Stall ebenfalls neu gebaut und voll bis auf den letzten Platz mit prächtigem Fleckvieh. Es hatte sich alles bestens entwickelt. Nebenbei vermietete Regina noch drei Doppelzimmer an Sommergäste, die auch im letzten Winter wiederkamen, seit auf den Schlöhboden ein Lift hinaufführte, von wo man eine herrliche Skiabfahrt ins Tal hatte. Sie hatten drei landwirtschaftliche Angestellte und im Sommer kam der Hierl Michael mit dem Mähdrescher, um auszuhelfen und die Ernte schnell unter Dach zu bringen. Korrekt bezahlte Regina ihn für diese Hilfe, obwohl sie hätte merken müssen, dass er auch aus einem anderen Grund half.

Peter war weit fort und kam nur in den Ferien heim. Peter, der sich längst entschieden hatte, Medizin zu studieren, um als Arzt in fernen Ländern den Armen zu helfen. Es war vielleicht doch etwas vom Abenteurerblut seines Vaters in ihm.

So war Regina in ihre besten Jahre gekommen. Eine schöne Frau in der Mittagsblüte, voll Unternehmungsgeist und voller Schwung, geachtet und bewundert von jedermann, die sich nun wieder freute auf Ende Juli, wenn Peter in die Ferien kam, schon fast die letzten, bevor er in die Welt hinauszog.

Täglich, wenn sie das Blatt vom Kalender riss, tat ihr Herz einen kleinen Sprung der Freude. Acht Tage noch, dann kam Peter! Dann waren es nur mehr drei – zwei Tage, und dann stand sie auf dem Hof zwischen den grün gestrichenen Kästen mit den üppigen Blumen und schaute zum Dorf hinüber. Sie sah den Omnibus von der anderen Seite auf das Dorf zurollen und wenig später die schmale, schlanke Gestalt auf dem Wiesenweg daherkommen.

Da fing sie auch schon zu laufen an, in seine ausgebreiteten Arme hinein, lachend und weinend zugleich in ungestümer Freude.

»Dass du nur wieder da bist, Peter! Wie lang hast du denn Ferien, Bub?«

»Wie immer, Mamm. Sechs Wochen.«

Sie hängte sich an seinen Arm, hielt mit ihm gleichen Schritt und blieb immer wieder stehen um ihn voller Stolz zu betrachten.

Peter war ein groß aufgeschossener, auffallend hübscher Bursche geworden, ruhig und still immer noch, aber von einer flammenden Begeisterung für den erwählten Beruf. In den Ferien aber wollte er davon nicht allzu viel wissen. Kaum hatte Regina ihn in sein Stübchen geführt, zog er sich um und wollte nichts weiter tun als den Sommer genießen, dessen Sonne sein blasses Gesicht wieder bräunen sollte. Und als er herunterkam in kurzer Hose und einem weißen Hemd, hatte Regina den Kaffeetisch bereits gedeckt.

Und wieder, wie vorher draußen schon, fasste er sie an den Schultern und betrachtete sie mit Staunen.

»Du wirst von Jahr zu Jahr schöner, Mamm.«

»Was du alles siehst!«, scherzte sie.

»Warum denn nicht? Glaubst du, mir hätte das viele Lernen den Blick dafür vernebelt? Außerdem ist es die Wahrheit, Mamm, und selbst wenn es nicht so wäre, für mich bist du immer die Schönste und die Beste.«

»Dank dir, Bub! Ich freu mich unbändig, dass du wieder da bist.«

»Mir geht es nicht anders, Mamm. Wo steckt denn der Sepp, und wie geht es ihm?«

»Immer noch zäh und hinter aller Arbeit her, obwohl ich ihm immer sag, er soll seinen Abend genießen. Aber jetzt komm und greif zu! Du wirst Hunger haben.«

Peter erlebte wieder die Schönheit seines Zuhauses mit allen Sinnen. Den Tau in der Frühe, die Glut der Mittagshitze, die dämmernden Schatten am Abend.

Die Wochen gingen schneller dahin, als es Regina lieb war. Die Ernte war eingebracht. Sommergäste gingen, neue kamen, manchmal kam auch der Landarzt auf Besuch. Er war noch jung und konnte mit Peter herrlich fachsimpeln. Regina war fast ein wenig eifersüchtig auf diese Besuche, denn sie meinte, dass man ihr etwas wegnähme von Peters seltener Anwesenheit. Sie selber hatte doch auch noch so viel auf dem Herzen, das sie noch anbringen musste.

Eines Abends dann, drei Tage bevor Peter abreisen musste, nahm sie ihn bei der Hand und sagte:

»Komm, Peter, wir gehen noch ein bisschen ins Moor hinaus. Ich hab dir noch allerlei zu sagen und – auch zu fragen.«

Sie saßen dann hinter einem Torfstadel, den Rücken an die Bretterwand gelehnt, die Hände um die aufgezogenen Knie verschlungen. Es war die schöne Zeit der Abenddämmerung, in der sanftes Zwielicht sich über alles legte.

Vielleicht wollten sie dieses Gespräch gar nicht, aber auf Spielberg funkelten die Fenster noch im Feuer der niedergehenden Sonne, während hier schon alles Dämmerung war. Sie hatten es die ganze Zeit vermieden, von Spielberg zu sprechen, obwohl das zügellose Leben des jetzigen Schrannerbauern in aller Leute Mund war. Vielleicht war es auch die grölende Stimme, die aus dem Dorf übers Moor herkam, die Regina jetzt sagen ließ: »Der säuft sich noch zu Tode.«

Peter wusste sofort, wen sie meinte, und antwortete: »Nur die Unglücklichen trinken.«

»Aber vielleicht hat er sich dem Suff ergeben, um zu

vergessen, dass er einmal einen Menschen hat umbringen wollen.«

»Das hat ihm niemand beweisen können.«

»Nein, aber es treibt ihn um, ohne Rast und Ruh.«

»Müssen wir von ihm sprechen, Mamm? Ich dachte, du wolltest mich etwas fragen.«

»Ja, Peter. Ich hab eine Bitte – wirst du sie mir erfüllen?«

»Natürlich, Mamm, soweit es in meiner Macht steht, gern.«

»Ich möchte, dass du deine Promotion in Schraut feierst.«

»Das lässt sich machen. Warum legst du so großen Wert darauf?«

»Weil ich stolz sein möchte, ganz riesig stolz auf dich.«

Er lächelte, legte seine Hand auf ihr Haar.

»Ich verstehe dich ganz gut, Mamm. Hast du sonst noch was auf dem Herzen?«

»Ja, Peter. Und das zu sagen, fällt mir schon schwerer, aber ich möchte gerne deinen Rat.«

»Du weißt doch, dass du mir alles sagen kannst.«

»Ja, sagen schon, aber ob du es begreifen wirst? Vielleicht hast du es selber schon gemerkt. Der Hierl Michael – er kommt doch in letzter Zeit so oft. Das ist keineswegs Zufall.«

Seine Hand streichelte über ihr Haar, dann über ihre Wange.

»Ich weiß, er sieht dich gern.«

Betroffen blickte Regina auf. »Hat er dir das gesagt?«

»Und wenn er mit mir darüber geredet hätte? Müsste ich es nicht als Vertrauensbeweis auffassen? Und warum solltest du denn nicht heiraten, Mamm?«

»Ich bin keine zwanzig mehr, Peter, und –«

»Dein Alter – was ist das schon!«, unterbrach Peter sie.

»Aber ich weiß nicht, ob das, was ich für ihn empfinde, Liebe ist.«

»Gegenseitiges Verstehen ist manchmal mehr wert als himmelhoch jauchzende Liebe. Und mögen tust du ihn, meinst du, dass ich das nicht schon gemerkt hätte?«

»Eine gute Menschenkenntnis hast du jedenfalls«, lachte sie.

»Die werde ich auch brauchen. Und schau, Mamm, du hast so viel entbehrt, so viele Opfer gebracht. Du hast doch endlich ein Recht, auch an dich zu denken. An dich und an den Hof, der erst durch deinen Fleiß und deine Mühe das geworden ist, was er heute darstellt. Wenn ich daran denke, wie klein und arm wir hier begonnen haben! Ich denke, dass doch manchmal der Wunsch in dir ist, nicht alles allein auf deinen Schultern zu tragen, bis du alt und müd geworden bist und es zu spät ist, dein Leben mit einem Mann zu verbinden, der alle Sorgen, aber auch alle Freuden mit dir teilt. Wenn ich auch noch jung bin, aber Menschenkenntnis habe ich wirklich. Der Hierl Michael ist ehrlich und anständig, ein Mann mit vernünftigen Ansichten. Und wenn dein erster Bub in der Wiege schreit, dann wirst du ihm die alten Märchen erzählen, so wie du sie mir erzählt hast.«

Regina stützte das Gesicht in die Hände und saß ganz still, in tiefe Gedanken versunken. Dann hob sie den Kopf.

»Weißt du, Bub – das hab ich eigentlich von dir hören wollen. Mir ist aber immer gewesen, als könntest du nicht verstehen, dass ich in meinem Alter noch –«

»Aber geh! Was redest du denn von Alter! Gerade darum steht dir doch endlich zu, was anderen Frauen auch zusteht. Als Lohn für alle Entbehrungen und für deine unermüdliche Liebe zu mir. Ich weiß schon, Mamm, dass ich dir zwei Träume zerstört habe. Ich wollte nicht Bauer werden. Dann hast du dich damit abgefunden und dir eine andere Welt aufgebaut. Du sahst mich schon hier in der Gegend als Landarzt mit einer riesigen Praxis, Frau und Kindern. Aber nun werde ich keine eigene Praxis hier in der Nähe haben, sondern ich will in Entwicklungsländer gehen. Und nun hast du mich gefragt, was du tun sollst, wolltest meinen Rat haben, und ich kann dir nur sagen, nimm den Michael, du kennst ihn schon seit frühester Kindheit, er wird dich nicht enttäuschen. Du wirst Kinder haben, und die brauchen dein fröhliches Herz und deine Liebe und Fürsorge, so wie ich sie gebraucht habe.«

»Jetzt müsste ich eigentlich Amen sagen, wie nach einer Predigt«, lachte sie. »Wenn ich dich nicht genau kenne würde, Peter, müsste ich glauben, du möchtest dir einen Kuppelpelz verdienen!«

Die Nacht war inzwischen gekommen. Ein fahles Licht lag über dem Moor. Fern, vom Wirtsgarten her, hing eine plärrende Stimme im nächtlichen Wind: »In einem Polenstädtchen, da lebte einst ein Mädchen ...«

Regina wusste, wer da wieder einmal im Rausch sang. Abe sie schwieg darüber, ihr Arm hängte sich fester in den Peters.

Durch diese sternschöne Nacht wanderten sie heim, wieder Arm in Arm, wie sie vor Stunden ins Moor gegangen waren.

Als sie auf das Haus zukamen, saß auf der Hausbank der Michael Hierl, als gehörte er dort bereits hin.

Die Hoflampe über ihm warf ihren Schein in sein braunes, schmales Gesicht, das sich in den Jahren nur wenig verändert hatte. Unwillkürlich musste Regina daran denken, dass er so auch einmal auf dem Schrannerhof auf der Hausbank gesessen hatte neben der Julia. Er hatte es ihr ehrlich erzählt, um dann genauso ehrlich zu bekennen, wie froh er sei, dort nicht zum Zug gekommen zu sein.

»Hast geredet mit ihr?«, flüsterte Michael, als Regina ins Haus gegangen war, um sich einen Schal zu holen.

»Ich glaube, dass alles in Ordnung geht«, versicherte Peter. Da kam auch Regina wieder heraus, setzte sich neben den Michael auf die Hausbank und verschränkte die Arme über der Brust.

»Dann wünsch ich halt recht gute Nacht«, sagte Peter, nickte den beiden zu und verschwand. Man hörte seinen Schritt über die Stiege hinaufgehen, eine Tür fiel ins Schloss.

Die Sterne standen in einem hohen, klaren Himmel und funkelten dem Halbmond entgegen, der langsam über die Berge heraufgestiegen kam.

»Bist schon lang da?«, brach Regina die Stille.

»So um acht Uhr rum bin ich gekommen. Der Sepp hat mir gesagt, dass du grad mit dem Peter weggegangen wärst.«

»Ja, wir sind im Moor gewesen.«

»Was habt ihr denn alles geredet?«

»Oh viel. Über mich, über dich – über die Zukunft. Der Peter hat viel Verstand, und man kann sich schon an das halten, was er sagt.«

»Das wär ja noch schöner! Einem zukünftigen Arzt muss man glauben.«

»Ja, ich müsst ihm auch glauben, selbst wenn ich

nicht vorher schon gewusst hätte, dass du es ehrlich meinst, Michael. Und wenn es dir recht ist, wir könnten im Herbst heiraten. Bloß bitt ich mir aus, in aller Stille!«

Zuerst brachte er kein Wort heraus, bedächtig klopfte er die Pfeife auf dem Pflaster aus, schob sie in die Jackentasche, und dann erst legte er seinen Arm um Reginas Schultern.

»Hast mich lange darauf warten lassen! Aber jetzt hast es gesagt, Regina, und du wirst es nie bereuen müssen.«

Sie beugte den Kopf zur Seite und sah in sein Gesicht.

»Ich hoffe es, Michael. Du darfst dir bloß nicht zu viel erhoffen – ich bin keine zwanzig mehr.«

»Ich auch nimmer, Regina.«

»Ja, ich weiß, um zwei Jahr bist du älter als ich. Eins kann ich dir versprechen, Michael, ich werd dir treu sein und immer zu dir stehen, was die Zeit auch bringen mag. Erwarte jetzt nicht, dass ich einen großen Schwur ablege, wie gern ich dich hab und dass ich sterben möchte für dich und was man halt so sagt, wenn man noch jung und dumm ist. Da drüber sind wir alle zwei naus.«

»Na ja«, meinte er. »So ist's ja auch grad nicht, dass du mir jetzt keinen Kuss geben dürftest!«

Da lachte sie, umarmte und küsste ihn, setzte einmal aus, als horche sie in sich hinein, und küsste ihn wieder. Diesmal stürmischer und drängender.

Und der Mond sah neugierig zu. Er war jetzt hochgeklettert an der dunkelblauen Himmelswand, stand mitten unter den Sternen wie ein goldenes Segelschiff, von einem leisen Wind getrieben, der in den Blumen flüsterte und ihren Duft erweckte.

So still und glücklich war der Michael wie nach einer schweren, überwundenen Krankheit. Ihr Kopf ruhte an seiner Brust, und seine Hand lag auf ihrem Haar, in das Tau gefallen war. Sie hörte ihm zu, als er erzählte, wie er den Hof noch wirtschaftlicher gestalten wolle, denn schließlich kam er ja nicht mit leeren Händen. Selber hatte er sich einiges gespart, und einen schönen Batzen Geld bekam er von daheim mit.

Sie sah im Geiste schon den blank schimmernden Mähdrescher durch das Roggenfeld schaukeln, lag ganz still an seiner Brust, mit halb geöffneten Lippen, und der Widerschein dessen, was er ihr alles zu sagen hatte, ging wie ein heller Schein über ihr Gesicht.

Als er geendet hatte, atmete sie einmal ganz tief und sah lange in seine Augen.

»Es hört sich an wie ein Märchen«, sagte sie. »So schön und so traurig und so zukunftsfroh. Und doch weiß ich, dass es kein Märchen sein wird, dass es in unserem Alter überhaupt keine Märchen mehr gibt, weil die Wirklichkeit ganz anders ist.«

Im Frühherbst hielten sie dann Hochzeit. Ganz still, bei einer Sechs-Uhr-Messe. Der alte Hierl und Sepp waren die Trauzeugen. Danach gingen sie auf dem schmalen Wiesenweg zum Moorrainerhof zurück. Die Sonne war inzwischen hochgekommen und brachte den Tau auf den Wiesen zum Dampfen, dass es aussah, als zöge Bodennebel langsam zur Höhe hinaus.

Einige Sommer später war es dann so weit.

An die hundert Gäste saßen an der weiß gedeckten Tafel im großen Festsaal beim »Rosenbräu« um die Promotion des Peter zu feiern und ihn gleichzeitig zu verabschieden, denn er sollte schon bald nach Südamerika in ein Krisengebiet aufbrechen.

Gegen halb drei Uhr kam plötzlich Unruhe in die frohe Stimmung, als, den Hut weit aus der Stirn geschoben, die Hände in den Hosentaschen, der Langreiner Tobias auf nicht mehr ganz sicheren Beinen unter der Saaltür stand.

Unwillkürlich fasste Regina an Peter vorbei nach der Hand ihres Mannes.

»Michael, schau! Der hat nichts Gutes im Sinn!«

Der Michael runzelte nur die Brauen und meinte dann:

»Der wird gleich rausgeworfen sein.«

»Aber warum denn?«, fragte Peter und schaute zum Tobi hin, um dann festzustellen: »Der ist aber stark gealtert.« Dann beugte er sich zu seinen Kollegen, die ihm gegenüber saßen. »Wie meinten Sie, Herr Dr. Ebel? Zuerst mit dem Zug nach Genua und von dort dann mit der ›Reina Isabella‹ weiter?«

»Warum nicht fliegen?«, fragte der Oberarzt Dr. Degener.

»Für mich wäre weder das eine noch das andere was«, meinte Dr. Ebel. »Wasser und Luft haben keine Balken. Aber in Ihrem Fall dann doch noch lieber mit dem Schiff. Sie müssen ja die ganzen neuen Geräte für das Buschkrankenhaus transportieren.«

Mittlerweile war der Tobi breitgrätschig durch den Saal gegangen, zog großspurig einen Fünfzigmarkschein aus der Tasche und forderte: »Das ›Polenmädchen‹ möchte ich hören!«

»Sei doch gescheit, Langreiner!«, versuchte der Klarinettist Vogl den Angetrunkenen zu beschwichtigen.

»Das ›Polenmädchen‹ hab ich gesagt!«, plärrte der Langreiner. »Wo gibt's denn das, dass man nicht aufgespielt kriegt, was man will! Kreuzteufel, wer seid denn ihr, dass ihr nicht spielt, was der Schranner vom Spielberg anschafft!«

Ganz still war es geworden. Der Fentner Max, ein

Riese von Mann, zog seine Jacke aus und streifte die Hemdsärmel hoch. Der Tobi aber war schon weggegangen vom Musikantenpodium, blinzelte ein wenig und stand dann auf einmal vor Peters Tisch, drehte die Spitzen seines Bärtchens auf und höhnte:

»Da hocken sie ja beieinander, die Herren Doktoren!« Sein Blick traf den Peter. »Und du Magdskind, dir wär auch keine Perle aus der Krone gefallen, wenn du uns Schrannerischen eingeladen hättest zu deiner Feier! Man weiß doch, von wo du stammst, und lang genug hast bei uns an der Schüssel gesessen!«

Regina war brennend rot geworden, sie fasste nach ihrem Weinglas, spürte aber sofort Peters Hand an ihrem Handgelenk.

»Nicht doch, Mamm. Du siehst doch, dass er betrunken ist.«

»Wer ist besoffen, ha?« Der Tobi beugte sich zwischen Dr. Eberl und dem Oberarzt weit in den Tisch herein. »Jetzt will ich euch auch einmal was sagen – «

Weiter kam er nicht, weil Michael ihn mit heftigem Stoß vor die Brust stieß, sodass er weit in den Saal hineintaumelte. Der Fentner Max fing ihn gerade noch auf, warf ihn mit einem Eisengriff über seine Achsel und trug ihn zum Saal hinaus in den Bräuhausgarten hinunter, wo die Menschen ganz dicht an langen Tischen saßen. Dort schleuderte er den Tobi wie einen Mehlsack in die Ecke und drohte ihm:

»Wenn du dich droben noch mal sehen lässt, schlag ich dich windelweich, dass du acht Tag im Bett bleiben musst!«

Fluchend erhob sich der Langreiner, ruderte mit den Armen und schimpfte auf die Großkopferten, die da oben im Saal säßen. Weil ihm aber niemand recht Gehör schenkte, verzog er sich mit einem vollen Maßkrug in den hintersten Winkel und war dann auf einmal verschwunden.

Der Tag neigte sich seinem Ende zu. Die Mediziner hatten sich bereits zurückgezogen, aber im Saal wurde noch lustig weitergefeiert, und auch im Garten war noch Hochbetrieb. Dort brannten Lampions, die Jugend hatte zu tanzen begonnen. Die Musik dazu kam von den weit offen stehenden Saalfenstern herunter.

In der Stunde zwischen Dämmerung und Nacht knarrte das Friedhoftürchen in seinen rostigen Angeln, und der frisch promovierte Peter Feldigl schritt ganz allein den Mittelweg dahin, im Arm weiße Rosen, die es an diesem Tag auf der Festtagstafel gegeben hatte. Bis an die hinterste Friedhofsmauer ging er und stand dann vor einem kleinen Grabhügel mit einem schmiedeeisernen Kreuz, an dem auf einem weißen Täfelchen ganz schlicht und einfach der Name »Martha Feldigl« stand.

Die weißen Rosen bedeckten fast den ganzen Hügel, und Peter stand eine lange Weile davor.

Er hatte sie nie gekannt, die Frau, die da unter dem Hügel schlief. Aber sie war seine Mutter, und es war sicherlich kein Verrat an jener andern Frau, die ihn großgezogen und ihm zu diesem stolzen Tag verholfen hatte, wenn er zum Abschluss nun auch jener Martha Feldigl gedachte, die ihn geboren hatte. Als er sich anschickte, auch noch ans Grab der verstorbenen Schrannerleute zu treten, blendete ihn ein heller Schein hoch droben über dem Wald. Die Sterne standen schon am Himmel, aber sie verblassten unter dem Licht, das immer heller wurde, zuerst gelblich, dann blutig rot mit einem mächtigen, dunklen Pilz darüber. Hoch schlugen die Flammen. Die Musik im Saal war abgebrochen, Menschen drängten sich auf der Straße, alles starrte hinauf zu dem flammenden Fanal, das sich gespenstisch über dem Wald erhob.

Dann ging die Sirene, die Feuerwehr raste durch das Dorf und bergwärts. Die Menschen rannten hinterher, aber jede Hilfe würde zu spät kommen, denn der Schrannerhof zu Spielberg brannte bereits lichterloh. Mit knapper Not hatte Julia die Kühe noch aus dem Stall bringen können. Nun saß sie mit den Kindern abseits bei der Kapelle, verstört und gebrochen und wie von einem leisen Wahn umfangen. Der ältere Bub, der Martin, wollte immer wieder ins Haus stürzen, um noch etwas rauszuholen, aber es war vergebens, die Flammen schlugen schon aus den Fenstern und Türen, und für die nun ankommende Feuerwehr gab es nichts mehr zu retten. Man spritzte halt, weil man doch schon da war, aber zu löschen war nichts mehr.

Ein paar Bauern standen beieinander und besprachen das Unglück. Darunter auch der Hierl. Nur der Schrannerbauer selber war nicht da. Der Tobias Langreiner saß um diese Zeit beim »Stieflwirt« in Bruck und starrte den Burschen, der hereingestürzt kam, mit glasigen Augen an.

»Beim Schranner in Spielberg brennt's!«

Da erst sprang der Tobi auf.

»Was sagst? Nicht einmal eine Halbe Bier kann man in Ruh trinken!«

Er schaute auf die Uhr. Es war gerade zehn Uhr. Einen Augenblick stand der Tobi wie erstarrt da, die Stirn gefurcht, das Gesicht verfallen, als ob die Nachricht ihn tief erschüttert hätte. Endlich schien er ganz zu begreifen, warf Geld auf den Schanktisch.

»Da, Steffi, drei Halbe hab ich und ein Schnitzel! Stimmt schon!«

Bevor er hinausrannte, warf er noch einen Blick in

die Gesichter. Es waren Zeugen genug da, die ihm bestätigen konnten, dass er seit acht Uhr hier war.

Erst draußen, als der Wagen aufheulte und davonfuhr, legte er die Maske ab und begann zu rechnen. Hatte er am Hof auch alles vernachlässigt, bei der Einzahlung der Brandversicherung war er pünktlich gewesen und hatte sie im Vorjahr noch erhöht.

Während er nun durch die Nacht fuhr, überlegte er, was er mit der hohen Versicherungssumme anfangen würde. Natürlich würde Julia den Hof wieder aufbauen wollen. Ihm dagegen schwebte ein kleineres Anwesen vor, von Schraut weit weg, wo ihn niemand kannte und man ein neues Leben beginnen könnte. In Schraut war er zu bekannt, da war er zu einer Null geworden. Niemand hatte mehr Respekt vor ihm.

Wofür sie ihn hielten, das hatten sie ihm am Nachmittag bei der Promotionsfeier bewiesen, als sie ihn aus dem Saal warfen.

Mit hellen Scheinwerfern brummte der Wagen den Berg hinauf, und Tobi stand dann doch ein wenig erschüttert vor den verkohlten Trümmern des so stattlichen Hofes, nach dem er einmal gegiert hatte. Vor den Trümmern und vor der klagenden Frau, die keinem Trost zugänglich war, auch nicht als er in biederer Herzlichkeit meinte, dass man den Hof wieder aufbauen würde, schöner noch als er war. »Denn versichert sind wir gut, da kannst mir nichts nachsagen«, fügte er hinzu.

Julia gab ihm gar keine Antwort. Sie stierte in die Glut und auf das kleine Austragshäusl, vor dem die wenigen geretteten Möbelstücke standen.

Irgendjemand sprach von einem Kurzschluss in der Leitung, und der Tobi griff dieses Wort gleich begierig auf.

»Natürlich, Kurzschluss. Etwas anders kann es ja gar

nicht gewesen sein. Und ausgerechnet da bin ich nicht daheim!«

Jemand lachte in die Finsternis hinein. Es war die Julia, die dann langsam über den Hof ging, auf das Zuhäusl zu, wo der Gendarmeriekommissar Notizen in sein Büchlein machte. Vermutlich Kurzschluss, schrieb er. Es war auch nicht seine Aufgabe, nachzuforschen. Dazu waren die Brandfahnder da, die zu dritt bereits am nächsten Morgen eintrafen.

Während zwei davon mit dem Tobi zur abgebrannten Tenne gingen, saß der dritte, Kriminalrat Spengler, mit Julia in dem Stübchen des Austragshäusls und fragte zum zweiten Mal:

»Sie sind also, als der Brand ausbrach, bei der Stallarbeit gewesen? Um welche Zeit war das?«

»Ich hab es doch schon gesagt. Von halb sechs bis halb acht, bis halt das Feuer ausgebrochen ist.«

Beim Ofen spielte der sechsjährige Klaus mit verrosteten Nägeln, die er aus den verkohlten Balken herausgezogen hatte. Sein Gesicht war voller Ruß. Niemand achtete auf ihn.

»Und wo war Ihr Mann um diese Zeit?«, fragte Spengler.

»In Schraut oder was weiß ich. Er wollte zu einer Promotionsfeier im Ort.«

»Und wann ist er heimgekommen?«

»Da war der Hof bereits abgebrannt.«

»Nein, der Papi war früher schon einmal daheim«, plapperte der Klaus nach Art der Kinder, die immer so tun, als hörten sie den Erwachsenen nicht zu, und doch auf alles aufpassen.

»Geh, was plapperst denn du daher, Klaus!«, tadelte ihn seine Mutter. »Dann hätt ich ihn doch auch sehen müssen.«

»Ja, natürlich«, meinte der Brandfahnder, der blitzschnell geschaltet hatte. »Er war doch mit dem Auto unterwegs, oder?«

»Der Papi ist zu Fuß vom Wald raufkommen, ist am Bach entlanggeschlichen und ist dann in der Tenne verschwunden.«

»Was phantasierst du dir denn da bloß zusammen, Bub!«, schrie die Julia ihn an. Aber durch Schreien waren die Langreinerkinder nicht einzuschüchtern, das waren sie gewohnt. Der Beamte hatte seinen Bleistift weggelegt und zündete sich jetzt eine Zigarette an.

»Komm einmal her, Klaus. Du bist doch ein recht gescheiter Bub, gell? Jetzt sag mir einmal, wo bist denn du gewesen, dass du das alles gesehen hast?«

»Auf den Tannenbaum hinter der Kapelle war ich 'naufgeklettert, weil junge Krähen droben sind.«

Kriminalrat Spengler lächelte. »Als ich so ein kleiner Kerl war, haben wir auch Krähennester beobachtet. – So, so, da ist also dein Vater in die Tenne gegangen? Weiter hast du nichts gesehen?«

Der Klaus schüttelte den Kopf, meinte aber dann, dass sein Vater etwas in der Hand gehabt habe. Ein Steckerl oder so was.

»Stand denn das Tennentor offen?«

»Zuerst nicht, aber der Papi hat es halb offen lassen.«

»War er lange in der Tenne?«

»Gar nicht lang. Dann ist er wieder zum Bach runter und ist im Wald verschwunden.«

Kriminalrat Spengler schob Bleistift und Notizbuch ein.

»Ich glaube, meine Kollegen brauchen da drüben nicht mehr zu fahnden.« Er stand auf und griff nach seinem Hut. »Frau Langreiner, richten Sie für Ihren

Mann das Nötige her. Wir werden ihn vorläufig festnehmen müssen.«

»Einsperren?«

Julia schrie dieses Wort nicht voller Schreck heraus. Es war nur eine Frage, ganz tonlos und apathisch, der sie noch hinzufügte: »Ich verstehe das alles nicht.«

Der Tobi spielte das Unschuldslamm, sagte ebenfalls, dass er sich das nicht vorstellen könne, und: »Höher geht's doch schon nimmer! Aber das wird sich schon rausstellen, ob ihr mich behalten könnt!«

Erst am vierten Tag der Untersuchungshaft hatten sie ihn mit Fragen, Argumenten und Beweisen mürbe gemacht. Er gab zu, dass es so gewesen sei, wie sie sagten.

Um sechs Uhr war er von Schraut weggefahren, hatte den Wagen unterhalb des Hofes im Wald stehen lassen und war in die Tenne geschlichen. Es dürfte wohl gegen sieben Uhr gewesen sein, als er eine Kerze ins Heu gesteckt und den Docht angezündet hatte. Dann war er auf demselben Weg zurückgeschlichen zu seinem Wagen und sei kurz vor acht bereits in der Gaststube beim »Stieflwirt« gesessen.

Ganz genau hatte er alles berechnet gehabt. Die Branddauer der Kerze, bis sie das Heu erreichte, und die Zeitspanne, bis die Feuerwehr zum Eingreifen käme.

Gleichgültig und ohne große Schuldgefühle, gab er alles zu. Wirkliche Erschütterung zeigte er erst, als man ihm sagte, dass er von der Brandversicherung keinen Pfennig zu erwarten habe.

Von diesem Sommer wurde noch lange gesprochen in Schraut und der ganzen Umgebung. Es hatte eine große Promotionsfeier gegeben und eine Brandstiftung. Das gab es selten in dieser Umgebung und es war nun an der Zeit, dass wieder etwas Außerordentliches geschah, über das es sich gelohnt hätte, noch ein halbes Jahr hinterher zu sprechen. Aber man hatte nur etwas über den neuen Besitzer von Spielberg zu erzählen, einen Herrn Tressler, der die Brandruine gekauft und dort ein solides Bauernhaus aufgebaut hatte. Die Gründe, die einst zum Schrannerhof gehört hatten, waren zum großen Teil veräußert worden, und den Acker, der zum Dorf Schraut am nächsten gelegen war, hatte der Moorrainer erworben.

Der neue Besitzer betrieb aber in Spielberg keine Landwirtschaft, und wenn am Wochenende sein Schwiegersohn mit Frau und zwei schon großen Kindern aus der Stadt kam, dann saßen sie zunächst ein paar Stunden über Büchern, Bankauszügen und sonstigen Schriftstücken, bevor sich der Schwiegersohn, Ingenieur Reinhold Brockdorf, auf der Terrasse in einem Liegestuhl wohlig strecken und zum Schlöhboden hinaufsehen durfte, der in seinem Leben eine unvergessliche Rolle gespielt hatte.

Regina erfuhr das alles von ihrem Mann, der es vom Bräustüberl heimbrachte, wenn er Samstagabend dorthin ging, und sie wusste, dass einmal die Stunde kommen würde, in der sie Reinhold begegnen musste. Sie kam zwar nur selten ins Dorf, und da nahm sie stets ihren Buben mit, der inzwischen drei Jahre alt geworden war. Und einmal begab es sich auch, dass sie gerade die Friedhofstreppe hinaufging, als ein schwerer Wagen vorm Rosenbräu hielt, Reinhold Brockdorf ausstieg und mit ihm seine elegante Frau, ein etwa fünfzehnjähriges Mädchen und ein Junge, nur um ein paar Jahre älter. Sie erkannte ihn sofort, obwohl sein Haar an den Schläfen schon grau war und er kaum merklich hinkte.

Sie gingen, ohne sie zu bemerken, in die Kirche. An diesem Sonntag ging Regina nicht an ihren angestammten Platz in der zweiten Bankreihe, sondern blieb hinten bei der Treppe stehen, die zur Empore hinaufführte. Was der Herr Pfarrer an diesem Sonntag auch predigte, Regina bekam kaum etwas mit und war mit ihren Gedanken zwanzig Jahre zurück, und am liebsten hätte sie sich niedergebeugt und ihrem Buben zugeflüstert, dass da vorn der Prinz aus einem Märchen kniete, und dass es einmal so ausgesehen hatte, dass sie an seiner Seite knien würde.

Aber weil seither schon zwanzig Jahre vergangen waren, spürte Regina keinen Aufruhr mehr in sich, alles war still, der Schmerz war versunken, und es lohnte sich nicht, noch mal etwas aus der Versunkenheit heraufzuholen.

Nur begegnen wollte sie ihm nicht. Darum verließ sie mit ihrem Daniel schon vor dem Segen die Kirche und ging mit ihm zurück zum Moorrainerhof, wo der Schornstein rauchte und das frisch gemähte Gras auf den Wiesen duftete. Wo die Sonne über dem Moor stand und die Glocken der Rinder leise läuteten. Hier war sie ganz eingehüllt in den Frieden und in das Glück, das ihr die Jahre mit Michael Hierl geschenkt hatten.

Es kam dann doch die Stunde, in der Reinhold Brockdorf allein von Schraut her zum Moorrainerhof ging. Regina stand vor dem Haus und hatte gerade Wäsche aufgehängt. Wie Segel flatterten die Leintücher im Wind, und von den Wiesen kam das Rattern der Mähmaschine. Michael hatte den Buben bei sich auf dem Traktor, ein paar Leute streuten hinter der Maschine das Gras an, und Sepp saß unweit am Rand des Moores, wie so oft jetzt, wo seine Kräfte nachgelassen hatten.

Regina war also allein zu Hause. Ihr Herz klopfte um keinen Schlag schneller, als sie Reinhold kommen sah. Sie merkte kaum, dass er hinkte, sie sah nur, dass er gealtert war, mehr als sie, obwohl die Jahre auch an ihr nicht spurlos vorübergegangen waren.

Nun blieb er stehen, so, als ob er sie zunächst einmal betrachten müsse, vom blonden Scheitel bis herunter zu den schmalen Fesseln. Dann hob er das Gesicht wieder, und es war, als sähe er an ihr vorbei, und erst nach einer langen Weile sagte er:

»Ich hoffe, es stört dich nicht, dass ich gekommen bin.«

Es war doch eine leise Befangenheit in seiner Stimme. Viel freier erwiderte sie seinen Blick. Sie war es dann auch, die ihm die Hand entgegenstreckte.

»Grüß dich Gott! Hab nicht geglaubt, dich noch einmal zu sehen.«

»Aber du wusstest doch, dass ich fast jedes Wochenende in Spielberg bin.«

»Das weiß ich schon über ein Jahr.«

Nein, es kam nichts Rechtes zustande, bis Reinhold schließlich sagte:

»Ich habe gehört, Regina, dass du recht glücklich geworden bist.«

Ihre Unterlippe schob sich ein wenig vor, die Arme verschränkte sie über der Brust.

»Hast du denn gemeint, ich würde zugrunde gehen, weil du mich hast sitzen lassen?«

Er lächelte. An diesem Lächeln erst erkannte sie ihn wieder ganz.

»Ich weiß nicht, Regina, ob es sich nach so langer Zeit noch lohnt zu fragen, wer wen hat sitzen lassen. Ich jedenfalls habe dir fünfmal vom Krankenhaus aus geschrieben, habe aber nie eine Antwort erhalten.«

»Ich habe nie eine Zeile von dir erhalten.«

»Es ist aber so, Regina, ich habe dir geschrieben. Dann muss irgendjemand dir die Briefe unterschlagen haben.«

Mit gefurchter Stirn stand sie da. Der Wind spielte mit ihrem Haar. Dann warf sie den Kopf zurück und lachte.

»Ach, Reinhold, wollen wir das nicht begraben sein lassen? Nützt es mir was oder dir, wenn wir zwei nun nachrechnen, wer irgendeine Schuld hat? Gut, ich glaube dir, du hast mir geschrieben, und die Briefe hat wohl die Julia unterschlagen. In unserm Lebensbuch ist halt alles anders gestanden und wir haben damals nur das herausgelesen, was wir gerne lesen wollten. Wir waren doch so jung, ich wenigstens. Reden wir nicht mehr davon. Nur eins noch, weil du vorhin gesagt hast, du hättest gehört, dass ich glücklich geworden sei. Ja, ich bin es geworden, wenn auch ein bissel spät. Und du?«

»Ich auch, Regina. Und du hast es wirklich verdient, du bist immer noch so wunderbar wie früher.«

»Komm mit, Reinhold. Die Sonne steigt, und Mittags muss das Essen auf dem Tisch stehen. Wir können auch in der Küche weiterreden.«

Sie hatten sich nun doch eine ganze Menge zu fragen und zu sagen. Einmal schaute Sepp zur Tür herein. Er lächelte nur, als Regina ihn fragte, ob er den Herrn noch kenne.

»Schlöhboden«, sagte Sepp. Dann schaute er den Ingenieur listig an. »Weißt immer noch nicht, wer damals auf dich geschossen hat? Damals hat er ein Alibi hergebracht, aber bei der Brandstiftung hat er weniger Glück gehabt. Fünf Jahr wegen der Zündlerei.«

»Das andere wäre jetzt auch bereits verjährt«, sagte Reinhold.

»Ja, nach dem Gesetz vielleicht. Aber bei Gott verjährt nichts!« Sepp schlich wieder hinaus.

Sie sprachen dann weiter. Reinhold wusste viel mehr von ihr, als Regina erwartet hatte. Er wusste von ihrem Leben, von ihrer Tüchtigkeit, von ihrem Fleiß. Wusste von ihrer dunklen, schweren Zeit. Und wenn er sie so betrachtete, dann fand er, dass sie sich eigentlich kaum verändert hatte. Etwas fülliger war sie geworden, aber in ihren Augen war immer noch der stille Glanz, wie er ihn gekannt und in seiner Erinnerung behalten hatte. Als die Sprache dann auf Peter kam, wie da ihre Augen leuchteten, und mit welcher Freude sie die Bilder vor ihm ausbreitete, die er aus Südamerika geschickt hatte! Ihr Herz quoll über vor Stolz und Glück. Sie sagte, dass Peter im nächsten Jahr auf Urlaub komme und dann müsse er mit seiner ganzen Familie kommen, um einen Abend miteinander zu feiern.

Als sie sich gegen Mittag verabschiedeten, war es, als gingen zwei gute Freunde auseinander, die alles zwischen sich bereinigt hatten, so dass kein Stäubchen Groll mehr in ihnen war.

Ja, fünf Jahre Zuchthaus hatte Tobias Langreiner bekommen, weil ihm diesmal niemand zu einem Alibi hatte verhelfen können.

Viel Zeit also, um nachzudenken, was er zerstört hatte; ein altes Bauernanwesen, das Leben einer Frau und der Kinder, sein eigenes Leben – sofern es ihm bei den täglichen Rundgängen hinter den grauen Mauern in Straubing überhaupt bewusst wurde, was er alles zerbrochen hatte. Das war mehr, als er in fünf Jahren abbüßen konnte. Vor allem aber konnte er an nichts mehr anknüpfen, weil ihm nichts mehr geblieben war. Wahrscheinlich war er schon gänzlich abgeschrieben, denn nicht einmal ein Bild von ihm gab es in der kahlen Mansardenwohnung in der Kreisstadt, in der Julia seit ihrem Auszug aus Spielberg wohnte. Als alle Schulden getilgt waren, blieben ihr nur ein paar tausend Mark, ein schäbiger Rest des gediegenen Reichtums von einst.

Julia war jetzt Mitte vierzig und sah aus wie sechzig. Eine alte Frau, mit Schnee im Haar und ohne jede Spur von ihrer einstigen Schönheit.

Jetzt musste sie ihren Lebensunterhalt mit Waschen und Putzen in fremden Haushalten verdienen. Nur der Klaus war noch bei ihr, weil er noch schulpflichtig war. Der Martin, der den Hof auf Spielberg einmal hätte erben sollen, arbeitete im Niederbayerischen, und die Lena, die sich jetzt Magda nannte, war nach München gezogen.

Sie war inzwischen eine Schönheit von achtzehn Jahren geworden und schien die Einzige zu sein, die dem verlorenen Hof nicht nachtrauerte. Sie sagte, wenn sie einmal in die Mansarde zu Besuch kam, dass sie frühzeitig gelernt habe, wie man nicht leben solle. Dann sah Julia ihre Tochter ein bisschen verstört an, weil sie spürte, dass die Tochter damit meinte, die Mutter sei an dem zerbrochenen Leben auch mit schuld.

Von ihrem Vater sprach Magda nie. Er war für sie ein Brandstifter und saß im Zuchthaus, und sie musste darauf bedacht sein, dass dies niemand erfuhr in dem Kreis, indem sie jetzt lebte. Anscheinend lebte sie dort nicht schlecht. Ihre Kleidung war immer nach der neuesten Mode, ihr Haar sorgsam gepflegt. Aber sie hatte immer noch den weiten Schritt eines Kindes vom Land, um das etwas Freies und Ungezwungenes weht.

Sie war es auch, die sich im Sommer einmal nach Schraut wagte und dabei den Kopf so hoch trug als wolle sie allen sagen: »Soll ich für meinen Vater büßen?«

»Das verlangt niemand von dir«, meinte Regina, zu der sie gekommen war, um ein paar Wochen auszuspannen, wie sie behauptete.

»Ausspannen?«, fragte Regina, worauf die Nichte die langen Wimpern hob und sagte:

»Du musst nicht glauben, Tante, dass ich in der Stadt dunkle Wege geh. Ich habe eine gute Stelle in einem großen Hotel, in dem nur handverlesenes Publikum verkehrt. Aber ich will mich hocharbeiten, Tante, ganz allein. Ich will nicht, dass mir jemand hilft. Und wenn du es genau wissen willst – du, Tante, warst mir immer ein gutes Vorbild. Ich habe dich immer bewundert, obwohl meine Eltern streng dagegen waren.«

Regina konnte nicht anders, sie musste dem Mädchen gut sein. Es waren wieder Sommergäste am Hof, und es war bewundernswert, mit welcher Aufmerksamkeit und Liebenswürdigkeit Magda die Gäste zu bedienen verstand. Sie hatte tatsächlich viel gelernt und hatte sehr gute Umgangsformen.

Als Magda nach vierzehn Tagen in die Stadt zurückfuhr, hatte Regina sich schon so an sie gewöhnt, dass sie es am liebsten gesehen hätte, wenn Magda für ganz dageblieben wäre.

»Komm im nächsten Jahr wieder«, forderte sie das Mädchen auf. »Und vergiss nicht, Magda, wenn du einmal in Not geraten solltest, ganz gleich in welche, dann komm zu uns.«

So ging die Zeit dahin. Regina war dankbar für jeden Tag, den sie leben durfte mit diesem Michael Hierl, mit dem Buben und mit allen Dingen, die in ihrem jetzigen Leben zwischen Himmel und Erde geschahen, zwischen Tau und Dämmerung. Und es gab so viel Frohes und Freudiges auf dem Moorrainerhof. Zum Beispiel die langen Briefe aus Südamerika.

»Drei Monate noch«, schrieb Peter in seinem letzten Brief, »dann werde ich auf Urlaub kommen.«

Ach ja, es war doch schön, zu leben! Schön, wenn Regina mit ihrem Mann Hand in Hand auf der Hausbank saß, wenn die Sonne sank, wenn die Abendglocke läutete und die Sterne zu leuchten begannen, die erst dann wieder erloschen, wenn der Tau im Morgenrot glänzte und ein neuer Tag anbrach.